星光
来自从前

周健平　著

敦煌文艺出版社

图书在版编目（CIP）数据

星光来自从前 / 周健平著 . — 兰州：敦煌文艺出
版社，2024.6

ISBN 978-7-5468-2545-8

Ⅰ . ①星… Ⅱ . ①周… Ⅲ . ①中篇小说—小说集—中
国—当代 Ⅳ . ① I247.5

中国国家版本馆 CIP 数据核字（2024）第 087331 号

星光来自从前

周健平 著

责任编辑：张家骝
封面设计：人文在线

敦煌文艺出版社出版、发行
地址：（730030）兰州市城关区曹家巷 1 号
邮箱：dunhuangwenyi1958@126.com
0931-2131579（编辑部）
0931-2131387（发行部）

三河市龙大印装有限公司印刷
开本 880 毫米 × 1230 毫米 1/32 印张 11.25 字数 220 千
2025 年 1 月第 1 版 2025 年 1 月第 1 次印刷

ISBN 978-7-5468-2545-8
定价：78.00 元

致陈与悠然

序　言

宇宙是未知的，但似乎又一切皆有定数。仰望夜空，星光皆来自从前。对观测者而言，宇宙的往昔即我们的当下，而我们憧憬的未来，在远方观测者的视野中，也仅是宇宙的旧影。倘若时空可以交织，互为因果，那么人与人之间，是否也会存在这种奇妙联系？试想，世间同名同姓者何其多，倘若他们齐聚一堂，各自的人生轨迹交织重叠，那将会勾勒出一个怎样的世界？如若我们从他们的人生中剥离出这些交织与相似之处，又能拼凑出一幅怎样的人生图景呢？

这样的设想，影响了小说集《星光来自从前》的创作。书中五篇小说虽然各自独立，却以同名同姓的浦斯与朱莉为线索，编织出一个充满追问与情感纠葛的纷繁世界。在这个世界里，各个浦斯之间，每个朱莉与朱莉，尽管互无实际联系，但同名同姓的奇妙纽带使得他们各自的人生轨迹似乎都在互相映射，仿佛透过时空的棱镜，可以在他们身上看到彼此的影子。这种交织，使得他们不再是独立的个体，而是命运的共同体。从《星光来自从前》开始的童年追忆，到《回不去的风头岛》的海岛之旅和荒诞派对，再到《我有一面镜子》的爱情与迷茫，以及《无声告白》讲述的责任与失落，每一篇小说都在尝试透过浦斯与朱莉的经历与抉择，去探讨爱的真谛、人性的复杂以及命运的无常。最后，在《葬礼上的波斯猫》中，朱莉真假难辨的叙述，又为故事增添了一个全新视角，让一切如真似幻，充满了不确定。

这些故事，如同人生的不同切面，既展现了人物在特定情境下的挣扎与困惑，也讲述了他们在不同的人生阶段所经历的爱与恨、后悔与期待。在一次又一次的追忆中，他们的现今与往昔错综交叠，现实与虚幻真假难分，自我与他人的边界渐渐模糊，而命运也变得时而既定，时而充满了未知。他们不懈地探寻着存在的意义，试图在纷繁复杂的世界中找回那份缺失的爱。随着时间的推移，他们逐渐领悟，并向我们传递：爱和后悔会同时发生，爱与恨也会相互依存，有时候，爱还会以我们不愿意触及的方式存在。

他们既在扣问自己，也在追问我们，人的一生是否真的充满未知，抑或一切都是已知的？选择了爱，是否就意味着同时选择了恨？

目 录

星光

来自从前

我杀了马林，十年后他将成为我的父亲。如果朱莉没有听信梅娜的邀请搬去风头岛，或许他不会成为我的父亲。一开始，风头岛并不在我们的选择里。我们没有目的地。我们在老皮卡里抽烟，听广播音乐，睡着了也在开车。朱莉跟着广播唱歌，声音轻柔得像一个吻。离开海拉镇后，她从旅行袋里找出钢制的随身酒壶，喝里面的威士忌。我记得她穿着黑色半身裙和白色灯笼袖衬衫，眼神舒服得就像在重读一封爱人的信。

　　我们开上永风公路，阳光白晃晃，只剩下本能的鳄笛蒲荒原既不阻拦野草疯狂生长，也不在乎沙砾是否渴望重见天日。我们从一阵风闯进另一阵风，死去的黄牛还在用气味宣示它的存在。长空里飞出一只灰雀，栖落时路边的野生蓖麻恍然大悟地颤了颤。乌云飘过大路，阴影如同一群蚂蚁。我想该堵车了。没人知道前方发生了什么，但我知道。许多汽车在鸣笛。有人驱使发动机喊出对命运的不满，但时间继续向前，而人们只能暂停。有人转动方向盘，慢慢开下大路，驶进鳄笛蒲荒原的野蛮中。我不反对。每个人都有重新选择方向的权利，维持秩序也不是我的职责。

我打开转向灯。我知道，她将建议我们也开进去。我辗过一丛蒺藜，来不及向生命忏悔，鳄笛蒲荒原便以原谅一切的姿态任由我们驰骋。我们在车中颠簸，大喊大叫，相信自己已经无拘无束，可我们依然不知去往哪里。她说，管它呢，我们又不是非到某地不可。她摇下车窗，风的吹拂既有顺从之悲，亦有逆世之美。风不经许可闯进来，秘密无处可藏。喝酒吧，忘记秘密，给自己一个快乐的理由。她把喝空的随身酒壶扔到后排座椅，从旅行袋里又翻出一瓶红酒，重新唱起歌，一副凯旋的模样。一辆越野车从我们旁边飞驰而过，扬起漫天沙尘，我们呼吸困难，连吐出来的咒骂都不再是词语，而是硬邦邦的沙子。我关上车窗，秘密重新滋生。我知道再开下去会发生什么，可她不在乎。我也希望她不在乎。乌云把阳光还给世界，荒原亮得像突然恢复记忆一样。我们从剧烈的撞击感中缓过神来，推开车门，踩到鳄笛蒲荒原的地锦草上，车前没有任何东西，只有保险杠沾着一摊血迹。四周也不见任何动物的踪迹，一切祥和得如同心智不全，除了风呼呼吹着，声音比受伤的兽鸣还苍凉。远处荒林斜向一侧，就像一群列队做操的少女，由于身高不等，侧弯中各有深浅，风吹过后，直起来的姿势也参差不一。可怜的荒林，竟将排练多年的舞蹈首演给我们观赏，而忘了我们属于过去，给不出与未来有关的赞美。

她喝下一口酒，说道："快到秋天了。"

"它应该没死。"我摸了摸血迹，热的。可能是阳光的温度。

"这不是我们的错。"

"可能吧。"我不再关心是否有一只动物正在经受死亡的考验，环顾周围，不得不承认自己正处在风景之中。四周草长虫鸣，藿香蓟与青葙争妍斗艳，就连猪毛蒿也不忘迎风招展。唯一的遗憾是一切仍在规则之内，即便阳光也安分守己，全然忘了自己生来便要对抗季节，抵御世界。

"要不我们去风头岛？"她摘了一株藿香蓟。

我知道我们终将到那里。我从后备厢找来一块抹布，擦掉保险杠上的血迹。我们开回永风公路，藿香蓟继续在车里开放，但这不是生命的延续，而是死亡的倒计时。车流已经不再拥堵，所有人紧踩油门，纵情享受秩序带来的自由与畅快。我们忘记过去，重新跟着广播放声歌唱。我们把命运交给老皮卡，把方向交给方向盘，视鳄笛蒲荒原如人生必经之路，义无反顾地往前冲。她歪着头打瞌睡，长发垂下来，遮住了半边脸。我承认，我一直无法从整体上熟知她，像冰山一样，我只看到了她愿意呈现出来的一面，隐藏在水面下的，或许连她自己也不清楚。老皮卡钻出乌云的阴影，阳光吵醒了她。

"到哪了？"她打了个呵欠。

"还没过鳄笛蒲荒原。"我又打开广播。

她点燃一根烟，拿起酒瓶，小口喝酒。久坐已经瓦解了她对终点的向往，掉落的烟灰，以及散发出难闻气味的皮革座椅、让空间变得更逼仄的广播音乐、发动机的絮絮叨叨、车轮与道路的争吵，还有午后暴躁的阳光，都叫她烦闷无比。她揉碎藿香蓟，打开车窗让风吹走。她关上窗，用手指卷着头发，又往窗玻璃上吹气，乱写乱画。她会尖叫的。她尖叫起来像我在尖叫。她的声音唤来一片乌云，阴影笼罩，像法官宣判我们无罪释放。我们在阴影里与无聊和解，为旅行袋里还有一瓶珍藏已久的奥比昂红酒开怀大笑。我们抽烟，吃紫菜包饭团，跟着广播摇头晃脑，大唱别人要我们听的歌。

该下雨了。荒原飞沙走石，乌云掉下来，雨在呐喊。我无法避开一场早已下过的滂沱大雨，哪怕我与每一滴雨都说同样的语言。雨埋住我们。她把手伸出车窗，如同探出墓穴。这种联想使我全身颤抖，此时此刻，我似乎已经失去她，但又无比真实地拥有着。我分不清现实与虚幻，道不明痛苦与幸福为何存在界限。车灯被打开，不是因为黑夜，而是由于雨太大。我们继续沉默。雨刮起起落落，始终无法在挡风玻璃上刮出真相。可什么是真相呢？不确定的回忆，抑或永远来不了的未来？我不回答，她也不愿意揭示。

人皆有秘密。世事艰难，全拜秘密所赐。我一路上都在剥着秘密的壳，就像把爱字拆解，又把所有笔画重新组合在一起，它是我不愿意承认的事实与秘密，而她也极力否认。我们把它关进广播里，拒绝接收无线电波发来的信号，我们在沉默中用呼吸与心跳交谈，否定该否定的，确认该确认的，连同身份也拿来探讨并被诘问。我愿意忘记我是谁，但她却时刻提醒自己，无论如何都不能罔顾一切。是的，这世界，最奇怪的就是，爱自己所爱的就会犯错。她打破沉默，提醒我不要走错。车灯照见前方指示牌，永风公路会在两千米后分出岔口，一边继续沿主路伸延，一边拐向81号高速公路，通往风头岛。

我不能否认，不管我们要去哪里，都是他们说了算。他们给了我们一条新路，大雨在这里突然销声匿迹，夕阳西下，山如人立。

"鳄笛蒲荒原已成为回忆。"她说。

我不在乎。回忆有何不好？回忆永远不背叛我们。就我所知，回忆决定我们成为何种人，而追求决定我们能走到何处。81号高速公路不允许我们低速前行，如同不允许我们沉浸在回忆中。可加快速度，只会让未来加速成为回忆。这是个悖论。她呼出一口烟，让这个悖论变得更加不真实。我把车速控制在规则允许的范围内，努力平衡回忆与未来的转换。不可否认，若未来足够精彩，回忆必然更加动人。可81号高速公路不是我们的未来，风头岛也不是。

我们不可避免地走进夜色。山隐如兽，月如悬心。我知道月亮曾经照过我们，现在也在见证，毫无疑问，未来它依然会在那里，见它所见。它知晓我的秘密吗？也许。我不担心。它是个好伙伴，只睁着眼，从不说话。我把车停在加油站前。趁油箱补充体力之际，我们各自走进洗手间。想到终有一日我们会像现在这样分别，我两头都在放水。这又是我的一个秘密。我害怕失去她，而她深知我从不曾拥有。我回到车上，她走过来，身上换了一条无袖小黑裙。她坐回自己的位置，把装着衬衫与短裙的单肩包扔向后排座椅，重新拿起酒瓶小口喝酒。

"我听到有人在哭。"她说。

"你喝多了。"

"也许吧，我忘了穿内衣。"

我不断超车。我知道过不了多久，发生在永风公路上的事情，就会在前方出现。车流会稠密，高速公路会重新拥堵。一辆救护车从应急车道呼啸而过，我们迷失在警笛与闪灯交织的混乱中，感觉就像自己躺在急救担架上。轿车侧翻在地，四处都是碎片，开车的男人陷在安全气囊里，血顺着扭曲的手臂流下。副驾驶门敞开着，两名急救护士正抬着一个女人往急救车走。她的白衬衫一片殷红。有交通警察挥舞荧光棒，指挥来往车辆避开隔离带。停在原地等待通行的车辆，探出一个个脑袋，感慨生死无常，庆幸厄运只降临在他人身上。

"还能救吗？"她问。

"但愿吧。"

"我不该喝酒的。"

"跟我们没关系。"

"也许是个错误，去风头岛。"

"反正已经这样，要不再挑个地方？"

"可是去哪里呢？"

"我们可以一直开在路上。"

"还是去吧，去看看梅娜。"

"跟梅娜没关系，对不对？"

"重要吗？"

我捶响广播，用音乐驱赶发动机的轰鸣声。她放低椅背，闭上眼睛，拒绝继续旁观灾难。我看着她，试图说点什么，脑海里又一片空白。指挥交通的警察过来敲响我的车窗，喊道："该走了，别停下来。"

该走了，该继续上路。我驶进更深的黑夜，闪动的车流就像一条大河。后视镜里，警车还在闪烁，很快道路清障车就会赶来清空一切，道路恢复原样，如同事故不曾发生。

她调回椅背，取出一个眼镜盒，把垂在耳畔的秀发捋向脑后，漫不经心地打开盒子，戴上墨镜，转头看向窗外，声音似乎酝酿了许多年，"应该有十年了吧？当初马林死的时候，我就想告诉你，其实……"

　　"我知道。"我粗暴地打断她，踩紧油门，加速向夜色深处驰去。一直以来，我都知道，我们并不是天生就懂得人生不需要答案，只有问题接踵而至，一个比一个困难，我们才会相信，有些问题可以视而不见，即便拖到我们离开世界的那一天，它也不需要一个结果。但有些问题，从它出现的那一刻起，它就死死缠住我们，逼我们解答，当我们爬起床，当我们走进一家酒馆，当我们打开灯望向窗外的雨夜，当我们在泳池边踩死一只蚂蚁，它都会跳出来，指着我们的鼻子，要我们坦诚交代一切，解决该解决的。但并非所有交代都具有意义，有些事情，必须得到当事人的确认，才能成为真正的答案。只有到了那一刻，问题才会尘埃落定，随风飘散，它关联的过去也才会成为真正的过去。也只有那一刻，我们才会发现，所有事物都在以远离我们而去的姿势存在，包括宇宙中的天体，抬头仰望夜空，看到的不是未来，而是死亡与历史。

　　"你爱他，对不对？"

　　"已经不重要了。"

　　"那我呢？"

"我们现在不是很好吗？"

有一瞬间，我突然希望我们永远到不了风头岛。在路上，在奋力前行的老皮卡里，我们的世界极其简单，每一条路都有自己独属的终点，每一个方向都有它自己的出口，生活不再具有评判性，它在后视镜里，永远跳不到我们面前说三道四，高声谴责。我看见夜空星河璀璨，但每一束星光都来自从前。飘过来的乌云吞下月亮，四周一片阴暗，耸立在夜色中的电子广告牌亮着系统错误的弹窗，瞬时间我恍如走进了虚拟世界，我们就像游戏里的角色，没有现在与未来。我们只有过去，而它完全来自杜撰。

"有没有可能，这一切都是假的？"我问。

"所以我们需要酒啊。"她说。

我突然明白她为何爱喝酒了。我也应该喝一杯。我们置身于陌生的车流中，目视前方，默念人生就是不断接受告别的过程，最后，我们也要和自己告别。只有风头岛还在远方的夜色中闪闪烁烁，就像月光下的海洋。我们历尽艰辛奔赴过去，不是向往自由，而是决心成为岛屿。我们隔海相望，以为回避过去，便能将无法言说的秘密永藏水底。然而，海风常常在我们心里拂起波澜，海水也在不知不觉间腐蚀着我们的防线，随着时间的流逝，秘密终将浮出水面，我们也终究要直面过往，如同直面风暴。我非常清楚我们究竟是谁，我是浦斯，我叫她朱莉，而不是妈妈。我无法面对过去，而她早已原谅。

　　当时我们还住在海拉镇，生活捉襟见肘，朱莉在酒馆当服务生的工作也抢走了原本属于我的夜晚时光。她夜出晨归，那些我们在晚饭后一起洗澡的欢乐全部化成了遥远记忆中的泡沫，我们熄灯后相拥入眠的幸福也全都消散在浓浓夜色中。我一次又一次在她化完妆准备出门时，紧紧抱住她，央求她换回一份可以见到阳光的工作，就像当初在五金店当售货员一样只需要上白班的。我编了一个非常正义的理由，我怕黑，我害怕独自一人一边留意钥匙孔是否发出转动声，一边看着天花板等她。朱莉对我的央求无动于衷，也许因为可以免费喝酒，也许是她为了得到这份工作曾经在蒙加德家里留宿过多次。我不怪她，人总会对付出过代价的事物保持一种食之无味又弃之可惜的态度，就像她始终没有放弃我一样。我只恨所有海拉镇人，他们称赞朱莉美艳绝伦，背后又骂她是一辆公交车，他们口是心非，道貌岸然，我无时无刻不在诅咒他们，甚至将书包装满石子，每当夜里辗转难眠，就偷偷溜上大街，一块又一块，投向他们虚伪的窗户。

　　后来，梅娜打来电话。她说，来吧，朱莉，带小浦斯一起过来，风头岛多得是机会。朱莉陷进留与去的挣扎中，到了开工时间，仍然没有出门的迹象。她站在窗前，一根接一根地抽烟，呛鼻的烟味与屋内沉滞的空气混为一体，使整间屋子变成了烟雾缭绕的石灰池。

“我们洗澡睡觉吧。”她突然扔掉香烟，回过头说。

从客厅到盥洗室，是我走过最幸福的一段路。我不敢像往常一样将泡沫拂向朱莉，太危险了，它们就像我的心跳，我不能暴露，不能被她发现，在她烦恼时，我正兴高采烈。可是，这是多么幸福的时刻啊，灯光在泡沫上闪闪发亮，我们也在水声中熠熠生辉。朱莉又点了一根烟，似乎心中暴走的猛兽需要用烟气熏走。她一只手抱在胸前，沉默的样子俨然一座冰山，只要我敢靠近，就会撞得船翻人亡。这不是我想要的幸福，也不是我记忆中的欢乐时光。我将泡沫堆在下巴上，决心帮她把烦恼的猛兽赶跑。

“我是一个无所不能的魔法师。”我喊道。

朱莉将香烟移到嘴边，默不作声地抽了一口。我喜欢她抽烟的样子，就像在约定的地点等待梦中情人。

“真好吃的棉花糖啊。”我掬起一团泡沫塞进嘴巴，呛得浑身打战。

“你傻了吧？”朱莉终于开口说话。她把我拉到怀里，用花洒冲去我脸上的泡沫。

肌肤相触的温暖又一次融掉了我的童年。我抱住朱莉，把脸埋进她温润柔软的胸口。我想起蒙加德，想到许许多多海拉镇人，他们喜欢背地里嚼舌根，又常常装出一副关心的模样，他们讨厌朱莉，不是因为她穷，也不是因为她是个单亲母亲，而仅仅是因为她过于年轻美丽。

"别担心，长大以后我会保护你的。"

"那可还要等十多年哟。"

"我去把日历撕掉就快了。还有，客厅的挂钟也要调快。"

朱莉发出酒精一样的笑声，欢乐的颤动透过胸口，如同海浪拍打着我，使我以为此时此刻我们正在海边度假。我还记得她戴着宽檐帽在沙滩上看我玩水的模样，严肃又饶有兴趣，午后的阳光将她的身影投射在层层涌过来的海浪上，粼粼而动。我跑过去，挡在她的影子前喊道："走开，快走开，我不许你们过来，她是我的妈妈，只能是我的妈妈。"

还有什么能比朱莉的怀抱更温暖呢？我惬意而贪婪地吸嗅着她的气息，就像一棵树苗在汲取成长的养分。是的，她是我一个人的母亲，她只能是我一个人的母亲，这个让我兴奋又使我忧愁的信念，以超出我能承受的速度生长着，终有一天它会破心而出，遮天蔽日。

她占据着我的眼睛，说道："帮我揉揉吧。"

我的存在又有了被需要的价值。我卖力地揉捏她的肩膀，唯恐她的心重新被烦恼侵占。

"我们搬去风头岛怎样？梅娜姨母有一栋大房子，还有个花园，她一定会非常喜欢你的。"

"那你还去酒馆上班吗？"

"梅娜有个面包店，也许我可以当个面包师。"

"我喜欢吃面包。"

朱莉拍了拍我的脑袋，笑声如烟。我开始遐想搬去风头岛的生活，明亮的房子，五彩缤纷的花园，朱莉再也不用去上夜班，每当夜幕降临，她将重新属于我一个人。没有蒙加德，没有海拉镇人，她的世界会干净得像一面镜子，只有我一个人可以在上面投下身影。我沉浸在独自一人拥有朱莉的幸福中，渐渐发酵的醉意使我眼皮沉重，我似乎睡着了，似乎又无比清醒，我恍惚记得朱莉抱着我回到卧室，在海拉镇人趁着夜色出去寻欢作乐时，我们一如往常地相拥而眠。我依稀记得朱莉在我的额间亲吻了一下，温暖而湿润，就像她胸口上的汗珠。

直到风头岛的热风迎面吹来，我才被陌生环境里的危险气息彻底惊醒。沿街而建的楼房和鳞次栉比的窗户，无不表明它是一个换了名字的海拉镇。唯一不同的是，我的敌人不再站在阳光下，他们成了潜伏的鬣狗。我对他们一无所知，不知道他们会出现在何时何地。

朱莉拉着一个巨大无比的铜绿色复古皮箱，里面塞着我们从海拉镇带来的所有家当，换洗的衣裳，高跟鞋，还有她最喜欢的化妆品。她身着一套曾经陪蒙加德出去过夜的宝石红及膝裙，还戴着去海边度假时才派得上用场的黄色宽檐帽，口红抹得香甜滑腻，让我总想猴上去吃一口。她慢悠悠地走着，手里拿着梅娜的地址条和一副墨镜，随风摇曳的长发撩得阳光也燥热起来。我恨死了身上的背带牛仔短裤，它把我瘦小的双腿暴露在阳光下，就像吃奶小孩的两抹鼻涕。幸好朱莉同意我把相片抱在胸前，印在衣服上的唐老鸭才没有呱呱乱叫。相片是我们在海边度假时请人拍的，也是我们迄今为止唯一一张合照。我问朱莉为什么我们不经常拍照，她总是抚摸着我的脑袋说照片是奢侈品，她的收入还不足以供我们用照片去记录生活，"不过我们还有记忆，它可是最厉害的相机"，我喜欢她说这句话时的语气，带着一丝俏皮和满足，仿佛一个睡前吻。

她在一个挤满孩子的门廊前停下，声音悦耳："打扰了，请问梅娜住哪里呢？"

我不明白她拿着地址条为什么还要找人问路，而且还是一群小男孩。他们什么也不懂，连流出来的鼻涕不能吸回去如此简单的道理都一窍不通，又如何能简单明了地指路呢。我用海拉镇男人警告我的目光敌视他们，不要轻举妄动，不要以为我们是异乡人就可以出言不逊，还有，朱莉不会喜欢你们的。

"就在街对面，往左走，带花园和泳池的那栋白房子就是她家。"一个虬髯男人从孩子堆中站起来，手里拿着一只刚刚系好线的风筝。他空出一只手抓了一下头发，又抻平身上的棒球服，两只大脚由于太慌乱穿反了拖鞋，毛茸茸的拇趾想缩回鞋里却根本找不到合适的位置。

"谢谢啊。天可真热，要是有一杯加冰的朗姆酒，那就完美了。"

"去吧，罗奕，记得多倒一杯果汁。"

一个戴着棒球帽的男孩飞奔进屋，很快就端着一个托盘小心翼翼地走出来。朱莉接过平口玻璃杯，浅抿一口，脸上露出满足的笑容，接着仰起脖子一饮而尽。她把玻璃杯放回托盘，伸手摸了摸他的帽子，然后甜甜地道了声谢谢。

罗奕，万恶的罗奕，瘦如鼻毛一样的罗奕。我看着他的脸，看着他鼻梁上的雀斑，一把抓住朱莉的手，扬起下巴，用鼻孔警告他，朱莉是我的，永远都是我的。可是，他直勾勾地盯着朱莉，完全无视我的存在，仿佛我只是他的影子，是他忘记吸回去的一口气。

"罗奕，别忘了还有一个人啊。"一个鼻子塌塌的女孩喊道。

"笨蛋罗妮，我用得着你提醒吗？"罗奕把托盘送到我面前，目光坚定，仿佛他才是这间屋子的主人。

"我不要。"我挡住托盘，用力推了回去。若不是朱莉抚摸他的脑袋，我不会拒绝他的好意。现在他已经成为我在风头岛的第一个敌人，我会像恨蒙加德一样怨恨他，并诅咒他永远长不大。

"我的小浦斯有点小脾气，抱歉。"朱莉一边说，一边用拿着墨镜的手搂住我。

"小孩子嘛，都喜欢这样。大家都叫我罗文。"虬髯男人说道。

"我的爸爸叫大胡子罗文。"罗妮摇了摇自己的裙摆。

"你可以叫我朱莉。我们今天刚到风头岛，往后还请多多关照。"朱莉道完谢，拉着我，款款走向梅娜的房子。罗奕和罗妮带上那群小孩，一声不吭地跟在我们后面，罗文的风筝已经失去魔力。这不能怨我们，这个世界上还有什么能比小孩更容易被吸引和左右的呢？更何况他们的好奇心本就如同流水，随时都在变化。可是，他们真的只是因为我们是陌生人而好奇吗？

门铃响到第五声时，门开了。一个胡须修剪得如同剪彩仪式的男人滑出来，眼睛如同探雷犬，充满警戒地打量了一遍朱莉。他一定想在记忆中找到与她有关的第一印象，但记忆太深，岔路纷繁复杂，忆及往昔带来的迷惘，促使他紧皱眉头，满脸蚂蟥。他把目光投向我，装出一副恍然大悟的模样，"梅娜，看谁来了。"这个在家里也打领带的高瘦男人向屋内的阴暗喊道。

"也许我该叫你马林？"朱莉问。

"除了这个名字，我可想不出我还能叫什么。对了，你们的梅娜姨母喜欢叫我老马。"马林弯下腰，试图摸我的脑袋，"那么，这个帅气的小伙子一定是我们的小浦斯咯？"

我快速闪到一边，除了朱莉，我讨厌任何人在我的脑袋上摸来摸去。凭什么呢？我既不渴求怜悯，也不需要主人，我把头发整理得比仪仗队还工整，可不是为了继续当小孩。我要越过无知的童年直接进入成年，做一个能够决定自己命运的大男人。我要保护朱莉，赶跑围在她四周的鬣狗与狐狸。

"是朱莉吗？我们的小浦斯是不是也来了？天啊，我的蔓越莓饼干还没烤好呢，老马，亲爱的老马，我昨天买的彩虹棒棒糖是不是被你偷吃了？"

"她太想你们了。"马林苦笑道。

梅娜出现在门口，肥胖的身体撑得蓝白相间的碎花裙奄奄一息。可怜的裙子，至死都不会明白为什么朱莉不是它的主人，为什么同样是裙子，它却只能与庸俗相伴。梅娜油腻腻的笑容和穿透力极强的体味加重了它生而为裙的悲哀，也许不用别人，它便已自称为抹布，一条穿在身上的抹布。

"你就是我们的小浦斯？"她抓住我的肩膀，在我头上像剃头一样摸了一阵。

"梅娜，你打算让我们在门前晒一整天吗？"朱莉说。

梅娜笑得像一张随风摇曳的蜘蛛网。她抓着我们的手，走进屋内，并回头挥手驱赶门外的小孩。马林从朱莉手中接过皮箱，放进廊道尽头的房间。他走过来，在远离朱莉的沙发一端坐下，视线越过摆满水果的茶几，落在我身上。梅娜依然搂着我，仿佛我是她丢失多年的孩子。她絮絮叨叨，鼻息喷在我的脖子上，热乎乎的，像一条舔来舔去的狗舌头。我瞪着马林，他毫不在意朱莉的美丽，对她修饰过的海拉镇生活也毫无兴趣，就连她说到他的名字时，也无动于衷，他只是微笑着，仿佛只要看着我就已经心满意足。

"老马，朱莉问你话呢。"梅娜喊道。

"怎么了？"马林说。

"你去过海拉镇？"朱莉问。

"他去过的地方可多了，在他还是一名红酒推销商时，他就跑遍了大江南北，不过海拉镇我敢肯定他没去过，除非他忘了写日记。"

"日记？"

"对啊，就是日记，他从开始工作的第一天起，就养成了写日记的习惯，现在他还在坚持写呢。如果你能读到它们，哪怕短短的几句话，一定会为他不当作家而扼腕叹息的。真的，老马，你应该听我的，把你的日记投给出版社，书名就叫《马林的生活》，我相信它会成为一本人人都爱不释手的杰作。你放心，我不会和别人争风吃醋的，只要你愿意，我可以不眷恋唯一的读者这个身份。"

"我只要有你就够了。"

"看来我是没有机会了。"

"所以你要赶紧找到一个愿意为你写日记的人啊。"

"谁叫我还带着浦斯呢。"

我挣脱梅娜的搂抱，跑到朱莉身边，紧紧抱住她的左腿，问道："朱莉，你不要我了吗？"我仰头看着她，希望她用一个温暖而甜蜜的吻融化我心中的恐惧。朱莉双眉紧蹙，脸上浮出一丝锋利的笑容，我开始怀疑，搬来风头岛也许是一个致命的错误。在海拉镇的时候，每当她不愿意带我去参加全都是男人的派对而我又不可理喻地非要跟着去的时候，她就会露出这样的笑容，刀子一样，坚硬，冰冷，透着要砍断一切烦恼和阻碍的决绝和锋利。

　　"我的小浦斯，你是不是想家了？"马林问。

　　"老马，你胡说什么呢，这里就是他的家啊。"梅娜伸手过来想抱我，可是我避开了。她转头盯着朱莉问道："浦斯为什么不叫你妈妈？"

　　"我定的。"

　　"为什么？"

　　"我还没准备好。"

　　"因为孩子的爸爸？"

　　"跟他有什么关系呢，再说了，我也不知道他是谁。"

　　"哎，我们女人总是离不开男人，但他们却老是伤害我们。"梅娜若有所思地说道："老马，你可千万不要成为这样的人。"

　　马林没有搭话，他只是看着我，脸上的微笑就像一根燃亮的火柴。

"那你要准备到什么时候？"

"也许等到我不后悔的时候吧。"

"换成我一定不会后悔。我和马林努力了这么多年，就是想要个孩子。"梅娜突然哭了起来。

马林像打开折叠刀一样站起来："我的傻瓜，我们现在不是很好吗？"他抱住梅娜，声音里闪耀着金属的光芒，"朱莉和浦斯在呢，他们以后就是我们的家人了。"

朱莉抿紧双唇，脸色尴尬。她轻轻拍着梅娜的脊背，一边搂住我，在更大的尴尬冲涌而来时，我是她最好的防御。

"大人是不允许哭的。"我说。

梅娜破涕为笑。她离开马林的怀抱，双手抱着我的脸，黏糊糊的双唇在我额间重重地啜了一口。

"让我们来看一看浦斯的小王国吧。"她说。

梅娜一定不知道我的王国一直在朱莉身上，她自作主张把朱莉的卧室指定在一楼，又理所当然地把我安排在二楼，正对面就是他们贴着紫粉色花纹墙纸的卧室。我对拥有自己的房间这件事情毫无兴趣，我只希望能够和朱莉时时刻刻待在一起，有时候，我甚至希望成为她的衣裳，不仅仅是希望，我还嫉妒它们，可以穿在她身上，为她驱寒保暖，随她去往任何一个她想去的地方。现在，我只能困在摆满玩具的儿童房里，坐在一张樱桃木床上，对着另一张庸俗至极的婴儿床思念朱莉。

我开始怀念海拉镇，怀念我和朱莉曾经挤在一起的榻榻米床，她的呼吸和心跳，是我听过的最美妙的音乐，比梅娜百听不厌的《仲夏夜之梦序曲》还悦耳动听。当我沉没在海拉镇的回忆中，梅娜总会一把抓住我的手，满脸陶醉："你听，快听，多么美妙的吉他声，门德尔松实在太伟大了，可惜我无法出生在他的时代，要不然，我一定会嫁给他的。"

马林从来不会揶揄梅娜的古典梦，他摇晃着杯里的葡萄酒，不容置疑地说道："你若生在那个时代，我肯定就是门德尔松。"

"我和浦斯怎么办呢？"朱莉笑着问道。

"朱莉，我不要你嫁给他。"我说。

他们笑了，声音像餐盘里的蛤蜊浓汤。马林举起酒杯，灯光在他眼里亮成了两朵花，"致新的生活。"他说。

"致新生活。"

朱莉将杯中酒一饮而尽，又拿起酒瓶给自己倒了满满一杯。梅娜浅浅抿了一口，仿佛抿匀双唇上的口红。她诧异地扫了一眼朱莉，目光落在马林身上，发现他的酒杯空空如也，于是意味深长地说道："马林，今天你可越界了喔，我不许你再喝了。"

"梅娜姨母，你为什么不说朱莉？"我喝着牛奶，为无法与朱莉碰杯懊恼不已。

"看，我们的小浦斯都有意见了。你们俩都不许喝了。"梅娜说。

马林缩回拿酒瓶的手，眼里闪亮的两朵花凋落了，他抓起刀叉，像屠宰牲口一样切割餐盘上的牛肉。

"我可没醉。"朱莉又一口吞掉杯中的葡萄酒。

梅娜咬着嘴唇，像溺水的老虎一样看着马林，可是马林选择对眼前的一切视而不见，一心一意地吃着他的牛肉。梅娜的呼吸更加沉重，有一瞬间，我以为刺耳的门铃声正从她的鼻孔喷出。

"谁这么晚了还来打搅我们呢？"梅娜急忙站起来，又拍了拍我的脑袋，说道："浦斯，你替我看好他们，别让他们偷喝。"

我瞪着马林，不给他一丝机会。朱莉冲我努了努嘴，重新斟满酒杯。她一定是太渴了。风头岛的阳光比海拉镇的还火辣，照得所有人看见她都两眼发光，这令她受到的聚焦更加强烈，如同无时无刻顶着一面放大镜，她必须不断给自己降温才不至于燃烧起来，而喝酒就是她认定的最佳方式。我毫不担心她会醉倒，离摧垮她的第十杯还远得很呢，我相信她不会忘记喝得酩酊大醉的教训，当时她脱掉上衣，在海拉镇的大街上又哭又笑，闻讯而来的记者为此让她在《海拉镇报》上待了足足一个月。

我听见梅娜惊呼起来，声音如同滚烫的刀尖划过黄油："罗文，你怎么来了？"她兴奋得像一只马戏团里的大象。

"我是不是来迟了？"

"可不是吗，自从我和马林结婚以后，你就再也没来过。算一算，你可是迟到了十年。"

马林从沉默中回过神，脸上洋溢着喜悦，快步走过去，"我的兄弟，终于盼着你了，今晚我们可要好好喝一杯。"他伸手搭在罗文肩膀上，双脚却焊接在地板上，一动不动。

"不不不，你们也有客人，我就不打扰了。今天正好有朋友给我捎了几瓶金朗姆，我一个人喝也没什么意思。"罗文的目光越过马林的肩膀，像蚊子一样落在朱莉身上。

梅娜满脸受宠若惊，声音里透着铁锈一样的兴奋。直到关上门，他们还在道谢。梅娜从马林手里抢过酒瓶，放进高高的胡桃木酒架："你们别想打它的主意，没我的允许，谁也不能喝。"

他们坐回餐桌前，脸上的热情化成了莫名的疲惫。梅娜皱起眉头，看着马林问道："罗文家里真来客人了？"

"我没有看见他门前停着车。"

"我们为什么没和他走动过呢？"

"也许因为他也有一个院子。"

"可不是，他院子里的花竟然比我们多，真不知道他从哪里偷来的。"

马林看着朱莉，似乎想起了什么，又默不作声。他把酒杯抓在手里，晃来晃去，忽而又举起来，对着灯光看得入神。

"但愿酒没毒。"梅娜说。

"我可以先试试。"朱莉笑着说。

"朱莉,你不能喝他的酒。"我滑下椅子,站到朱莉身旁。罗文转身离开时的目光,就像一片砂纸,擦得我浑身刺痛。相比蒙加德开车来接朱莉时的眼神,罗文的目光少了些让我痛恨的肆无忌惮,但隐藏的敌人往往最难防御,我不能放松警惕,也许一不小心,他就会做出令我追悔一生的事情。

"是的,朱莉,你可以接受他的好意,但心里一定要把他视为敌人,包括风头岛的其他人。"梅娜说。

"他们就像蝗虫。"马林点点头。

"记住,风头岛没有秘密。"梅娜补充说道。

"但愿他们别来惹我。"朱莉发现酒瓶空了,脸上露出一丝焦躁。她扬起头,将瓶口移到唇边,用力抖了抖,直到剩余的一滴也落进嘴里,沿着舌面,滑进喉咙。

"别担心,朱莉,我会保护你的。"我抱住朱莉。

"还有我们呢。"梅娜说,"我和马林想好了,你就到我们的面包店来,跟马林一起,做个面包师,马林会教你的。再说了,做面包的秘诀只有一个,就像谈恋爱一样,对不对,老马?"

"是的,只需要一点点爱。"

若在往日，他们的关心会惹泪朱莉的双眼，可现在它的魅力远远不及一瓶金朗姆大。朱莉的视线在酒架上滑来滑去，也许她需要的不是当一名面包师，就像在海拉镇，她需要的仅仅是一个可以供她喝酒而又不会遭受指责的地方。

　　"我呢？我怎么办？"我问。

　　"你呀，当然去上学呀。"梅娜说。她胸有成竹的样子，似乎早已将我们的生活像搭积木一样安排得妥妥当当。

　　我松了一口气。我可不想和梅娜待在一起。听着她的呼吸声，闻着她身上浓重的香水味，便会觉得时间像发霉的猪油，令人难以忍受。我打了个长长的哈欠，在海拉镇的时候，朱莉会牵着我的手，回到供我们做梦的卧室，她的体温与呼吸，是我从不惧怕黑夜侵袭的护身符。可是现在她依然抓着酒杯，闪烁的目光里仿佛飞满了飞蛾，只要夜再静一些，它们就会一堆堆地飞出来，围住高高的胡桃木酒架嗡嗡直撞。我挽住朱莉的手臂说我困了，我们去睡吧，朱莉仍然无动于衷，只有身上的香水味正一丝丝透过裙子溜出来。也许我应该大哭一场。

　　"来吧，我的小可怜，我陪你上楼去。"梅娜说。

　　我看着朱莉，期待她牵起我的手。离开海拉镇后，她一直在疏远我，仿佛我是一只会刺伤她的刺猬。她不愿意和我搭话，虽然在海拉镇的时候，她也不太乐意在陌生人面前与我亲近，她微微沉下的唇角，比她曾经打下来的巴掌还沉重。我不怨她，生活就像一条失控的河流，我们被世界的渡船遗弃在荒野上，四周河水泛滥，狂风呼啸。她竭力挣扎，但又呼救无援，无路可逃，而我毫无用处，一心只想着跟她在一起，生或者死，都无关紧要。

梅娜牵我回房，直到我躺下也没有离开之意。她看着我，眼睛里闪耀着从来没有在朱莉的目光中出现过的光芒，"如果你想听故事，姨母愿意为你效劳。"她说。

我摇摇头，一心想告诉她，我早已过了听睡前故事的年龄，可是她眼里的光芒却令我开不了口。我任由她抚摸我的头发与额头，并祈祷她千万别把肥厚的嘴唇盖下来。铸成机器人形状的台灯发出橘黄色的光芒，虽然不比太阳明亮，但依然在墙上照出了她庞大的身影。伴随她的轻轻摇摆，它粼粼而动，如受夜风吹拂。我感受到了水光潋滟一样的温暖，她的肥胖也在我心里化成了色彩斑斓的泡泡。在海拉镇的小屋里，我曾无比羡慕别人家的小孩可以在阳光中追逐它们。现在，它们终于以我的名义出现。我屏住呼吸，慢慢享受着曾经无法企及如今已幸福在握的满足，唯恐一丝鼻息，就将它们吹跑。

"梅娜姨母，我没有讨厌你。"我说。

"孩子，我和马林也爱你。"

若是这句话由朱莉说出来该多好啊，可是，她不会说的，她也许忘了应该跟我说这样的话，也许她根本就不想说。我看见决堤的洪水已经冲涌到眼前，而梅娜还没有下楼的意思。多么难堪，多么幸福啊。

"我要睡觉了。"我转过身，背对着梅娜说道。

"哦，好吧，晚安，我的孩子。"梅娜似乎叹了口气，沉重的脚步声慢慢蠕向门外。

"梅娜姨母，朱莉是不是不爱我了？"

"不会的，哪有不爱自己孩子的妈妈呢。"

我不再说话，双手抱在胸前，想象自己此时此刻正缩在朱莉怀里，仿佛还在海拉镇。四周静悄悄，崭新而柔软的床成了一只船，被滚滚洪水拍向未知的远方。我在甲板上寻找朱莉，我呼喊她的名字，努力嗅着她身上会散发出来的香味，梅娜抱住我，一边亲吻我的头发，一边说朱莉没有获得船票，她被遗弃在荒野，漫天洪水已经将她吞没。

洪水多么汹涌啊，卷起的滔天巨浪俨然人群里涌动的窃窃私语。我曾在海拉镇见过它们，仅仅需要一点点唾沫星子，便能由只言片语扩散成流言蜚语的洪流。现在，它们的洪峰又出现在风头岛，涛声阵阵。我祈祷朱莉能拿到下一班渡轮的船票，罗文也许会为她多买一张，他能送来朗姆酒，还有什么不能送的呢？想必他早就定好了登上渡轮的计划，还有下渡轮后的生活。他会点上蜡烛，像蒙加德一样给朱莉倒满一杯金朗姆，然后邀她共跳一支舞。

我问罗奕："如果洪水来了，你爸爸会给朱莉买一张船票吗？"

"风头岛不会闹洪水啊。"罗奕说。

"为什么要买船票？我们爬上屋顶不可以吗？"罗妮问。

"因为我们要去一个更好的地方。"

"什么才是更好的地方？"

"也许是天堂。"

"可是浦斯，我爸爸说风头岛就是天堂啊。"

"笨蛋罗妮，爸爸说的话你也信。"罗奕将脚边的石子踢远，说道，"放心吧，浦斯，我会叫爸爸买的，也给你买一张，到时我们一起逃得远远的，什么洪水都不怕。"

我不喜欢罗奕骂罗妮笨蛋，如果他没有答应说服罗文帮朱莉买船票，我会揍他一顿。虽然我没有十足把握打赢他，但是男人不能打骂女人这个道理，我有必要叫他牢记在心。

我盯着他，一字一顿地说道："罗奕，不许你骂罗妮。"

罗奕看了看我，迅速低下头，说道："我没有骂她。"

"你常常欺负我。"

"胡说。"罗奕呛完罗妮，转头看着我，"浦斯，朱莉怎么没来接你呢？"

"她要做面包。"我看着扬尘而去的校车，心里空落落的。自早晨醒来，朱莉就不见了踪影，梅娜说她随马林去工作了，我满腹狐疑地看着她，不是因为不相信，而是我想知道，在做面包与道早安之间，是否存在鱼与熊掌不可兼得的矛盾。

梅娜送我去学校，傅雷校长哈着腰，带领一队全副武装的行政人员在门前等候我们。介绍我时，梅娜喜欢说"我的孩子"。这句朱莉避之不及的话，在梅娜嘴里像安了家一样，逢人便蹦出来。"浦斯，我的孩子。"她的声音洋溢着榨甘蔗的气味，太清甜了，太幸福了，我无法矫正她，毕竟朱莉不愿意承认是我的妈妈，而在这个世界上，没有人是从石头里蹦出来的。

"记住，要乖乖听话。"梅娜在楼道口挥手。

我避开她的视线，跟着挺直腰杆的傅雷校长朝喧闹的教室走去。拐过楼道时，傅雷校长突然转身蹲弯下腰，伸手搭在我的肩膀上："那么，浦斯，朱莉是你妈妈，对吗？"他问道。

"你想干什么？"我问道。我不相信他是朱莉的朋友，哪怕他在蒙加德的酒馆买过醉，朱莉也不会承认与他是旧相识。风头岛是我们重新开始的地方，过去的一切都应该摒弃，如果身体也可以像搬家一样置换，她会毫不犹豫地给我们的灵魂找一个新家。

"别担心，只要你认真学习，我不会叫她来学校的。"

"反正她也不喜欢学校。"

"这么说，我有必要叫她来一趟了。"

我厌恨他的蓝色西服，蒙加德每次来接朱莉时，也会穿一套这样的装扮。朱莉说这是一种身份的象征，一种只要花钱就能实现的尊贵。我也不喜欢他说话的样子，真像一只苍蝇，在海拉镇的学校里它曾经围着我嗡嗡叫，引来一只又一只、一群又一群，它们是抢我便当的苏明宇，藏我作业本的梅露莎，笑我是野种的欧思文，还有满脸钉子的麦科迩，他常常学着朱莉的嗓音在课堂发出令女同学面红耳赤的叫声。我捡起石子砸过它们，削尖的铅笔在它们身上也折断过无数次，可是海拉镇人喜欢苍蝇，他们愿意成为苍蝇，嗡嗡叫着，喊着，提醒我的存在是个错误，而朱莉，仅仅因为美丽，就已经成为他们眼中的笑话。

傅雷校长领我进教室，指着罗妮身旁的空桌唤我过去。除了梅娜家的卧室，我又多了一个专属于自己的位置，一个即将见证我成长的座位。可是当我坐下来，看着擦掉了所有字迹的黑板，心中霎时涌起一阵莫名的恐慌：是否我拥有的位置越多，在朱莉心里的位置就会越少呢？

罗奕跑过来，手搭在我的肩膀上，大声宣布我是浦斯，是他的新朋友、新伙伴。

"还有我。"罗妮站起来说。

他们的热情令我想起罗文送的朗姆酒。也许只有朱莉喝了以后才能辨别出里面的热情是真或假。我接受了他们的友情，仅仅是接受，如果他们在我面前袒露心声，我也不会拒绝。在海拉镇的时候，落单与伤害教会了我如何利用友谊来保护自己，即使搬来风头岛以前我的朋友只有一个，却也足够分担我的忧伤与孤独。它是一只偶然闯进屋子的大黑蚁，孤单而弱小，只会用无尽的沉默去对抗世界。我用朱莉喝空的小酒瓶豢养它，给它起名叫峨眉，并对它诉说海拉镇人的冷漠，袒露我对朱莉的眷爱，还讲述我们拮据的生活。在朱莉上夜班的漆黑里，它和我相依为命，共同消解漫漫长夜和充满嘲笑的白天。它死的时候，我伤心欲绝，一边哭，一边将它放进嘴里，慢慢咀嚼，我要牢牢记住它的味道，我要让它融进我的血液，与我合为一体，永不分离。

罗奕与罗妮的热情冲淡了我对朱莉的思念。他们紧紧跟着我，逢人便说我是他们的朋友，每当我答完于莲小姐的提问，他们的掌声就会及时响起，急促而明亮，好像我的回答给他们带来了莫大的荣耀。若不是罗奕屡次三番将谈话内容扯到朱莉身上，我几乎相信我们不仅能成为朋友，还会成为亲人。

现在，罗奕看着我，脸上的期待像一锅烧烫的油："要不我带你去找她吧？"他说。

"不用你去。"

"你会迷路的。对吧，罗妮？"

"是的。"罗妮说。

罗奕快步走在前面，领着我们，穿过一条林荫道，又拐进种满茼蒿菊的石板小路，迎面撞来的广场在阳光下闪闪发亮，几只鸽子在水池边一粒一粒地啄食爆米花，白花花的喷泉从一座双翼天使的嘴里喷洒而下。广场四周，所有房子井然有序，一棵棵凤凰木与一株株天竺葵被铸铁雕花栏杆挡在生活之外，永无止境地展示着它们的翠绿与娇艳，跃跃欲试而又循规蹈矩；小草谄媚得淋漓尽致，没有人在意它们是该站立，抑或长跪不起；风轻轻吹着，不敢有半点僭越。一切都在规则之内，但又蠢蠢欲动。

罗奕走向一间白墙蓝窗的店铺，门前排开的六张桌子旁坐满了顾客。罗妮自言自语："他们怎么突然喜欢上吃面包了呢？"

我僵住脚步，塞满面包店的人群像一团粘满尘土的棉花糖，朱莉一定会责备我弄脏了它。当我执拗地要跟她去参加蒙加德的晚会时，她曾经从花盆里抓起一把泥土撒到刚刚买回来的棉花糖上，盯着我的眼睛，告诉我没有人愿意吃脏掉的东西，而我恰恰是弄脏它的尘土。可是，为什么我不能做棉花糖呢？多么甜啊，多么软绵绵，多么纯白无瑕。我望着飘出阵阵香味的面包店，仿佛一条即便遇上风暴也不敢靠岸的船。

"浦斯，快走啊。"罗奕跑回来，拽着我的手走向面包店。他步履坚定，如同签了生死状的士兵，向前，再向前，直到深入敌阵，直到战死沙场。多么甜啊，多么软绵绵。如果棉花糖脏了，一定是他的冲锋扬起了阵阵灰尘。

是的，与我无关。

罗妮还在喃喃自语，她对所有迥异于寻常的事物都保持着莫名其妙的好奇，就连我为什么搬来风头岛也要刨根问底。我不想理会她。多么甜啊，多么软绵绵。朱莉的气息已经透过人群，浅浅的，柔柔的，牵引着我，穿过重重日子，越过漫漫生活，一步步走近她忙碌的工作台。她穿着一件白色工装衫，扎着一条白蓝相间的围裙，满头长发束在高帽里，露出了雪白的脖子。

"她真像一只天鹅。"罗奕说。

多么甜，多么软绵绵，多么纯白无瑕啊。

"长大后我也要成为她。"罗妮说。

我想呼喊她的名字，我想冲到她怀里，紧紧抱住她。就让所有人都羡慕吧，让他们买光所有面包也只能领到一抹游鱼般的微笑。他们挤成一条长队，轻声攀谈，漫不经心地挪动脚步，目光刚落到她身上，一呼吸又飘到了其他地方。人满为患的面包店里，因为他们飘来飘去的目光而显得更加拥挤，并更加明亮。

"爸爸，爸爸，你怎么没看见我们呢？"罗妮突然喊道。

往门外挤去的罗文折回身，伸手抬高压在头上的棒球帽："你们怎么来了？"他挡到我跟前，目光在我脸上舔了一圈，最后落在罗奕身上。

"我们送浦斯来的。"罗奕说。

"爸爸，你怎么也喜欢吃面包了呢？"罗妮问。

"买给你们明天做早餐嘛。"罗文弯下腰，手搭在我的肩膀上，满脸堆笑地说道："浦斯，听说你去上学了？"

梅娜说风头岛没有秘密，原来是真的。我甩开罗文的大手，朱莉的气息还在召唤我，多么柔软，多么香甜，多么可惜，多么可恨啊，我的特权正在遭到所有人的蚕食，我的眷恋在众人的围困中成了一只拔光毛的小猫。

高高的柜台将我拦在阴影里，朱莉可以不用看见我，也可以选择听不见我的呼喊。她欢送每一个顾客，声音柔软得像一根羽毛。多么动听，多么甜蜜，他们愿意买光所有面包，他们是拥有不同名字的蒙加德。他们是我的敌人，我举起手，不是向他们投降，我只是希望朱莉可以抓住我的手，把我拥进怀里，用我的幸福炮弹轰散他们。

罗文抱起我，挤向柜台，脸上堆着蜂蜜一样的笑容，探头向朱莉说道："看看谁来找你了。"

"没看见我在忙吗？"朱莉竖起双眉，扫开我伸过去的双手。

罗文转过身，挤离人群放我下来，说道："看来我们只能回去等她了。"

我趁罗文还未直起腰时拍了拍他的肩膀，说："她只是喜欢工作时全神贯注，你可不要怪她。"罗文讪讪地笑了笑，兴许他觉得被一个小孩安慰远比遭受拒绝还要难堪。我将视线移到朱莉身上，她依然笑语嫣然，每次接过顾客的账款，食指总在他们手背上轻轻滑一下。就像在海拉镇一样。

罗妮又挽起我的手，唇角刻着从朱莉身上学来的微笑。她已经不再关心人们为何会突然迷上吃面包。她看着朱莉，满脸甜蜜，仿佛又拥有了一个妈妈。我眉头紧皱，既不想比她少看一眼朱莉，也不愿意就此将朱莉拱手让人。我希望面包店突然停电，好让朱莉的身影消失在黑暗中，可无论我如何祈祷，四周始终一片明亮，日光照进来，如同一只绵羊闯进了狼群中。罗奕还不想走，他不知何时拣了个视野最好的角落，背靠墙壁静静遥看朱莉。

"浦斯，你怎么来了？我的小宝贝。"马林端着装满面包的篮子走出来，声音像触电一样。

噢，我的小宝贝。噢，我的小宝贝。我恨极了他的语气，仿佛我是他的开胃甜点。我往他的方向扫了一眼，在他身旁，朱莉仍然笑意盈盈，洁白的双手触碰着每一个付账的男人，却不愿意给我一个拥抱。她一定摸透了我的情绪，我蓦然而起的愤懑，并不比刚刚出炉的面包滚烫。即便我曾一次又一次溜进蒙加德的酒馆，一次又一次被她赶回家中，我的愤怒也仅仅像一阵风，吹过了就无影无踪。而当她睡前给我一个吻，我更会相信所有嫌弃与冷落，都是爱的另一种形式。

马林放下面包篮，穿过毫不着急的结账队伍，来到我跟前。"想不想吃面包？我的小宝贝。"他的声音吸引了所有人的目光。

"我不是你的小宝贝。"我说。

"小浦斯似乎生气了。"罗文说。

"不，爸爸，不是的，我猜他一定是被大家吓到了，这么多人，他可不认识几个。"罗妮说。

"那可要麻烦你了，我的朋友，帮我送他回家，你知道的，我和朱莉现在分身乏术。"

罗文拍拍胸口，表示一切包在他身上。他叫醒罗奕，接着牵起我和罗妮的手，慢步向门外走去。他们弯腰和我说话，却在做决定的时候从不问我是否乐意。我回头看向朱莉，长长的队伍还在一点点向她靠近，她盈盈而立，每一声招呼，每一个笑眼都恰到好处。她朝我努了努嘴，似乎我的离开完全是她的主意。多么香甜，多么柔软，多么明亮啊。我没有带走我的愤懑，它缠绕在门前的风铃上，每当有人推门而过，就会喊出我的不满。

罗文又带我走了一遍尚云路和日光广场之间的最短路线。我牢牢记着它。每次放学后，我总会想方设法支开罗奕和罗妮，骗过梅娜，一个人偷偷溜到广场上，静静遥望朱莉工作的面包店。自从罗文带我离开后，我就再也没踏进过店里一步，坐在喷泉池边是我接近朱莉的最佳距离，在见不到她的漫漫白日，回忆容许我毫无限制地接近她，连散落在四周的鸽子也不会打扰我。而喷泉洒下的声音常常让我想起在海拉镇时她陪我洗澡的日子。

我把中午吃剩的面包屑扔到地面，等待鸽子啄光它们，等着早早坐在一侧的骆利和欧翰思打开话匣子，重复每天的话题。

"听说她来风头岛之前不叫朱莉。"

"消息哪来的？"

"这个就不能告诉你了，总之花了我不少钱。"

"你说她为什么还单身呢？"

"我们的首善林颂不是看上她了吗？"

"乱传的，他只不过是到店里买了一个面包而已。"

"也是，来买面包的人可不止他一个。"

"昨天有人看见她和一个男人在芬里尔餐厅吃饭，也许有人快要得手了。"

"我问过服务生了，他们可没见过她。"

"哦，看来又是大家在乱说。"

"真羡慕马林。"

"我何尝不是呢。"

他们羡慕马林，却不羡慕我。多么可悲，多么可恶啊。倘若我和朱莉还在海拉镇，倘若他们在窗外窥探过我们的生活，又怎会羡慕马林呢？可当我想到海拉镇，蒙加德的身影又会活灵活现，想到他开着红色的奔驰和朱莉绝尘而去，世界突然变得昂贵起来，而我只是一个一文不值的毛头小孩，在他面前，哪里有什么可羡慕的呢。

吃晚饭的时候，我问朱莉："蒙加德会来风头岛吗？"

朱莉猛地甩了我一巴掌，吼道："你发什么神经？"

马林和梅娜愣在原地，事情发展得太快，他们还来不及弄清楚原因，我便捂着红肿的脸颊跑回卧室。我没有放声大哭，不是因为朱莉的殴打已非首次，也并非我内心足够坚强，对受到的伤害毫无所谓，而是我深感羞愧。我们说好来风头岛开始新生活，忘掉海拉镇的一切，朱莉显然已经做到了，可我却跋涉在过去的泥泞里，并毁掉了我们之间的誓言。这是一种背叛。还有什么比发现自己原来是背叛朱莉的人更可悲的呢？

楼道传来沉重的脚步声，我躺到床上，背对着门口。如果是梅娜，我不愿见她，以免她絮絮叨叨责怪朱莉；如果是朱莉，噢，亲爱的朱莉，我怎敢面对她呢？我宁愿她再给我一巴掌，让我心里的愧疚轻一些，哪怕仅仅少掉一毫克。

脚步声停在我背后，空气中飘来一丝桂花香。我的眼泪不听使唤地在眼眶里打转，墙壁似乎在融化，世界似乎在沉没。床垫因为增加了一个人的体重而震了一下，仿佛一条突然靠岸的船。我知道，此刻坐在我背后的人一定是朱莉，她的气息、她抚摸我脊背的手，都在以一种甜蜜而温柔的方式告诉我，她来了，她原谅了我的毁约，并且永远爱我。

她亲吻我的脸颊，柔声说道："浦斯，你一定会原谅我的，对不对？"我浑身颤抖，泣不成声。我多么想告诉她，错的人是我，该乞求原谅的人也是我啊。

"要不，你也打我一巴掌吧。"

"不，朱莉，我不要打你。"我坐起来，看着她，终于忍不住放声大哭。

朱莉抱着我，也哭了起来。

梅娜听见我们的哭声，急匆匆跑上来，发现我们抱在一起，又哭又笑，便心满意足地下楼去了。

多么苦涩，多么甜蜜啊。在朱莉怀里，我又尝到了只有在海拉镇才能体会到的幸福。自从搬来风头岛后我就一直在想念它，寻找它，今天终于如愿以偿，我恨不得哭慢一点，哭长一点，最好时间也能停下来。可我不愿意看见朱莉哭泣，我发誓要保护她，又岂能惹她伤心落泪呢？

"梅娜姨母一定以为我们想家了。"我止住哭声，哽咽着说道。

"可是我们的家在哪里呢？"朱莉说。

"这里不算吗？"

"浦斯，你还小，还不懂家的意义。"

"我懂，你在哪里，家就在哪里。"

朱莉又亲了我一下，说道："浦斯，你喜欢风头岛吗？"

我想起罗文，想起坐在喷泉池边嚼舌根的骆利和欧翰思，想起挤满面包店的男人，摇摇头。可是朱莉目光里的企盼和柔软，又促使我推翻掉刚刚的决定。

"喜欢。我交了朋友。"我说。

"我也喜欢风头岛，但是我们要想在这里安家，就不能一直住在梅娜家，你说对不对？"

"可梅娜姨母说我们就是她的家人。"

"这只是她的房子，浦斯，只是她的。"

朱莉双目泛红，泪水顺着脸颊滑下，淹没了所有值得企盼的明天。我强忍着随时会决堤的哭声，伸手拭去她脸上的泪水，我颤抖着喉咙在她耳边发誓，我会快快长大，我也一定会如她所愿，当一名酿酒师，然后买下一栋属于我们的房子。

"哦，浦斯，到时候我已经老了。"朱莉说。

"你为什么会老呢？"

"因为你已经长大了呀。"

我愣住了。我想不明白，为什么我的成长必须以她的老去为代价？为什么在她最美丽的时候我只能跟随在她背后，就像一只坏掉滚轮的行李箱？

"浦斯，从现在开始，你要像一个男子汉一样牢牢记住我说的话。"

我深深地呼吸一口气，为能分享到朱莉的秘密而感到莫名的幸福和激动。我相信即便数十年以后，此时此刻的心跳声也不会消逝，它将一直回荡在我耳边，一次又一次带我回到朱莉身旁，重温她说过的每一个字。

"我犯过一次错误，接着你就出现了。你知道的，人一旦犯错，生活的列车就会失控，坠向深渊，而海拉镇就是那个等在我们面前的深渊。我还年轻，你也还小，我们应该拥有更好的生活，不是吗？可是单靠我一个人，我们只能淹没在深渊里。我常常想，为什么我不找个人嫁了呢，就像梅娜一样。风头岛是个好机会，在这里，我也许可以找到一个真正喜欢我们的人，他会为我们遮风挡雨，为我们建造一个真正的家。但是这个家，需要我们忘掉海拉镇，忘掉我们在那里发生过的一切，所有的一切。"

"可是你要嫁给谁呢？"

"到时候我会告诉你的。"

"那你还会爱我吗？"

"当然了，也许我还可以给你生个小弟弟呢。"

"我不喜欢弟弟，他只会和我争抢你。"

"那我们说好了，以后再也不能提海拉镇的事。"

"就像我不能问爸爸是谁一样吗？"

朱莉一定没想过我还敢提起这个词语。爸爸，谁是爸爸，哪里来的爸爸？她跳起来，眼睛像起爆的炸弹。我慌忙闭上双眼，藏进自我封闭的黑暗中，敛声屏息，一动也不敢动。空气中到处飘满灰烬，一股陨石般的威压自天而降，有一瞬间，我感觉自己的脸在崩塌。这股威压集中到我额头上空，伴随一阵香气，重重地撞了下来。最先是皮肤颤动，随后骨头咔嚓响。我被一个柔软的吻击中，所有疑惑与煎熬全都土崩瓦解，灰飞烟灭。我久久睁不开眼，不是因为生怕一切都是错觉，而是希望永远记住这一刻。

"我们说好了，忘掉过去。"朱莉又在我的额头上亲了一下，仿佛在和过去道别。

我心里有什么东西被挖走了，空洞洞的，不断有风在进进出出。我已失去过去，而现在了无意义，更妄谈未来。自那一刻起，我的世界便再无界限，时间一片混沌，生活成为一种可能，而非真真实实的存在。

路灯亮起以后，朱莉没有下楼，她搂着我躺在床上，哼起了蒙加德第一次约她出去时，她坐在梳妆台前唱起的歌谣。她的歌声像一块肥皂，滑滑的，带着淡淡的清香。我心中的树苗再度苏醒，根须钻过风头岛的层层泥土，扎进朱莉软软的体温里，叶子片片张开，仿佛夜空里的星星。我突然害怕失去朱莉，害怕她找到托付终身的人后，我会成为尚云路上的野草，枯荣自顾，有根但无主。我紧紧搂住她。如果我有一双翅膀，我一定要抱着她飞去一个无人问津的地方，没有蒙加德，没有海拉镇人的闲言碎语，没有风头岛人闪闪烁烁的目光，整个世界只有蓝天白云，还有干干净净的大地。

我问梅娜，为什么人无法长出翅膀？她把手印在我额头上，随后吓了一大跳，慌忙抓起电话叫来胡格森医生，命令他给我开出一个月也吃不完的退烧药和维生素片。她又拨通傅雷校长的电话，告诉他我病了，必须静养一段时间。

傅雷校长一定在电话里问起了朱莉，梅娜挂上电话时满脸不悦，嘴里不断念叨着："朱莉，又是朱莉，发烧的又不是她，凭什么要问候她呢。"

我求梅娜给我一粒巧克力糖，趁她起身离开时，我将药丸吐出，接着扔到窗外。我浑身乏力，只是因为无法接受朱莉终会嫁给别人的事实，想到她终将和别的男人出双入对，我对未来失去了期盼，即便嘴里含着巧克力糖也无法抵消心里的空虚和惆怅。

梅娜回到楼下，寂静中传来电视新闻的声音，一阵又一阵，如同海浪拍击着我的脑袋，朱莉的形象幻成了一艘船，在巨浪中沉沉浮浮，除非靠岸，否则我永远无法看清她的全貌。她的气息，她的柔软，也全都被海风吹散了，空气中只剩下海水的苦涩，还有由于大海浩瀚而形成的寂寥。我看着屋顶，心中空落落的，就连坚硬的墙壁也变得患得患失。我不能失去朱莉，不能失去她。我猛地坐起来，我要去找她。我要对她说，朱莉，我们回海拉镇吧。

梅娜躺在沙发上，怀里抱着一桶薯片，电视正在直播台风登陆的景象。她没有挣扎起来，没有高声呼喊"我的孩子"，她像块口香糖一样沉沉睡着，全然忘了我的存在。我走到街上，天空灰蒙蒙，灼烫的阳光似乎已经蒸发掉空气中的所有氧气。我后悔没有带上我和朱莉的合照，如果台风真的途经风头岛，我们也许可以神不知鬼不觉地离开这里。罗文的房子前停着一辆校车，但不是素日里接送我们上学的那辆，它油漆斑驳，车窗松落，就像一个尘封多年的故事，连阳光照射在窗玻璃上，也反射不出一点刺眼的光芒。

　　"浦斯，你不是生病了吗？怎么跑出来了呢？"罗妮刚下车，就高声喊道。

　　"笨蛋罗妮，他又不是死了，怎么不能出来。"罗奕说。

　　我不想搭理他们，从尚云路到日光广场还有一段长长的距离，我耗费的每一秒钟，朱莉都极有可能用来答应别人的求爱。罗奕似乎看透了我的心思，追上来，搂住我的肩膀，满脸凝重，目光却充满了向往。

　　"暴风雨就要来了，你们还跑去哪里呢？"罗妮喊道。

　　"你们别跟着我。"我怒道。

　　罗奕毫不在意我的愤怒，继续用身体推着我往日光广场走去。我狠狠地甩开他的手，挡到他面前，问道："罗奕，你想干什么？"

　　"你不是要去找朱莉吗？我陪你去。"

"不，我不准你去。"

"噢，她又不是你的，凭什么我不能去？"

"不，她就是我的。"

"是吗？你都不叫她妈妈，谁知道你是她什么人呢。也许你只是她捡来的野种。"

我一头撞翻罗奕，抢拳在他脸上胡乱猛揍。罗奕扭动着身体，双拳雨点一样打在我头上。我用力骑住他，如果身旁有石头，我会毫不犹豫地拾起来砸向他的脑袋。他是我的敌人，我要让他记住，接近朱莉必须付出代价。罗奕就地滚动，趁我扑过去时猛地踹起一脚。我应声倒地，滚烫的柏油路撞得我眼冒金星，浑身疼痛。

"别打了，你们为什么要打架啊？求你们别打了。"罗妮挡到我们中间，眼泪汪汪。

我爬起来，瞪着罗奕，舌尖尝到了血的咸腥味。罗奕吐了口唾沫，脸上挂着刀片一样的微笑。风不知何时起了，出门前还堆在天边的黑云此刻已经布满整片天空。我们怒目而视，罗妮隔在我们中间，隔断了我们身体的碰撞，但无法阻断我们的憎恨。

"我们回家吧，暴风雨快来了。"罗妮说。

风卷过一阵又一阵，没有关紧的窗户发出惨烈的撞击声，路边的凤凰木摇摇晃晃，似乎随时会飞到半空。

"你跟妈妈一样，只喜欢外人。"罗奕甩了罗妮一巴掌，捡起书包，快快而去。

"我没有跟妈妈一样，我没有，我没有。"罗妮泪水涟涟，哭声飘在海浪一样的大风里，就像一只迷航小船。

我看了她一眼，很好奇她和罗奕为什么要恨他们的妈妈，难道不是应该恨娶走她的人吗？我舔到嘴唇的伤口，刺痛与鲜血猛地将我拽回大风中。我转身向日光广场走去，踽踽独行。大风以为我是一棵小树，发誓要将我连根拔起。我提醒自己不必害怕。我穿着朱莉花了五十元买回来的黑色运动鞋，双脚还套着她洗干净的白色旧袜子，一步步拔向面包店。我不怕，是的，我不怕。朱莉说过，只要我不嫌弃鞋子便宜，双脚就能像树根一样深深扎进她的爱意里。我弓腰前行，眼睛盯着鞋尖，警告自己不能因为风没有方向地吹着，就怀疑朱莉的爱意不够坚实。她给予我生命，还为我带回做成爱心模样的巧克力饼干，昨夜依然轻吻我的额头和我道晚安，她必定是爱我的，要不然今天早上也不会督促我必须刷牙才能吃早餐。风感受到了我的笃定与喜悦，使出更加凶悍的力气阻止我前进，甚至施展诡计吹乱我的油头。不过，我一点儿也不气恼。当它卷着路上的落叶、废纸与尘土从我脚旁刮过，我听到了它们的惊呼，仿佛一群流浪儿在羡慕我有一个妈妈。我体会到了一种从未有过的幸福与荣耀。我加快脚步，在重重的、厚厚的大风中劈开一条通向朱莉的道路。"奔跑吧，骏马，除了死亡，没有什么能阻止你前进。"每当朱莉需要我去给她倒一杯酒时，她总会如是鼓励。我幻想她又在高喊，于是努力前行，不敢有一丝松懈。一滴雨掉到我脸上，如一个吻。这是朱莉对我的奖赏。我摆动双臂，奋力奔跑，不管泥泞的乌云已经摔下天空，不顾雨水正以病毒的方式感染着一群又一群雨滴。突然，闪电劈下，滚滚雷声把雨水化成了巨兽。我走进野兽的咆哮里，每一滴雨都在吞噬我的身体。我失去了方向，甚至感觉失去了身体。

我号啕大哭，分不清身上流的是眼泪还是雨水。我的哭声被大风吹散在雨声中，泪水与雨水一起流向下水道。我喊着朱莉，叫着梅娜，呼唤着每一个认识的人，声音在暴雨里跌跌撞撞，还没传出几步就被雷电击落，溅起阵阵水花。我呼吸困难，雨水不仅淋湿了我的身体，还随着我的呼吸进入鼻腔，呛入气管。我全身颤抖，恐惧从雨水中张开一个个血盆大口来撕咬我，绝望从地面探出一只只手来撕扯我的双脚，我全身剧痛，一步也走不动，除了哭喊，什么也做不了。我要死了，被一场暴雨淋死。罗奕会继承我的一切。他会拿起剪刀剪开我与朱莉的合照，看也不看就将我扔进垃圾桶，剩下朱莉被他抱在怀里，陪他做各种各样的美梦。他喊朱莉妈妈，声音呢喃，就像他从来没有失去过妈妈一样。罗文知道他需要妈妈。罗文说我已经进入天堂，世间一切苦难再也不会伤害我。他假我之名安慰朱莉。他拥抱朱莉，抚摸她的长发，手指掠过她的耳朵，最后停留在她的腰间，那是我的脑袋刚刚能触到的位置，他提醒朱莉，我的身高永远停在了那里，我会永远作为一个天真烂漫的小孩，伴随她走过一生，永无痛苦。我无法阻止朱莉相信他。我已经没有温度，没有声音，没有血肉，连名字也没有人能够想起，更何况她太容易相信别人，而又不知道自己会失去什么。罗文既然答应给她一个家，势必会得到她毫不犹豫的应许。穿上精挑细选的白色婚纱吧，踩着红地毯享受鲜花与赞歌吧，伸出无名指让梦寐以求的钻戒套牢吧，不经分娩就拥有一对儿女吧，举杯吧，让暴雨再大一些，让失去的重新失去。

我看见一个黑色巨影从闪电中走出，死神啊，你要带我去哪里？可以别去天堂吗？我承认在蒙加德的皮鞋里放过图钉，他停在路边的轿车也被我刮出一条弧线，我还往他的水杯吐过口水，同时许下咒语，好让他听从我的指令辞退朱莉。我承认，蒙加德在床上殴打朱莉时，我剪破了他扔在地板上的定制西服，他说从德国买回来的朗格手表也被我放进水里浸泡过。我还偷偷往他的三明治里放花生，要不是朱莉骑到他身上喊饿，我断不会把它藏起来。来吧，带我下地狱吧，朱莉每次喝醉以后都会说那是我该去的地方，她认定我生来就有罪，当然她也不例外。

我张开双臂，直到黑色巨影来到身前，露出一张湿漉漉的脸。"小伙子，你很勇敢啊。"是罗文，大胡子罗文。他穿着黑色雨衣，胡子就像海带。我猛地又哭了起来："我只是迷路了。不要告诉朱莉。"

"当然，所有人都会迷路。"罗文用一件白色雨衣套住我，声音不容置疑，"来吧，跟我回去。"

罗奕与罗妮正猴在门前等我们。罗奕向我点点头，也许他心里愧疚，认为我被暴风雨摧打多少有他的缘故，"爸爸，梅娜阿姨说找到浦斯后务必给她回电话。"

"朱莉呢？"罗文把雨衣挂到墙上。

我盯着罗奕，生怕遗漏一个字。罗奕也看着我，目光明亮："朱莉阿姨要来接他。"

罗文拍了拍我的脑袋，眼里亮起闪电。雷声突然震天动地，就好像它们是罗文的心跳。"孩儿们，战斗已经打响，该我们上战场了。"他振臂一挥，"罗奕，你带浦斯去洗澡，换一套衣服。"他看向大门旁的鞋柜，眉头紧皱，幸福的家庭不该在鞋柜里发生暴乱，每一双鞋子都不能沾上生活的泥垢。他猛地蹲下，抓起鞋子猛敲地面，全力分离鞋底与泥巴的纠缠，武力制止皮鞋与拖鞋的厮打。

罗妮试图帮我脱下雨衣，可是她的身高只够得着我的下巴，根本无法将雨衣从我头上拔出去。我不得不弯下腰，配合她反向用力，雨衣脱掉的瞬间，我和她扑通一声，摔在地上。罗奕忍俊不禁，似乎想嘲笑我，嘴上却说："笨蛋罗妮，什么也做不成。"

我看向罗文，等待他扶我起来。

罗文仔细端详鞋柜，直到心满意足，才直起身快步走进屋内，仿佛还有更紧急的军情需要他去处理。"罗妮，收拾你的玩具。"他转移兵力，开足马力奔赴客厅前线，向沙发与茶几发起猛烈冲锋。

罗妮朝我笑了笑，仿佛她即将牺牲在前线。她义无反顾地跑过去，侵略地板的玩具发出阵阵号叫，面对人类的反攻，它们根本无力抵抗。

罗奕被他们的斗志感染，慷慨激昂地领着我走向浴室，如同装甲车一样"哐当"一声撞开门："你会自己洗澡吧？"他想演示一下如何用花洒放出热水，眼里又闪过一丝狡黠，"战斗已经打响，我要去帮忙了。"他关上门，浴室瞬间成了我的战场。我打开花洒，在枪林弹雨中向命运的高地发起反击。他们说这是一场战争，我相信。现在我已深陷险境，不能再让朱莉贸然挺进包围圈。我要与她会合，打好这场突围战，回到属于我们的地方。

我穿上罗奕的衣服，梳好头发，快步走向隐隐飘浮着一股酒香的客厅。原先的战斗已经结束，但冷枪冷炮还在放。"小伙子，看看谁来了。"罗文舒舒服服地坐在沙发上，翘起的二郎腿正在宣示这里是他的领地。他从我身上抽回视线，看向正在与罗妮玩积木的罗奕，声音就像脸上的胡子，粗犷但又热情洋溢："罗奕，快把感冒药端来。"他回过头，目光越过放着两个玻璃杯的茶几，落在对面沙发上，声音变得硬邦邦，"小朋友淋雨后，要吃点药预防感冒发烧。"

我没有接过罗奕冲泡好的感冒药。我僵着脸走过去。电视正在播放新闻，"盖亚"台风没有从风头岛登陆，它转移路线，直奔海拉镇而去。沙发上，不见朱莉的身影，取而代之的是马林，他一身黑色西服，就像刚刚参加完葬礼。他剃了胡子，脸上光秃秃的，只剩下女人喜欢的精致。我在茶几旁站定，站在两个男人的擂台中间，问道："朱莉呢？她不来吗？"

"她有事耽搁了，你把药吃了跟我回去。"马林在行使朱莉赋予他的权利，声音听上去仿佛他就是我的父亲。

罗文看向我，目光再次宣示，这是他的领地，他的主场，他有权力支持我的决定。我向他挪了两步，说道："我只要朱莉。"

马林更加严肃，说出来的每一个字，都像是从刑法里抠出来的一样："没有小朋友会在雷雨天跑出去玩，你不仅犯下了一个大错，还让梅娜蒙受冤屈，要为你的错误向朱莉道歉，你现在若是再耍性子，我就替朱莉揍你一顿。"

他的声音吓到了罗妮。她放下积木，走过来要我陪她玩耍。我甩开手，看着马林："我只要朱莉。"我不怕恐吓。蒙加德不止一次说过要送我去孤儿院，甚至扬言要把我卖给人贩子，还趁朱莉宿醉未醒时把我一脚踢到角落里，骂我是没人要的垃圾。海拉镇人更是屡次三番宣称我是霉头，最该在肚子里就打掉。相比他们，马林更像在讲道理。可是讲道理要是有用，就不会存在暴力。我可不怕暴力，朱莉曾经抓起一张椅子扔在我身上，海拉镇人说我皮糙肉厚多少也是因为她总喜欢对我拳打脚踢，特别是我的脸，早已记不清领受过多少次巴掌，那些红红的掌印并没有随着时间的流逝消散得一干二净，而是沉积成一层层盔甲，给予了它战士一般的勇气，此时此刻就算马林要赏我一记耳光，它也绝不会退缩。

罗文站起来，微微一笑："小伙子，叔叔这里终究不是你家，你还是跟马林回去吧，来，把药喝掉，发烧可不好玩。"

我渴望发烧。我渴望大病一场，这样朱莉就不得不照顾我了。我再次推开罗奕递过来的感冒药，看着马林说道："我要朱莉。"

马林猛地站起来，脸色骤红，全身哆嗦。他的手掌已经蓄满力量，就等着高高扬起，再狠狠地拍下。罗文跨出一步，挡在我身前，笑道："我说马林，要不还是让朱莉来一趟？罗奕，去打个电话，不，还是去请朱莉阿姨吧。"

罗奕如领军令，也不管马林是否同意，把杯子放下转身就跑。他刚奔到门前，惊呼声就传了进来："爸爸，浦斯，她来了。"

马林面无表情，重新坐回沙发，漫不经心地拿起玻璃杯喝了一口茶，目光落在挂在墙上的《星月夜》仿制画上，仿佛要透过仿画者的笔法和梵高探讨艺术与人生。罗文一把牵起我的手，端起那杯感冒药，走向大门，脚步控制在既大步流星但又不慌不忙的节奏上。我的掌心湿漉漉的，分不清是自己在冒汗，还是罗文太紧张。

"罗文先生，我的好邻居，给你添麻烦了。"朱莉的声音就像悬挂在墙壁上的梵高仿制画，明明是假的，但依旧色彩明艳。她换下了面包店的工作服，身穿只有陪蒙加德出去约会时才舍得穿上的真丝小黑裙，隆重耀眼，插在花瓶里的塑料玫瑰花顿时被映衬得笨拙无趣。

罗妮跑过来，仰着头："朱莉阿姨，我们没有麻烦，你别怪浦斯。"

朱莉的视线越过我，转向罗妮，牵住她的手，温柔一笑："亲爱的，我要是有你这样的女儿该多好啊。"她抬头看向罗文，弧线柔美的鼻子抖动了一下，像是闻到了熟悉的香气，"罗妮爸爸，我该如何感谢你呢？"

罗文耸耸肩："要不陪我喝一杯？我最近收了一瓶1989年的帕图斯，一个人喝掉太无趣。"

朱莉双目一亮："1989年的帕图斯？我曾经见过。虽然酒主人只允许我站在一丈之外观赏，但它绝妙的品色已深深印在我脑海里，我的好邻居，你真舍得喝掉它？"

"酒嘛，自然是要喝掉的。"罗文摆出邀请的姿势。

"爸爸，你不能喝酒，妈妈说过你再喝酒她就不回来了。"罗妮几乎要哭起来，"罗奕，你快劝爸爸。"

罗奕气鼓鼓："笨蛋罗妮，妈妈早就跟人跑了。"

罗妮又抬起头："朱莉阿姨，你可以不喝酒吗？"

朱莉抚摸她的脑袋，声音柔软："亲爱的，我们要是不喝酒，酿酒的人就赚不到钱，没有钱，他们会饿死的。"

"小女孩终究还是跟妈妈亲。"罗文满脸抱歉，"你看我和她妈妈都已经离婚两年了，还一直念着她会回来，好像她只是出了一趟远门。"他摇摇头，领着朱莉走进客厅。

我被遗忘了。我大声咳嗽，故意沉重呼吸，即便走路踢着地板，朱莉依旧对我不理不睬，仿佛我不是一个实物。我走到她身边，扯碰她的裙摆，渴望抓住她空下来的另一只手，可她依旧目不斜视，一手牵着罗妮，一手抬起来捋着长发，兴趣盎然地跟随罗文坐到沙发上。

她要喝酒。她要否认我的存在。她要无声控诉我的过错，责罚我在无形的牢狱里度过一天又一天，一年又一年。她向马林笑了笑，一手拉过罗奕，让他也坐在身边。

罗奕满脸通红，身体硬邦邦，双手像遗物一样无处安放，两只小眼睛闪来闪去，忐忑得无药可救。罗妮可比他舒服多了。她紧紧挨着朱莉，脸上洋溢着甜美的幸福。她双唇翕动着，似乎要向全世界宣告，她又有妈妈了。朱莉依旧不看我一眼，就连声音也如同装了雷达绕过我，在客厅里回荡："罗妮爸爸，你们家真整洁，我都不好意思走动了。"

"整洁有什么用呢，它需要一个女主人。"罗文用一个雕花木盘托着一瓶红酒和三只酒杯走出来。他看了我一眼，说道："罗奕，罗妮，你们陪浦斯去玩吧。"

罗奕和罗妮没有收到他的指令。他们屏蔽外界一切信息，心里只有朱莉。他们也把我放弃了。我成了一个证据确凿的入侵者，很快他们就会架起机枪大炮，把我轰出他们的幸福家园。

"玩什么呢，就让他们好好坐着，我喜欢他们。"朱莉两眼闪动，"罗妮爸爸，时间够了？"

"每逢下雨天，我都喜欢喝一杯，醒酒时间自然是够的。"罗文放下雕花木盘，往高脚杯倒酒，隐约飘浮在空中的暗香瞬间变得真实起来。

我不敢动一动。这是朱莉走向幸福、触摸天堂的神圣一刻，我若惹她心情不好，必定会招来一顿毒打，甚至会被她扔进杂物间关上几个小时，有时候她会彻底忘记我的存在，过了整整一天才猛然想起我还在关禁闭。我假装自己仍然是众人的焦点，努力让自己沉浸在一个又一个无聊透顶的故事中，心里只想着朱莉会乘着酒兴对我挥挥手，把我从无形的牢狱中解救出来。

我的目光在众人身上潜游，一不小心就撞上了马林的暗礁。他拧眉竖目，胡茬在怒气的供养下，正在勇敢地冒出下巴。他伸出颤抖的手，未经主人邀请，就端起高脚杯，仰头一饮而尽："好酒，可惜我还要回去照顾梅娜，就不奉陪了。"他遽然站起，怒气还陷在沙发上，久久不散，完全意识不到它的主人已经阔步离去。他走到门前，回头问道："浦斯，你要不要陪我回去？"

我坐到他遗留下来的怒气中，用沉默表明态度。他耸耸肩，打开门，一阵冷风猛地闯进来，带着雨水的潮湿。"我来了，我来了。"梅娜像打开的香槟出现在门口，庞大的身躯把风挡在门外，只让她身上的香水味吹进来。她挽着马林，声音热情洋溢："老马，你怎么知道我要来？我都还没按门铃呢，我们俩真是越来越心有灵犀了。"

她用肉颤颤的身体推着马林走进客厅："浦斯，我的小浦斯，你可真有勇气啊，竟敢对抗暴风雨，我都不知道该为你骄傲，还是为你担忧了。不过我相信你肯定会平安无事的，你这么可爱，就算是雷电也会避开你的。朱莉，你看，他不是好好地坐在这里吗？"她坐到我身边，搂着我，厚厚的嘴唇在我脸上刨了几下，"当然，还要多亏我有一个好邻居，罗文，你说我该如何感谢你呢？要不孩子们的生日蛋糕就由我来定吧？我会让老马做成孩子们想要的模样，我们的男子汉罗奕一定喜欢钢铁侠对不对？小罗妮呢，我猜应该喜欢白雪公主，我小时候就喜欢白雪公主，裙子啦、鞋子啦，还有各式各样的玩具都要与白雪公主有关，记得当时我还求爸爸妈妈把卧室改成了城堡。"

罗文摇着头，啧啧称奇："可惜我小时候没住在风头岛，要不然我就有一个公主殿下做朋友了。"

"我们现在不是朋友吗？"梅娜满脸真诚，"你是不是不想和我当朋友呢？酒杯只有三个，我和老马，难道你只能挑一个？你别跟我说这是男人之间的友谊，你看，朱莉也在喝呢，她有的，我也要有，你可不要偏心。"

罗文连忙喊道："罗奕，快给梅娜阿姨拿个酒杯。"罗奕就像生锈的螺栓，久久才从朱莉身旁拧开，又火速跑向吧台，取来一个高脚杯，放在茶几上。他坐回朱莉身旁，仿佛他才是她的儿子。

我瞪着他，没有人在乎我的感受。我是一阵风，一阵未经邀约就闯进屋内的风，没有一只手会挽留我。我是一片阴影，灯亮就缩在所有人脚下，灯灭就弥散在空气中，我呼喊着所有人都听不见的话语，挥舞着连自己也感受不到的手臂，我不曾存在，也不该存在。也许我该做一只酒杯。罗文倒好葡萄酒，环顾众人，最后看着朱莉说道："感谢这场暴风雨，让我们有机会聚在一起。"

我应该做一只酒杯，让他们举着。

"罗文，还是让我们马林来吧，祝酒词他最擅长。"梅娜提议。

马林的怒意已经被梅娜坐压进沙发里，化成了绒绵的柔软。他站起来，脸上洋溢着久别重逢的喜悦，就像海边的灯塔在遗弃多年后又被重新点亮："年轻时我们常常谈及梦想，我们对人生充满期待，以为自己长大后一定会出人头地，我们拼命奔跑，努力追赶生活的脚步，慢慢我们会发现，生活糊弄了我们，它让我们一直在原地打转，就像一个陀螺，很快我们还要承认，终我们一生，都无法梦想成真，即便是最平常最稀松的养家糊口，也会让我们疲于奔命。但生活终究还是馈赠了我们，它容许我们为爱前行，赠予我们朋友，为我们准备佳酿，让我们在暴风雨面前仍能举杯相庆。"

梅娜泪花闪闪，恨不得依偎在马林怀里。我猜她在等待马林给她一个深吻。我后悔做酒杯。我应该成为马林的声音，或者他的祝酒词。如此一来我就能钻进所有人的耳朵，闯进他们心里掀起波澜，尤其是朱莉，我要让她幡然醒悟，搬到风头岛是个错误。它并不能改变命运。生活就是一个陀螺，一直在原地打转，马林说的，准没错。

"老马啊，你怎能埋没自己的天才跑去烤面包呢？"罗文又啧啧称奇。不可否认，他不仅是一个好邻居，还是一个无比称职的男主人。在这个暴风雨侵袭的黄昏，他贡献了这间屋子里最好的一瓶酒，还尽职尽责，对每一个客人都发出诚意十足的称赞，其恭维程度，让人不禁怀疑他是不是另有所图。

朱莉若有所思，酒杯微晃，目光扫过众人，最后落在我身上。她的眼神闪过一丝惊慌，双肩颤动，就像突然发现自己还有个儿子："浦斯，你为什么要去淋雨？"

倏忽间，我不再是酒杯，我重新成为我，一切都沐浴在朱莉的目光里，如同偏航的海轮重回航道，断线的风筝再度系上尼龙线迎风飞扬。我泪眼婆娑，哽咽着说不出话。我挣脱梅娜投射在灯光下的阴影，逃出她身上散发出来的香水禁锢，走到朱莉面前，压住抽泣说道："我害怕你不要我了。"

朱莉摇了摇酒杯，仰头一饮而尽。我渴望成为她的杯中酒。我应该被她喝进嘴里，在舌头尝尽芳香后，顺着食道进入胃部，再伴随阵阵蠕动转移到肝脏，最后散进血液中。我重新与她合为一体，不再是她身上掉下来的一部分。她的体温，她的血肉与虚无缥缈的梦想，全都有我存在，除非死亡，没有人能够分离我们。我等着她将剩下的我拉入怀中，承诺即便山崩地裂也不会丢下我不管。她瞄了我一眼，移出酒杯，冲罗文嫣然一笑："别怪我暴殄天物，当你还没有准备好拥有一个孩子时，酒就是最好的麻醉药。"

"这个世界上，没有父母敢说自己已经准备好。"罗文拿起酒瓶，一副心有体会的模样帮朱莉续杯，又为梅娜和马林添上他们的爱情食粮。罗奕与罗妮瞪大眼睛，仿佛罗文倒出来的葡萄酒就是他们的血液。他们正在遭受遗弃。我默默站着，既不幸灾乐祸，也不同病相怜。暴风雨已经来了，风头岛正在遭受肆虐，一切不牢固的、没有根须的统统会被摧毁，何况我们还是依附品。

"你们胡扯什么呢！"梅娜重重地放下酒杯，满脸通红，"你们别把错误都推给孩子，他们可是无辜的。"她指向朱莉与罗文，"你，还有你，你们两个，必须好好记住，是你们将孩子们带到了这个世界上，是你们把苦难强加给了他们。"她义愤填膺，呼吸突然变得沉重，泪水夺眶而出，"我和马林，我和马林多么不幸啊，我们一直想有一个自己的孩子，可是这么多年过去了，孩子呢，孩子到底在哪里？"

　　马林紧紧抱住她，雨点一样亲吻她的额头："梅娜，别哭，别哭，我们会有孩子的，你要相信我。"他推开罗文递过来的纸巾，一脸愤懑，声音却温柔得像一根羽毛，"我们走吧，我们回去，别忘了你明天还要去找人商量生日舞会的事情呢。"

　　梅娜让他搀扶着走向大门，没走几步又回过头："罗文，我的好邻居，再过两天就是我的生日，你记得要来啊。"她的目光在朱莉和我身上来回移动，像是在寻找她遗失已久的珍宝，"朱莉，你别贪杯，照顾好我们的小浦斯。"

　　我希望朱莉严格遵守梅娜的规定。我等着她抱住我。罗妮往旁边挪，示意我坐过去。我没有动。我渴望朱莉听见我无声的呼喊，祈求她承认我的存在。我不是透明的玻璃杯，不是居无定所的风，不是给她带来苦难的厄运，不是与她无关的一件废弃品。

"可怜的梅娜，我们没伤害她吧？"罗文站起来，望着紧闭的大门，摇摇头，声音有点忐忑，"要不，我们换个地方再喝一杯？"

"你说出去？"

"不不不，就在家里。不瞒你说，我有一个地下室，平时放一些吃的喝的，除了帕图斯，还有一些苏格兰威士忌什么的，趁这机会，咱们都尝尝。"他向朱莉发出新的邀请。

朱莉游离的目光瞬间鲜活起来，脸上洋溢着毛茸茸的白猫从衣物堆里弓起腰的满足感。她看向我，像跨栏运动员一样跃跃欲试："孩子们怎么办呢？"

"我做了羊肉焖饭，解决他们的晚餐应该不成问题。至于我们，下雨前我订制了一只炭烤羊腿，用来下酒最好不过。"罗文似乎早就计划好一切，"罗奕，我要交给你一个任务，只要你照顾好浦斯和罗妮，吃完饭后，我允许你们到书房玩，但是不能毁坏任何物品，这是军令，你能不能做到？"

"保证完成任务。"罗奕原地跳起来，就连罗妮也满脸雀跃，"罗奕，这次我要先当舰长，你不许耍赖。"

"你这书房到底藏了什么，让他们这么兴奋？"朱莉很好奇。

"离婚后我买了一台火星航天模拟器，就摆在书房里，坐在里面能体验到宇宙航行的刺激，然后忘掉世间一切烦恼。要知道，人在宇宙面前，不过是沧海一粟，生命是暂时的，苦难也是。"

"听你这么说，我也应该去体验一下啊。"

罗奕与罗妮听到朱莉也要去体验火星航天模拟器，慌忙拖着我往餐厅跑。一个高声喊着："不行，绝对不行，今天的火星航天器是我们的。"一个气鼓鼓："爸爸，你快带朱莉阿姨去地下室，记得多喝一点，我们会好好玩的，别担心。"

我虽然好奇火星航天模拟器，但更希望和朱莉待在一起，更何况她今夜一定会喝个尽兴，我必须守着她，避免她彻底成为一只猎物。可是罗奕与罗妮始终挨着我，一旦我表现出与吃饭无关的动静，就立刻揪住我，仿佛我是一个罪大恶极的囚犯。我自知逃无可逃，于是将自己分成两半，一半坐在罗奕与罗妮中间，大快朵颐；一半飘回客厅，跟随朱莉走往地下室。

我看着她在桌旁坐下，目光跟随罗文的讲解在酒架上移动，从帕图斯到苏格兰威士忌，从伏特加到白兰地，从摩根船长到阿卡维拉斯，从杜松子酒到各式各样的啤酒，最后罗文一定还会介绍他珍藏的白酒，无论瓶装还是坛装，它们都包装得令人望而却步又一心想将它们尽收囊中。我看见朱莉与罗文推杯换盏，谈笑风生，一片又一片地嚼着炭烤羊腿。这是她生平第一次在不需要献出身体的情况下，尽情享受着酒精带来的愉悦与刺激。她会后悔没有早早来到风头岛，没有在认识蒙加德之前就与罗文相识，甚至后悔不是罗文致使她生下我。她越来越放松，微醺带来的舒适令她意气风发，声音充满魅力，就像一个邮戳，让每一枚邮票都已实现它的价值，令每一封信都已抵达它的终点。

罗奕与罗妮夹着我走进书房，映入眼帘的火星航天模拟器瞬间消解了我的敌意，但也加重了我的嫉妒。他们拥有一个爱他们的爸爸，而我没有。我曾经问过朱莉我的爸爸究竟是谁，可是朱莉不仅不告诉我，还赏我一顿毒打，又把我拖进黑乎乎的杂物间，警告我永远都不能再提这个问题，甚至剥夺了我喊她妈妈的权利。她要我永远记着，我是错误的，是未经邀请就闯进她的世界的侵略者，身上永远携带着厄运与苦难，我生来就该被遗弃，且一生都不该得到祝福。我之所以活着，皆因她当时没有钱去做流产手术。所以，我又是贫穷的产物。我坐在火星航天模拟器里，坐在昂贵的幸福中，看着兴奋尖叫的罗奕与罗妮，心中越发确定，我与他们生来就不同，我是多余的，是一个错误引发的另一个错误，我不仅是恶果，还是造成痛苦的根源。我毁了朱莉。如果没有我，或许她能嫁给蒙加德。现在她与罗文在地下室，喝着珍藏的美酒，谈笑自若，彼此欣赏。我看见崭新的生活正在向她招手，从微醺进入酣畅，她褪去了生活的伪装，声音更加柔软，身体更加热爱自由。她想到自己才二十八岁，这样的年龄，正适合谈一场轰轰烈烈的恋爱。她感慨着，若是没有我，她会义无反顾地奔向远方。她梦想成为一名冲浪运动员，脚踏冲浪板，如海鸥一样翱翔在惊涛骇浪之间。她说人生不过如此，时而冲上浪峰，时而滑入涛谷，沉沉浮浮并非我们说了算。冥冥中，有一只我们看不见的手在左右着我们。不过，她始终是坚定的无神论者。她只是无法明白，为什么人生充满了不确定。也正因如此，她向往海边的生活，冲浪，坐看云卷云舒，任由海风吹乱长发，吹动碎花窗帘。她说大海把生活分成了两半，一半在内陆，它是浑浊的，凌乱的，所有人与事纠缠在一起，道德评判出来的对错已经没有意义。另一半在海边，经年累月被海风吹拂，被海浪冲刷，只剩下最初的自我，就像沙子，一粒粒骨感分明，个性十足，但又能彼此相近，连成一体。

罗奕与罗妮还在尖叫，他们要带我离开地球，飞向太空。液晶屏幕做成的舷窗上流动着浩瀚星河，忽而有陨石自深空撞来，航天模拟器警笛大作。有一瞬间，我以为这一切都是真的。我惊慌大叫，唯恐就此与朱莉永别。她还没有承认我的存在，还没有赋予我生来就该拥有的身份，无论如何，我都不能在离开世界时还是一个多余者。更何况，这绝对不是一条通往地狱之路。朱莉说过我们最后要去的地方只能是地狱，只有在那里，对与错才不重要，而无论是谁先下去，我们都能等到彼此。

航天模拟器很快又响起广播，提示我们躲过危险，即将在火星降落。罗奕与罗妮兴奋不已，仿佛他们已经代表人类征服了新世界。在一阵剧烈抖动后，舷窗投影出火星广袤无际的红色土地，地球已经远成深空的一点星光。我再也看不见朱莉。她应该尝尽了罗文珍藏的美酒，由酣畅进入酩酊，情绪也变得捉摸不定。她忽而开怀大笑，忽而郁郁寡欢；前一秒还在回忆童年，一转眼又谈及婚姻；刚刚聊起初恋，话锋一转就骂起了经常到面包店里骚扰她的男人。罗文不断随声附和，手刚刚伸出，她立刻走到一边，仿佛要找回丢失的人生。随后，她看向墙壁，仿佛那里开着一扇窗。狂风暴雨已经撤退，街上一片荒凉，该残败的已经残败，不想丧失的迟早会丧失。她突然泪流满面。暴风雨走了，风头岛的胜利与她无关，可是它的每一条路都与人生纵横交错，每一盏灯都照见生活的艰辛，那些她避而不见的往昔，全都像混凝土一样铺满了整座城市，没有一寸土地可以供她种植新生。她再次避开罗文伸过来的手，苦笑着解释自己还没准备好。是的，她还没准备好。当护士把我交到她怀里时，她还没准备好；当罗文带她来到书房迎接我们重返地球时，她依旧犹犹豫豫，患得患失。我们拖着昏沉沉的脚步穿过长街，既不形同陌路，也不相互搀扶。此时此刻，只有我们，她是我的朱莉，我的妈妈，我竭尽全力靠近但又始终相隔甚远的妈妈。我希望大街再长一些。再长一些吧，哪怕就这样走完一生。此时此地，只有我们，不管她承不承认，我都是她的一部分，她的落寞与期待，痛苦与耻辱，统统在我心里生根发芽。她好像醉了，又似乎比任何时候都清醒，有一瞬间，我担心她会猛然回头，指着我怒吼："你为什么一定要跟着我？为什么？我都已经一无所有了，为什么还要缠着我不放？你要我死吗？"我吓了一跳，仿佛看见她当街跪下，央求我放她一条活路，慌忙喊道："朱莉，我不要你死。"

朱莉回过头，声音像刚刚剥离的指甲："浦斯，我不会死的，我只会好好活着。"她向我招手："来吧，来我扶一下。"

我跑上前，胸膛山崩地裂。朱莉看了看我，突然又转身往前走，趔趔趄趄，似乎完全忘了自己刚刚说过什么。我不敢再靠近一步，心里像被大雪冰封。这是她重新放弃我的时刻，没有他人旁观，她不会再有顾忌，倘若我表现出一丝丝执拗，必定会惹来一顿毒打。我假装风也是被抛弃的，想象每一摊积水都源自唾弃，妒忌每一盏路灯都能得到人的赞赏，当废弃的塑料袋被夜风卷到半空，我甚至羡慕它获得了全世界的包容。朱莉始终低着头，一声不吭，背影就像一支蘸满墨水的毛笔。她一定想和我一笔勾销。画上叉号吧，否决过去，重新答一次人生这道难题。

梅娜的房子还亮着灯，门廊充满警惕，冷冷地辨认着朱莉的身份，仿佛在说这里是爱情的星系，唯有虔诚者才能获得光与热的赏赐，离经叛道者终将毁灭于茫茫夜空。朱莉说，这就是向流星许愿不灵的缘故：生存即绕行，祈愿于毁灭必招来毁灭。她摇摇头，用前额叩门，如同在祈祷。我抬头看向夜空，没有流星划过，远处闪烁的星火，也仅仅是别人的幸福生活。

"梅娜，原谅我吧。"朱莉抓着门把，倾身仰头，根本不在乎她的姿势永远打不开门。

屋内响起一阵脚步声，也许没有，我分不清。

"梅娜，我让浦斯向你道歉。"朱莉松开手，侧身靠着门框。

铝雕门发出一阵骨折声，马林出现在光芒中，白色健身运动服已经打败黑色西服，牢牢占据着他的身体。"梅娜吃下安眠药就睡了。"他抚摸我的脑袋，"小伙子，梅娜和我都没有怪你，我们是一家人，此时此刻，开心健康最重要。"

我强忍着发型变乱的厌烦接受他的慈爱，由他牵着走进屋内。空气中洋溢着栀子花香，电视正在播放朱莉最喜欢的《罗马假日》，一瓶红酒站在茶几上，妩媚地望着两个空空的高脚杯。

朱莉深深地呼吸了一口气，双目放光，抓起酒瓶，往高脚杯倒进半杯酒，仰起头一饮而尽。"浦斯，你去睡吧。"她歪到沙发上，一头沉进公主与记者的爱情故事里。

我站着不动，祈祷朱莉改变主意。我希望她想起，在海拉镇的时候，每个风雨过后的夜晚，她都会拥我入睡。我们一起做梦，心跳彼此呼应，她不再孤独，而我也不再多余。

"走吧，我的小勇士，你的小公主还在梦中等你去搭救呢。"马林一把抱起我，冲锋陷阵一般跑上楼，走进黑漆漆的卧室，把我按到床上，自己则在床边坐下，抓着我的手，声音像发起进攻的军令："现在，闭上你的眼睛，睡觉。"

我的失望没有跟上来，它还停留在楼下大厅，被吊灯照得影影绰绰。我的怒气也没有被黑暗稀释，而是与它融为一体，笼罩着卧室，侵蚀着光线照顾不到的角落，让灰尘更沉重，令蜘蛛网更没有意义。我感觉床在摇晃。它会漂走的。它冲下楼梯，闯进街道，浩浩荡荡的河水把它推向夜色更深处，没有人问它要去往何处，自然也不关心我是否需要搭救。我们离开城市，在崇山峻岭间穿行，一只猴子爬上大树，向着冷月嘶叫。枝叶突然抖颤了一下，一张猴脸猛地闪出，身影跃动，叫声如泣如诉。它们扭在一起，枝叶起浪，本能的野性充斥在夜空，让野蛮生长的荆棘显得无比温顺。它们视大树的高度为窠臼，纵身跳到地上，身体交叠，草屑飞扬，嘶叫声越发肆无忌惮，全然不知文明就是从跳下大树的那一刻开始的。我双脚踏地，四周一片寂静，风如同野兽的呼吸。猴子消失不见，只剩一轮冷月，像灯一样照着一切。这里并不是荒山野岭，而是一个任由植物自然生长的院子，透过窗户，我看见我正走下楼梯，大厅里，电视还在播放《罗马假日》，茶几上的酒瓶已经倒下，喃喃说着清醒或者不省人事都不是它能决定的事。我不知道要找什么，吊灯闪烁，地板又幻成了床。我静静躺着，四周一片漆黑，有人在呼唤我，声音就像用口红在镜子上画画。我不该坐起来，循声而去。我拼尽全力奔跑，但又一直困在原地，呼唤我的声音，已经变成沉重的喘息，湿漉漉的，就像融化在嘴巴里的冰棍。我跑啊，跑啊，看不见一切，却又知道一切，黑暗不知何时散开了，我又躺回了床上，四周身影晃动，有人抚摸我额头，有人扎我手臂，有声音在交谈，激昂的，温柔的，带着哭声的，像战鼓擂动的。它们为我而响，但表达的却是他人的情感与需要。

也许，我病了。

我听见自己在喊朱莉，看见她身穿黑裙，像是准备出席我的葬礼。她说了什么，我听不清。我全身乏力，如同刚刚结束一场长途跋涉，还来不及卸下车上的行李，又要跟着她出门远行。阳光白晃晃，我头晕目眩，分不清是她的双腿太白，还是高跟鞋太红艳。她刚推开梅娜姨母家的铝雕门，高跟鞋就踏进了一家小酒馆。坐在高脚凳上的两个老人停止闲谈，转头看向铃铛响处，敢与白日争妍的吊灯瞬间暗淡下来。

他们有一双动物的眼睛。我想提醒朱莉，然而她已经在他们身边的高脚凳坐下，熟练地敲响吧台。酒馆老板从吧台的阴影里直起身，就像一只被惊醒的黑猫，目光迷离。他脸色蜡黄，头发理得根本不需要梳子，看上去五十来岁。他放下酒杯擦拭布，双手互握，搁在吧台上摆出祈祷的姿势："喝杯什么呢？"

"小伙子，你们有什么推荐吗？"朱莉问。

"浦斯，送她一杯丽伯特。"瘦小如蝙蝠的老人说道。他的名字可以是伯伦，至于姓马还是姓唐，我不确定。他的声音浑厚响亮，脸上的皱纹却触目惊心，令人不得不联想他是否历尽了世间所有苦难，以致身体走在了年龄前面。

"也给我们一杯。"肥胖如白鹅的老人说道。他掏出手帕擦拭额头，即便酒馆已开足冷气，肥胖还是把他煎得大汗淋漓，就连呼吸也油腻腻的。他适合叫温迪。在我的记忆里，每一个胖子，都会叫这个名字。胖迪，多么亲切啊，只要唤一声他的名字，就感觉已经认识多年。

他们叫着浦斯。也许是在叫我。我看向吧台，酒馆老板已经不见踪影，只有我站在那里，朱莉也不再是我的母亲，她成了另一个人，一个我只叫得出名字的人。我的声音有点嘶哑："这就是你们一早来找我的缘故？那一天到了？"

"你不觉得今天的天气很好？"伯伦问。

"这跟天气有什么关系？"我问。

"当然没关系，我们只是想告诉你，这是一个决定，我们已经决定好了。"温迪说。

我从酒架最高处取下那瓶丽伯特，看着他们，直到他们点点头，才拔开木塞，倒进醒酒器，再重新拿出四个玻璃杯，放在吧台上。门外，阳光明媚，驶过的车辆闪耀着光芒，走过的行人也明亮如鹅卵石。一切流动的都在闪烁，充满希望。我看见一阵风，想到它会刮起一只塑料袋，摇落早该掉落的枯叶，甚至吹动片片白云，说道："如你们所愿，天气确实很好。"

"我希望下一场雨。"朱莉伸出食指，在玻璃杯口上画圈。

"天气可不是希望来的。"伯伦说。

"这是一句名言。"温迪弹响酒杯，"浦斯，你会记下来，对不对？"

我往杯里倒酒，飘逸在空中的酒香柔滑如丝袜。

"自从存了这瓶酒，我就一直期待着这一天，如愿以偿的感觉真不错。"伯伦说。

"可不是，人不就是靠一个个梦想活下去的吗？"温迪说。

"喝完它以后怎么办？"朱莉问。

"没有以后。"我说。

"他的意思是别管以后，活在当下。"伯伦说。

"这可难了。"朱莉说。

"无非就是跟自己和解，有何难呢。"温迪说，"到最后，人总是要接受一切的。"

"包括死亡？"朱莉问。

"包括死亡。"伯伦点点头，"你怎么找到这儿的？"

"我刚参加完葬礼。"朱莉说，"哪里能喝一杯，我就到哪里去。"

"那么，敬今天吧。"伯伦端起酒杯，脸上的皱纹挤成一团。

我们隔着空气碰杯，让红酒像一段重新忆起的往事，经过舌尖的解析与重组，身体再度感受到了生活的喜怒哀乐。一辆洒水车从门前经过，声音盖住一切，洒落的水花与高高扬起的灰尘纠缠在空中，散发出交媾的气味。落叶与废纸以为拥有了翅膀，高高飞起，又重重坠地。在机械面前，一切不再拥有自我。温迪说："他们只管表面，真正需要清理的在人心里。"

"所以世上才会有酒，它能让人敞开心扉。"伯伦说。

"那么，你们说的那一天，是个什么日子呢？"朱莉问，"丽伯特可不便宜啊。"

"我们要出一趟远门。"伯伦说。

"真羡慕啊。"朱莉说，"老了以后还有朋友相伴，应该很幸福吧。"

"幸福有很多种定义。"伯伦继续说道。

"比如再喝一杯？"温迪笑了笑，先干为敬。

"这是我的荣幸。"朱莉说道。

我们的酒杯都空了。喝得太快，时间就会变得多余。我摇了摇醒酒器，慢慢往玻璃杯中倒酒，尽量让时间流逝得更多一些，最好是把这一生就流得一干二净，可直到醒酒器里一滴不剩，墙上的挂钟也仅仅走了三十秒。

"浦斯，我一直有个疑问，你说要在这里等一个人，到底是谁？"伯伦问。

朱莉与温迪看向我，目光就像刚刚产下的牛犊。

"不知道。"我说，"也许这是一个我不该逗留的地方。"

"你这是不信任我们。"温迪说。

"这跟信任没关系。"我说。

"有没有可能，只有等到了那个人，你才知道自己究竟等的是谁？"朱莉说。

我看向她，心中动了动。

"其实，等待是没有意义的。"伯伦说。

"但人生这么长，总不能所有事情都要有意义吧。"朱莉说。

"人生很长吗？"温迪问。

"不长吗？度日如年的。"朱莉问。

"我今年六十四了，每每想起年轻时经历过的事情，都恍如隔世，有时候前一秒钟还在缅怀初恋，下一刻又步履蹒跚去到公园里喂鸽子，这种捉摸不定，让每一次回忆都像一生。"伯伦看向朱莉，问道："你知道最让我痛苦的是什么吗？"

朱莉耸耸肩，夹在指间的香烟冒出阵阵迷雾，让她以为自己早已隐藏得严严实实。

"每次回忆，都在否定自己。"伯伦看向酒架，仿佛那里有他痛苦的根源，"爱而不得，除了碌碌无为，还是碌碌无为。"

"来吧，敬我们虚度的一生。"温迪说。

我们隔着空气碰了碰酒杯，不约而同地抿了一小口，妄图用这样的方式阻止时间流逝。

"不过，生活不就是这样吗，有人如愿以偿，必然有人心灰意冷。"朱莉说。

"你呢？"我问。

"我亲手毁了自己的人生。"朱莉又耸耸肩，"当时我还年轻，十八岁，以为付出就是爱情。"

"你比我们强，我们连付出的勇气都没有。"温迪说。

"可笑吧，我还给他生了个孩子。"朱莉笑道，"这下可好了，我不仅要恨他，还要恨他留下来的野种。"

"他也是你的孩子。"我说。

"我宁愿不要。"朱莉抓起酒杯，一饮而尽，"我宁愿不要。"

"但你已经作出抉择。"伯伦说，"也许你可以这样想，这个世界从此多了一个在乎你的人。要知道，像我们这种人，没有人会在乎的，不管是生是死。"

"我们是哪种人？"朱莉问。

"你说哪种人会在下午就开始喝酒呢？"伯伦说。

"浦斯，你喜欢我们这种人吧？"温迪问。

我从酒架上拿下那瓶奥比昂红酒，伯伦摆摆手，站起来："你的珍藏，还是留给你等待的人吧，我们也该走了，记得帮我们打电话。"

温迪也推开高脚凳："一切刚刚好，微醺即人生。"

他们隔着吧台与我握手道别，又向朱莉挥挥手，转身就走，一点也不拖泥带水，就连空气也没反应过来，迟迟没有填补他们空出来的位置。他们走了。门上的铃铛还在欢快地响着，欢迎他们再次光临。他们走了。午后的大街车水马龙，无论是汽车抑或行人，都有自己的目的地，只有风不知所谓地吹着，只有我还在原地，想承认点什么，又不知该如何做。

"他们要去哪里？"朱莉问。

"他们不想活了。"我拔开酒瓶木塞，"再喝一杯？"

朱莉站起来，匆匆走到门口，推开门，一阵生活的喧声闯进来，如同一枚炸弹落在酒馆里。她在街上望了望，巷道里飞出一只灰雀，栖落时树枝恍然大悟地颤了颤。来来往往的车辆杀气腾腾，撞过来，又冲出去，完全不像来自文明世界。她努力恢复什么也不在乎的模样，转身回到酒馆，关上的玻璃门重新把喧闹拒之门外。四周一片寂静，就像捅了马蜂窝。她站在原地，背对着我，声音布满裂纹："你知道吗，有一瞬间，我差点以为今天参加的葬礼就是他们的。"

"就算是吧。"我给自己倒了一杯奥比昂。

"算了。"她重新推开门，生活的枪林弹雨再次出现。

"我还有别的事，先走了，谢谢款待。"她关上门，把寂静还给我，转身消失在阳光中。

寂静是一种空白，我无处躲藏，不得不重新成为自己。我睁开眼，四周一片漆黑，分不清是白天还是黑夜。我喊着朱莉，打开门，光明带来的音乐与喧闹，潮水一般扑面而来。我沿着廊道往楼梯走去，一楼大厅里，灯火辉煌，所有人都身着盛装，脸上挂着加工过的笑容，嘴唇无不粘在牙龈上。我找不到朱莉，只听见梅娜的笑声，像海浪撞击在礁石上，处处充斥着是大海曾经孕育了一切的自信和力量。有人在喊我，透过人群，我看见罗妮穿着雪花裙手舞足蹈地跑过来。

"浦斯，你终于好了？"罗妮伸手摸我的额头，笑逐颜开，"梅娜阿姨说你发烧了，加上今天，你一共睡了两天呢。"

"你看见朱莉了吗？"我问。

"她在当服务员呢，我爸爸说，她应该穿上最好看的裙子跳舞，而不是托着餐盘服侍大家。"罗妮递过来一根奶酪棒棒糖，"我们去院子玩吧。"

我避开她伸出的手，走向人群。他们祝福梅娜，感慨朱莉跟她一起组织了一场无与伦比的生日舞会；他们讨论时事，指出像朱莉这样的公民，应该得到社会的关注与帮助；他们谈起食物，一致认为朱莉的手艺远胜风头岛所有人。他们聚在一起，用语言搭起与朱莉的联系，倘若他们有幸进入朱莉的卧室，必定会躺到她的床上，用尽全身细胞去感受床褥的柔软，也许他们会忍不住在她的枕头上留下轻轻一吻，拿起她用过的瓷杯喝水，用她常用的润唇膏涂抹嘴唇。他们还会到处走动，努力留下自己身上的气味，表示她不在时，他们曾经来过。我应该去朱莉的卧室把门锁好，还有蒙加德送给她的绳子内衣，务必藏起来，要不然他们一定会像蒙加德一样，命令她穿起来走猫步。这时候，大厅突然响起一阵小提琴的吟唱，人群散开，身穿宝蓝色鱼尾长裙的梅娜，像虎鲸一样劈波斩浪而来。她的勇士，一身黑色燕尾服的马林，顶着凯旋的笑容从大厅另一侧走出，锃亮的皮鞋仿佛是他的战马。他们在大厅中央会师，搅起一阵看不见的水浪，小提琴无力承受，匆忙唤来钢琴，妄图用协奏的海浪彻底将他们淹没，可他们旋转得越来越快，远远看去，如同一个旋涡，小提琴与钢琴不得不拼尽全力，它们已经看到，在旋涡中心，一座火山正在喷薄而出，过不了多久，整片海域就会沸腾起来。它们无计可施，唯有铩羽而归，任由梅娜与马林去采撷在众人心里培育了整整一晚的掌声。正当所有人都以为他们会弯腰致谢时，一束星光自屋顶射下，牢牢攫住他们，迫使他们相拥而吻。掌声再度响起，仿佛它们的主人刚刚见证了一个伟大的盛典。此时此刻，岂能缺少音乐的歌颂？有人重新押出小提琴，逼迫它奏响最伟大的乐章。赞美爱情吧，祝福主人吧，把幸福都交给舞步来诠释吧。梅娜与马林挥舞着双手，所有人像被催眠了一样，跟着旋律舞动起来。在欢乐海洋的岸边，我看见朱莉身穿黑色短裙与白衬衣，抱着餐盘，站在柱子旁一动不动。我跳起来挥手，高喊着"朱莉，朱莉"，可她依旧纹丝不动，目光始终聚焦在跳舞的人群身上。我突然痛恨这个舞会，甚至厌恶所有扭动身体的人。他们何来权利安排朱莉托着餐盘四处奔波？又何德何能享用她的微笑与服务？她最应该穿上晚礼服随歌而舞，不管这是谁的节日，她都必须享受尊贵与自由。我向她跑去，可罗文已先我一步走到她面前，弯腰伸手，邀请她踏歌起舞。朱莉指了指餐盘，示意她还有工作要做。罗文耸耸肩，转身看向众人，双手摊出，仿佛在说此时此刻没有人需要她的食物与酒水。朱莉抬起双手指向自己，又拂拂衬衣，显然，她认为身上的衣服不适合登场跳舞。我加快脚步，恨不得立刻跑到朱莉身边，把她推向罗文。去吧，去做所有人的主角，而不是待在角落里当旁观者。我希望罗文更野蛮一些，抓起她的手吧，把餐盘扔掉，带她走上人生的舞台。我慌不择路，一头撞在一堵墙上，它软绵绵，散发着刺鼻的香水味。

"浦斯，我的小宝贝，你怎么又起来了呢？还到处乱跑？"梅娜像山一样挡在我面前，抓着我的肩膀，转头对马林说："亲爱的，他一定是肚子饿了，你把他白天没吃完的牛肉番茄菌菇汤端来。"

　　马林抚了抚我的脑袋，转身向朱莉与罗文的方向看了一眼，仿佛在分辨厨房到底在哪里。他迈开腿，又恍然大悟一般回过头说："梅娜，要不叫朱莉来照顾他？"

　　"不需要，我不需要。"我急忙喊道。

　　"你看，他在抗议呢。"梅娜环顾四周，脸上露出歉意，"他们多么热情啊，可不能冷落了，就让朱莉安心替我招待他们吧。"

　　马林快步离去，锃亮的皮鞋差点在地板上扬起一片轻尘。梅娜拉着我刚坐到角落里，他就端着一个保温盅匆匆赶了回来。梅娜打开保温盅，舀起一勺汤试了试温度，耳朵似乎听到一个极其重要的旋律，连忙问道："亲爱的，这还是第二支舞曲吧？蛋糕准备好了吗？快把致辞给我看看，我好像全都忘了。"

　　马林挤挤眉头，提示我接过保温盅快吃，随后看向众人，胸有成竹地说："马上就要放最后一支舞曲了，别担心，有我呢，一切都已准备妥当。"他从裤兜里掏出一张台词卡，交到梅娜手上，弯腰亲吻她的额头，"我相信你一定会讲得非常好，就算是脱稿即兴，也绝对动人无比。"

梅娜把头靠在马林怀里，目光如烧热的锅。他们一个坐着，一个站着，音乐赋予他们的激情已经消散，现在音乐只是他们借出去的翅膀，无论那些人飞得多么高，气氛多么欢乐，他们都有权利阻止这一切。但他们不能阻止朱莉。我听见小提琴渐行渐远，最后远成了一个消失在迷雾中的背影，人群散去，大厅恢复平静。朱莉向罗文摊手耸肩，看，一切都已经结束，跳舞的事情，只能交给下一次了。

梅娜猛地跳起来，抱着马林，说道："亲爱的，最后一支舞曲了，快帮我看看，我的发型有没有乱？我的裙子需要再换一条吗？"

马林温柔地抚摸她的头发："你永远都是最美的。"

音乐再起，我全身一颤，挥舞双手大喊："朱莉，破落的人啊，破落的人啊。"

众人看向我，无不以为我在骂朱莉，待到音乐渐浓，他们才发现我说的是《Por Una Cabeza》，一首探戈舞曲。

朱莉抱着餐盘，一动不动，像是陷入了回忆的旋涡。她一定想起在海拉镇的日子，每当《Por Una Cabeza》奏响，蒙加德就会邀请她跳一支羡煞旁人的探戈舞。只有在那个时候，她的人生才是螺旋上升的，音乐会消弭她命运里的苦难，赋予她幸福，并帮她插上翅膀，自由飞往所有梦想的彼岸。

罗文心领神会，迅速回到她身边，一把抢过餐盘，不容置喙地扔到一边，抓起她的手，阔步走向大厅中央。

"马林，客人还是要招待的吧？我的蛋糕谁来搬呢？"梅娜问道。

"别担心，我们不是还请了两个服务生吗？他们正忙碌着呢。"马林的目光始终焊接在朱莉身上，"要不我现在过去帮忙？"

"不行，我需要你陪在身边。"梅娜依偎在马林怀里，"真没想到罗文竟然会跳舞，还以为他只会鼓捣机器呢。"

"朱莉也会跳。"我钻到人群最前面，如同穿过漫漫光阴，越过海拉镇与风头岛之间的荒原与永风公路。灯光下，我重新成为我，而朱莉也已经和罗文翩翩起舞。音乐开始具备世俗性，不再是耳朵的专属与大脑的顿悟，它成了身体的延伸，语言的物化，每一个音符都在诉说欲望，每一个旋律都在暴露生命的本能。实际上我知道音乐是最具欺骗性的，把身体交给音乐，绝不是一次勇敢的自我解放，所谓的闻歌起舞，也许仅仅是把刀抽出刀鞘，没有敌人，它的锋利只会伤害到自己。这就像相爱以后，每天都需要把垃圾桶清理干净，可即便如此，时间一长新的垃圾还会堆积如山，随着桌布沾染的油污变厚，随着沙发破损的面积变大，随着脱落在床垫上的皮屑与毛发越来越多，目之所及，生活处处破烂不堪，曾经的激情也早如墙纸开裂发霉，除非换掉，或者改涂新鲜的油漆，否则任何修葺都只是徒增疮痍。现在，罗文似乎又给音乐找到了一个新属性，让它成为一座楼房，在音符堆砌起来的专属空间里，他与朱莉相互燃烧，彼此照亮。没有谁能浇灭他身上的无形火焰，像所有肉食者一样，火赋予他权利，给予他坚持自我的力量。他坚信，在感受火的时候，身体与肉体会成为两个概念，一个涉及灵魂，一个事关欲望。这就好比窗户开在墙壁上一样，看见与被看见同时发生，感受与被评价同时存在，如若有一支春色突然闯进，就必须承认生命对肉体的渴望与生俱来。这一点，罗文定不会否认。他伸手触碰到了朱莉的衬衣，以及它呈现出来的社会性与身份特征，于是每一个舞步都在引发涟漪效应。他踌躇满志，甚至比架在战壕上的机枪还坚毅。打退敌人，取得胜利，这是进化赋予他的使命。也许朱莉并不拒绝当进化史里的一环，也许她体内的欲望之火就源自我喊"Por Una Cabeza"的那一刻。那一刻，她体内的每一个细胞都在呐喊，渴望舞动，甚至被观赏。除了白衬衣，她庆幸自己穿了一双高跟鞋，还有能够勾勒出完美臀部的黑色短裙，要不然她实在鼓不起勇气站到大厅中央。可她闪烁的眼神似乎又在诉说这是一个错误的决定，究竟是埋怨罗文破坏了她的工作，还是为没有早一点接受罗文的邀请而感到遗憾？或者她希望与之共舞的人并不是罗文？她脸上挂着岩浆一般的笑容，眼睛看着罗文，但焦点并不在他身上，仿佛他是一条长长的隧道，只有出口处的光亮，才是她梦寐以求的事物。她把身体交给罗文，由他掌控舞步的节奏，但这不是妥协，或者信赖，在这一切的背后存在着她也不知道究竟是何故的一种抗议。是否因为接受就意味着放弃和失去？是否由于相爱是一种时态，正在进行的，过去的，将来的，无论哪一种，都意味着短暂而不可控？也许，相爱就是有一天她穿过马路时突然停下，四周车水马龙，处处危机重重，她突然讨厌自己企图像金丝鸟一样养在笼子里又渴望自由飞翔在天空中的模样，讨厌自己既想割舍所有又渴望拥有一切，讨厌马路既朝前也向后，方向在那一刻失去意义，路口之后还有路口，红灯亮时也有绿灯在大放光芒。也许她抱着罗文，就像在拥抱自己。在音乐退去的空白中，在假装一切都只是例行公事的喝彩声里，世界仍然一片灯火辉煌，大厅仍然人头攒动和杯觥交错，节日盛大的气息仍然洋溢在四周，如同嘴唇粘在牙龈上。没有人值得放弃所有，只有音乐被换掉、酒瓶被扔到一旁、糖纸被剥离糖果和多余的一次性纸盘被丢弃一地，还有她重新托起餐盘，继续用奔波满足所有宾客的召唤。

朱莉打算喝一杯。也许不等生日舞会结束，她就要喝个酩酊大醉。罗文送给她的金朗姆正在无声呼唤。在胡桃木酒架最顶层，在灯光照射不到的角落里，它的琥珀色透过玻璃瓶，正想方设法融入舞会的璀璨中。它在橡木桶里困了三年，或许时间更长，橡木与果实的香味早已深入灵魂，经过岁月淬炼的醇厚口感，就像怀春少女在落日余晖的街口与初恋情人擦肩而过。她会悔恨自己太羞怯，可终于鼓起勇气回过头时，却发现自己已经人到中年。倘若再给她一次机会，她一定会站在他面前，看着他的眼睛，道一声足以改变命运的问候。就像此时此刻的金朗姆，它已做好被纯饮、加入冰块、调制鸡尾酒或者勾兑苏打水的准备，无论哪一种形式，它都心甘情愿，甚至比奔赴战场的士兵更义无反顾。

　　朱莉看了看梅娜，踮起脚尖，伸手摸向酒架最顶层，指尖触摸到玻璃瓶的光滑时，她浑身颤了颤，仿佛醉意瞬间从心底涌起。她一手扶住酒架，稳住身子，一手把酒瓶取出隔屉，轻轻放到吧台。瓶内晃动的琥珀色液体发出阵阵战栗，这是一种比初恋更甜蜜，比中了超级大奖更令人激动的幸福，除了打开的瓶盖，再也没有什么更能体会她的心情。她心满意足地端详着这件礼物，仿佛要先让眼睛发现它隐藏在琥珀色里的本性，充分感受它独一无二的美好。她拧开螺旋铝制瓶盖，把浓郁的香味放进空气中，如同让形体曼妙的舞者登上舞台，音乐响起，一支动人心魄的舞蹈在聚光下顿时流动起来。她决定纯饮。一定要用高脚杯，半杯太少，满杯太多，三分之二最合适，端起酒杯，还能轻轻摇晃，让散发出来的酒香更显韵律。她先抿一小口，通过吞咽引导金波流经舌面，并把每个味蕾都充分调动起来，全神贯注地感受大自然的馈赠。待琼浆入喉，玉液滑进胃部，在身体刚刚感受到酒精入侵而舌尖正眷念余香时，立刻仰头猛灌一下，任由酒水流经口腔、食道与胃部，再袭向全身，河流一般带她进入梦寐以求的天堂。

这时，灯灭了，老掉牙的生日歌响彻大厅，两个服务生推着餐车慢慢走出，插在蛋糕上的蜡烛向四周宣告着它是此刻唯一的光明。

梅娜在祝福声中站到蛋糕前，双手合十，闭目许愿。她弯下腰，迫不及待地吹灭蜡烛，重新把光明还给世界。马林满脸堆笑，挥手提示大家保持安静。梅娜环顾四周，目光柔软，仿佛众人皆是她的英雄。

"很多年以前，我们的先辈建立了风头岛，它信奉人定胜天，尊崇人人生而有用。如今我们生活在这里，是它的建设者，也是它的见证者，我们度过的每一天，都在考验我们是否遵循它的理念，是否违背了生而为人的准则。我的父亲曾告诉过我，没有人生而伟大，平凡也应该得到颂扬。我支持他的看法，并相信站在这片土地上的每一个人，都值得被铭记。熟知我的人应该知道，我的父亲对我期望甚高，他希望我走出风头岛，去探索更广阔的天地。与此同时，身为风头岛镇长的他，又希望我留下来，继承先辈遗志，为这片土地奉献自己的一生。显然，这是一个无法调和的矛盾，我无法从书中、电视剧里还有亲朋好友处获得答案，我的父亲，也还没来得及给我指导，就离开了人世。他把问题留给了我，让我遵从自己的内心，去做一个决定自己命运的决定。

幸运的是，我遇见了马林。在这个世界上，如果真有什么比知识更有力量，那一定是爱情。是马林的爱，让我选择留下来；是马林支持我开了风头岛最好的面包店，并把父亲留下来的财产投进教育事业。我常常想，父亲留给我的并不是难题，而是真正的爱，我与马林会秉持他对风头岛的热爱，一直生活在这里，燃烧自己。我崇拜我的父亲，他有风头岛人特有的睿智，我一直很好奇为什么他处理问题总能够游刃有余。后来，我在他的日记里看到了这样一句话：解决有问题的人远比解决问题容易。他应该认为所有问题的根源都是人，把人处理好了，一切问题都会迎刃而解。从更广泛的意义上来看，这是一个适合任何人任何事物的道理，比如爱情。什么是爱情呢？无非是找到合适的人，然后共度一生。当然，爱情也可以是你拿着一朵鲜花站在她面前，而她捧着一个花瓶注视你，阳光从你脸上移到她的后背，你们的影子重叠在一起，接着夜幕降临，你们看到了满天星辰。像所有伟大的城市一样，风头岛是一个永远不缺爱的地方，我的父亲把爱延续给我，因为爱，我与马林在这里相遇，并与你们互为友邻，相知相惜。风头岛也是一个我们愿意称之为家的地方，我生在这里，也终将像我的父亲一样，葬在这里，我庆幸我的一生有你们相伴，还有马林，感谢你为我准备了这盛大的舞会。虽然这个世界终将会忘了今天是我的生日，但是，它永远不会忘记爱情。"

梅娜眼里闪耀着泪光，分不清她是被自己感动，还是为风头岛感到光荣。她看着众人，期待的掌声并没有响起，整个大厅像一个水箱，鱼群游弋，水动如埋在心底的地雷。马林似在回想梅娜的演说到底哪里出了错，不过他清楚现在的首要任务是鼓掌，而不是反思和怀疑。他高声叫好，奋力鼓掌，恨不得把心掏出来告诉众人，梅娜的演说，值得称赞。

"为了风头岛。"梅娜声音洋溢着幸福，这种幸福，散发着水果逐渐成熟的气味，更比秋日里的阳光明媚。这是所有风头岛人在结束演说时必说的一句话，而她，刚刚决定把它留在一段空白时间之后，就像把鱼线放长一点。

地雷瞬间被引爆，所有人把能道出的美誉全都给了梅娜。朱莉从未想过语言会比舞蹈更有吸引力，即便它已经结束，可眼前的地板、砖石乃至构成整栋房子的一切，都还在诵念梅娜刚刚说过的每一句话，每一个词语，仿佛她的演讲已经和房子融为一体。像所有旁观者一样，朱莉转身走回自己的位置，每一步都斩钉截铁，仿佛她正在走出旋涡，走出动物园，走出樊笼，并从音乐走向寂静，从舞蹈走向奔波劳碌，在酒架与自助餐长桌的阴影里，她的影子与身体重新弥合，作为一个整体，又回到了属于自己的身份中。现在，生日舞会已经进入尾声，没有人再需要酒水与食物，服务员这个身份的价值只剩下收拾残局，可朱莉并没有动，而是背对着所有人又给自己倒了一杯酒。她拒绝与宾客道别，也不埋怨他们带走欢乐，留下垃圾。罗文频频回头，在他与朱莉之间，已隔起重重身份，横亘起道道沟壑，片片悬崖。他领着罗妮与罗奕从梅娜与马林的巨幅结婚照前走过，走进与朱莉共舞的回忆，四周一片夜色苍茫。

大厅趴着不想动，像一条狗。梅娜吃完安眠药就回房休息了，但浑浊的空气里，还充斥着她的心满意足。她散落在四周的颐指气使，被那两个聘请来的服务生清扫得沙沙作响。马林坐在椅子上，点燃一根烟，弓起食指敲着扶手，目光投向清理一空的自助餐长桌。朱莉依旧靠着酒架，托住下巴小口喝酒，又伸出一根手指在吧台上懒懒地来回画圈，仿佛世界已经和她无关。我不敢靠近她一步。我们之间横着一片沼泽，我不过多看了她一眼，无形的鳄鱼就飞扑而出，白森森的牙齿比她的眼神还锋利。我把自己焊在沙发上，让思念代替身体潜过漫长岁月的水域，慢慢潜到朱莉身旁。我听到了她的心跳，呼吸一声声的，像香蕉林里青翠的叶子，还有那一串串裸露在风中的香蕉。我的思念淤积在蕉林下，散发出牛粪的臭味，不过养分早已深入泥土，被根须汲取，供养着茎干与果实。可它实在太臭了，就像一记重拳暴击在鼻梁上，气味完全超出了它应有之义，除非赋予道德与进化意义，它才能避免变成一种叫人痛恨的事物，我的思念也才能成为真正的思念。我感觉思念越深，回忆就越长，然而回忆总是捉摸不定，我时而在香蕉林里穿行，时而回到风头岛，更多时候我走在一片混沌中，如同陷在一个字眼里。我应该砍掉香蕉林，还给这片土地本来的模样，到处一片荒芜，一片平坦，没有寄托收获的种植物，没有象征文明的石头森林，没有阻抗，思念便能到达更远处，它会拥有天空，无限接近自由。可即便如此，我依然不敢在思念中呼唤朱莉的名字。风是窥听者，雨也会淋垮语言的外壳。不过河流不会，它由高往低，打磨掉一切尖锐与棱角，并滋养土地，让生命冲破黑暗，走向光明与茂盛；它给予思念柔软与游弋，带着思念在一路放歌中奔向大海，成为广阔，那里是生命开始的最初之地，没有道德禁锢，唯有本能尽情释放。我想象过朱莉在海中游泳，像历尽千辛万苦回归故里的鱼。她曾经许诺，终有一日会再带我去一趟海边，那里沙滩轻柔，白浪如歌，可我堆起的城堡，抵御不了海浪的冲击，扛不住时间的冲刷，在生活的侵蚀下，它还未见证美好就成了回忆的一部分。朱莉从未了解过这一点，她在海里忽沉忽浮，广阔令她完全没了方向。但她是我的方向，我的一生都在努力跨过沼泽，穿过香蕉林，去到她身边，向她倾诉，我的存在不是惩罚，我毫无罪过。我看见她在招手，透过重重岁月，透过片片蕉叶，透过阵阵鳄鱼的咆哮，来吧，浦斯，来到我身边，重新成为我身体的一部分，让我重新以爱的名义孕育你，并遵从爱的旨意将你降生于世。我看见她把一个个酒瓶喝倒，看见她踢掉高跟鞋，坐到月光照耀的泳池边，以往日的名义把粼粼波光视若回忆。她摆动双腿，扬起阵阵水花，一只充气小黄鸭突破重重障碍，漂到她脚旁，又被无情的水波推到池子中央。这或许就是生活本身，被遗忘的总会被抛弃。她解开纽扣，脱下衬衣，褪下短裙，像进入某种不可名状的情绪中，轻轻滑进泳池，一圈圈涟漪向四周扩散，撞在池壁上，又原路折回，与新的涟漪碰在一起，形成不规则的水波。她没有劈开水面游来游去，酒精的威力就像一只手，野蛮地把她的体力与身体剖开，甚至连理智也一丝丝抽出，只留给她一具光彩亮丽的躯壳。这是命运给予她的馈赠，也是生活喜欢捉弄她的缘故。她张开双臂，似乎要抱住胸前的水波。一只蜻蜓漂浮在水上，一开始，它只是大自然的一部分，死亡的，贪欲的，被观赏的或者被定义的。我无视它的存在，甚至觉得它的死亡理所应当。它太弱小，而大自然太残酷，在生存只是本能的生态里，即便强大如人，也无法脱离文明与道德的保护生活下去。但它离我越来越近，硕大的眼睛直直地盯着我，如探照灯一样看进我的身体。这是一种死亡直视，我无法反抗，该暴露的再度暴露，该隐藏的无法再隐藏。朱莉也发现水中多出了一具尸体，于是抓起它的翅膀，用力扔到草地上，连同它从我生命里窥探到的隐秘。送给蚂蚁吧，让死亡滋养生命，让腐朽孕育未来。她一头沉进水中，时间长得仿佛要溺死自己。我看见自己离开沙发，迈着鳄鱼一样悄无声息的脚步，走过记忆的层峦叠嶂，走向星光下的泳池。伴随一阵水花声，她猛地探出头，向泳池另一边游去。我停下来，决定寻找蜻蜓的尸体。它探知了我的秘密，不能让蚂蚁也成为知情者。我拨开一棵棵小草，匍匐于渺小与渺小之间，一只似曾相识的大黑蚁爬出黑夜的躯体，晃动着触角挡到我面前，向我致以问候。我问它是否见过一只蜻蜓，它意犹未尽地点点头，说蜻蜓的眼睛最美味，里面不仅有世界，还有人。

"一个人，美丽的人儿。"它邀请我爬上一棵小草，并递过来一只蜻蜓腿，请我品尝。

"还有呢？"

"没了，就一个人。"

"只是一个人？"

"也许它恋爱了，眼里就只有一人。"

"蜻蜓怎么能爱上一个人呢？"

"物种只是后来才有的概念，就像文明与科技，道德与伦理，更别说所有生命都起源于大爆炸，在没有之前，大家都是没有，都是一样的，平等的。"

"就算它爱上了人，可人有权利不爱它。"

"那是人的事，跟它无关。"

"所以它是在以死明志？"

"或许它无法接受事实。"

"什么事实？"

"台风来时，我曾躲在窗台上。"它听到一阵脚步声，抬头看向泳池，说道，"这就是事实。"

马林提着一瓶酒，踉踉跄跄地晃到泳池边，不知嚷了一句什么，扑通一声就掉了下去。他没有挣扎，而是一直沉在水里，看上去和浮尸没什么两样。朱莉慌忙扑过去，奋力拖他回泳池边上，两人肩并肩躺着，就好像在遥望夜空中的星星。

风摇曳草叶，迷乱了我的视线。我滑下来，跳进遮天蔽日的草丛，急急忙忙爬向泳池，往日短短十余步的距离，此刻足够耗尽我一生。我被一棵野生含羞草挡住去路，它枝繁叶茂，顶着桃红色的花球，要我停留下来欣赏风景。一朵在错误之处开放的野花，怎能叫风景呢？我拒绝了它的好意，可跟过来的大黑蚁强行拖我到含羞草的枝丫上，指着一朵花说："每一朵花都有自己的权利和目的，你不能因为它生长的位置不对，就否定它的意义。"

"我关心的是朱莉，不是一朵野花。"我无法挣脱它的拖拽，怒气更盛。

"你会关心的。"它拍拍我的肩膀，指向虚空，仿佛那里有一切事物的终极真理，"看，精彩来了。"

我压住愤怒，抬眼望去，一只飞蛾掠出茫茫夜色，围着花朵嗡嗡直叫。它扇动炫目的双翅，时而疾速飞高，时而像失事的飞机一般下坠，有时候又悬停在半空，忽前忽后，盘旋到我们都以为它会铩羽而归时，又猛地左冲右突，一不留神就子弹一般射到花球上，长长的喙管快速探进花蕊。

"这是蜂鸟鹰蛾，采花不授粉，采蜜不酿蜜，典型的强盗。"大黑蚁说。

"这与我何关？"我问道。

"你不是想要事实吗？许多人都以为它是蜂鸟，但它是趋同进化带来的结果。"

"我讨厌蜂鸟。"

"为什么？"

"它们奉行一夫多妻制，雄鸟只生不养，冷漠无情；雌鸟愚昧无知，从不反抗，只会劳累一生。"

"所以鲜花永远是伟大的，它做到了来者不拒。"

"这是愚昧。"

"又来了一只。"大黑蚁指向夜色，一只飞蛾嗡嗡叫着冲破黑暗，飞到花朵前。它长着鸟一样的身体，双翅透明，快速振动。"这是一只栀子大透翅天蛾，能帮助花朵传授花粉。"

"你不知道它的幼虫会吃掉花蕾和嫩枝？它比强盗还丑陋。"

"本能而已，根本谈不上美丑。"

"在道德面前，本能也分美丑。"我跳下枝丫，"你跟我来。"

我们在草莽间艰难穿行，时间并没有加深我们的友谊，我们之间横亘着一道天堑，它不受道德约束，而我终了一生也只是道德的一部分。我们来到泳池边，一片乌云遮住了月亮，四周一片混沌，就连彼此对立的文明与野蛮也失去了界限。只有泳池里的水，在阴暗中偷偷吃着溜出屋子的微光。我突然意识到，当朱莉第一次站在这里，碧波荡漾的泳池在她眼中必定如同宝石一样闪烁，她看到了梦寐以求的生活，曾经野蛮生长的小草摇身变成了秩序与风景的代名词，桀骜不驯的流水被砖石圈养着，随风荡漾着，迎合着每一个人的喜好。特别是那一把遮阳伞，晴天撑出荫翳，雨天遮出晴朗，它的存在，庇护着沙滩椅永远以乐观的姿态接纳一切，它们共同组成心灵的休憩之所，不容置喙地成为幸福的一部分，没有它们，泳池会失去灵性，整个院子也会变得冰冷无情。

我站在朱莉曾经站过的地方，想着她躺到沙滩椅上，喝着鸡尾酒，眼里看到的并非梅娜与马林的甜蜜婚姻，而是她历尽艰辛才触碰到的梦想，一种她寻求多年而无法得到的幸福生活。她放下酒杯，款步走到泳池边，纵身跳进水里。水包容一切，自然也包容她。在水中，她感受到从未有过的自由，正是这种自由，推着她游到对岸。当她的双手触碰到池壁，对岸这个词语带来的确定性，顿时荡然无存，对岸只是对岸，终究不是彼岸。她终于明白，一切都只是形式。对她而言，生活若无爱情，便不能称之为生活。长久以来，她要求自己绝不后悔，可除了强迫自己忘记，她全然不知该何去何从，这种惘然无措就像夏天的太阳，晃得她头昏脑涨，完全失去了方向。喝酒是个好办法，酒能麻痹意识，忘掉想要忘掉的。但酒分好坏，喝进去的感受自然也分优劣，对漫长的生活而言，酒不过是一段崎岖山路，一座幽深山谷，一条百转千回的河流，无论是什么，它都具有明显的局限性，沉湎其中，就无法通往更广阔的天地。遗憾的是，她虽然非常清楚这一点，可依旧把酒作为忘记痛苦和排忧解难的最优选择。当她躺回沙滩椅，重新拿起酒杯一饮而尽，夜空将不再充满未知与绝望，它变得柔软与值得信赖，如同星光闪烁皆是启示。

现在，她倒在草坪上，身旁躺着马林，两人酩酊大醉，酒精给予了他们忘记过去的力量和冲向未来的勇气，也消解了他们体内的最后一丝理智，什么是能做的，什么又不该做，在云层遮掩的阴暗里已经无关紧要。

我看向泳池，水面微光闪烁，夜色掩盖了它的浑浊。它存在院子里，但并不与世隔绝。在它与外面的世界之间，连着两条管道，一条负责向世界索取，一条负责排放废物。被遗弃的污水在与焕然一新的自来水擦肩而过后，继续以文明的名义沿着下水道汇入灯火璀璨的尚云路，沿街奔驰数千米后，突然向左冲进沙河街，那里盘踞着一座座面目狰狞的低矮平房，终日乌烟瘴气。污水没有停下脚步，而是继续嚼着早已规划好的管线，浩浩荡荡，奔向远在荒郊的污水处理厂。在那里，没有永远的污秽，一切都是暂时的，文明终将被文明洗涤。很快，它就会改头换面，重新以文明的名义回归生活，回到它曾经被放弃的地方。

风从黑暗中吹来。风摇动它能摇动的一切，带走它能走的所有。月亮钻出云层，世界重新暴露在不真实的微光中。大黑蚁看向角落里的棕榈，一只猴子形状的气球依旧搁浅在枝叶间，就像卡在喉咙里的鱼刺。它说："人类一直没有忘记他们是从树上下来的，在他们还小的时候，攀爬就是他们最喜欢的运动，特别是爬树，这好像是他们与生俱来的本能。可为什么只有小孩才会喜欢呢？"

"我不在乎。"我走向朱莉，想着在人类出现以前，这里一片荒蛮，植物与动物只有本能。后来，有人踏进这片土地，摧毁了原来的一切，并赋予它规则与道德。它迎来了新生，但没有人问过这究竟是不是它想要的。没有人真正明白它为什么允许野草生长，为什么任由虫蚁穿行，甚至满足时间摧残一切的要求。我踢开一个拦在路上的酒瓶，这个文明的产物，已经把它最后一滴乳液，献给了这片土地，也许它滋润过的地方很快就会长出新的野草。我找到朱莉丢在一边的胸罩，遮住她的双眼。我转向马林，双膝着地，挥手招呼大黑蚁："来吧，来帮帮我。"

回不去的

风头岛

第一章

　　我还能得到朱莉的原谅吗？以前只要我沿着沙河街走到西西弗斯酒馆前，掏出卖饮料瓶换来的零花钱叫服务员给坐在窗边的她送去一杯金朗姆，她就会呷一口，视线越过我，落在人来人往的大街上。她会再小啜一口，敲敲窗玻璃挥手赶我走，全然忘了风头岛是个小地方，小到面积不到三平方千米，哪怕把名字拆成笔画也只有十六笔。在这里，我唯一想去的地方，只有她心里，她若不在，我便没有意义。同我一样，她也常常把付出视为求取关注和与人相处的方式。不过，她在献出身体后总要求回报，倘若有男人决定带她去普拉克酒店，回报不仅要翻倍，路上还要多买一束玫瑰。她说这是爱情，我是不信的，除非她每每回来以后就暴打我一顿，只是由于我的存在破坏了她永远不会到手的姻缘。

我站在窗前，像站在梦的边缘，但是她的身影没有出现。也许又去参加派对了。她像藤壶一样坐在车里，拒绝想起要带我去参加派对的承诺，别过头送给司机一个笑容，就随着发动机的轰鸣与车尾灯一起消失在街转角。我拖着剩余的影子，走到邮筒边坐下，隔街看着人头攒动的西西弗斯酒馆，心想如果跳舞的是朱莉，掌声必定比现在更热烈。为了参加风头岛首善举办的这场派对，她早已备战多日，即便她的身材与舞技早已羡煞旁人。生怕自己笑得不够明艳，她甚至每天还对着镜子演练笑容。当夜幕降临，她必定会抬起左腿勾住男人，右膝几近触地，右手抓在男人左手中，身子向后弯。我羡慕这些人，也痛恨他们能趁机触碰她的身体。我站在记忆之外，渴望引起朱莉的注意，又一筹莫展。有时候，我甚至假想自己是一个衣锦还乡的富商，一登场就获得了所有人的关注，他们向我弯腰问好，可我只向朱莉伸出手，我要邀请她在众目睽睽下跳一支舞。我要所有人都记住，她是我的，她值得当一次派对的主角，而不是像一条鱼一样，在男人堆里游来游去。但现实又不断警醒我，她从来都不属于我。她只会从我的世界不断离开，并祈求我从不存在。她要带我去参加下一次派对的承诺，也早已丢失在觥筹交错中，只有我还像海浪扑向沙滩一样牢牢记着，祈祷有一天她会牵着我的手，站在水晶灯下，向世人宣告她是我的母亲。

我希望现在就找到她。也许在峨羝海滩。她那双只有眺望远方才会明亮起来的眼睛也许已经被口若悬河的男人吸引，也许她又走进了安宁街，或许终于下定决心离开风头岛去过新生活。不管怎样，我不能不找她。很多年以前，我或许会坐在石灰剥落的出租房前等她，又或许坐在邮筒旁，或是她常去露宿的普拉克酒店前。有时候，她也会去那条废弃的泥巴路走一走。那是一条没有名字的老路。它从小岛西边的滩涂起跑，穿过一片露兜树，转身冲进田野，在一垄垄水田间跳来跳去，直到长满蓖麻、鬼灯笼和相思树的土坡挡在身前，才改用匍匐的方式爬过去，而后挣扎起来走进人烟稀少的村落，再兜兜转转晃出来，两脚泥泞地挤进一田田水塘的粼粼波光中，又沿着山脚一头扎进桃金娘与芒萁的爱恨情仇里，蹑手蹑脚地躲过海杧果的搭讪，摸进围园篱的包围圈，躲躲闪闪来到一个路口。这是文明的分岔口。黄槿在这里开花，也在这里枯萎。一条代表工业文明的沥青路从这里经过，横跨整个风头岛，连接起大街小巷，再往前走就是朱莉整日流连忘返的峨羝海滩。她会在那里吗？我走进榕树的阴影，又走进白晃晃的阳光中，如此反反复复，始终拿不定主意。或许她已经离开了那里。我来到安宁街路口，前方就是尚云路，一个朱莉从未涉足过的地方。这里没有高耸入云的桶状大楼，也没有油烟呛鼻的喧闹，一栋栋蓝白相间的别墅蹲在大路两旁，隐身于遮天蔽日的凤凰木后。它们的主人身份尊贵，衣着光鲜，指甲永远一尘不染，即便窗帘，也有用人每隔数天就拆卸下来清洗一遍。朱莉曾在路口驻足，久久不愿离去。啊，朱莉，你说世界再美好，终究还是别人的。你脱掉黑色高跟鞋，扔进路口的垃圾桶，赤脚回到峨羝海滩，重新与晒成古铜色的男人嬉笑怒骂。你接受了他们送给你的鞋子，对我捡回来的高跟鞋大动肝火，不仅甩了我一巴掌，还找出菜刀把它剁得稀巴烂。

　　我为什么迈开脚步走进尚云路？朱莉不会在这里，哪怕我把每个路过的女人都视作是她也无济于事。每每她们扬起不是朱莉的脸，我都会跌进再度失去她的痛苦中，就像间歇性失忆。是的，失忆。我能记住的事情远不如忘记的多，除了痛苦。有一次她带我去普拉克酒店，把我关在衣柜里，并命令我不许发出一丝动静。门铃响了，透过柜门缝隙，我看到她迎进一个西装革履的中年男子。他们像两只交叠在一起的蜻蜓跌到床上，床垫发出翅膀扇风的声响。这是一场恶战。我看见衣柜左上角结着一张蜘蛛网，蜘蛛已经干死。我伸手捏碎它，假装自己是一个新晋王者盘踞在网中央。这里是我的新国度，不管怎样，我都有义务保护它，并把战火隔绝在衣柜外。后来，朱莉哼着不成调子的旋律打开柜门，奖给我十元钱。我看着她流血的唇角，想也不想就撕了它。她甩我一巴掌，捡起碎成两半的纸钞，摔门而去。我紧紧跟着她，回到安宁街，阳光灿烂，如同此时此刻。我心中没有一丝怨恨，我还记得，我要的不是钱，而是一个吻。只要双唇轻轻触碰一下额头即可。或许，一个温柔的注视也未尝不行。一直以来，我要的不多，哪怕走在尚云路，我也丝毫不羡慕住在这里的人。我有我的世界，他们有他们的幸福。朱莉所求的也极少，很多年以前，她甚至连酒也不需要。来到风头岛后，她除了要等人，也变得喜欢找人，特别是那些寻求一时快活的男人。她喝下去的酒越来越多，需要找的人也越来越多。我缓步前行，心里默默估算变得浓郁的树荫在阴凉达到何种程度时才算是敌意。这种估算引发我去追寻过去的细枝末节，从无到有地回忆起一些已经发生但后来会认为不曾发生的琐事。我想起朱莉扔掉的黑色高跟鞋，我用一个红色塑料袋装殓它，再埋到峨瓶海滩下，并为它写了一段悼词。我很好奇当时写了什么，但时间久远，回忆如同一个运动粒子，永远不能同时确定它的位置和动量，更别提散落在脑海里的词语。它们一个个做着无规则运动，全然无法汇聚到一句准确的话语上，可即便如此，我依旧涌起了一种兔死狐悲的感觉，仿佛当时埋葬的是自己。

当我思索过去，意识到过去与未来同样永恒，而只有此时此刻稍纵即逝，心中更加恐慌，我留不住时间，也不清楚自己为什么在此处而不在彼处，为什么偏偏我是浦斯，而非其他人。我停在一片落叶前。它划着弧线从树冠飘落，在阳光与树荫之间来回飘移，无论如何挣扎，结局终究只能是尘归尘，土归土。若是朱莉看见了会说些什么呢？曾经她捡起一片落叶，对着阳光说生命是身不由己的。她抓着我的手，说你也一样，你从未要求来到这个世界，但最后还是来了，这是不公平的。她突然流下眼泪，抱住我，说这一切都是她的错。风吹过来时，她抽了抽身体，猛地推开我，继而又大喊错的不是她，而是那些在她身上寻欢作乐的男人。是的，男人，只有男人，才会伤女人至深。她指着我喊道，等着吧，许多年以后，你也会成为他们中的一员。她再度抛弃我，趔趔趄趄地晃向西西弗斯酒馆，重新寻求酒精的安慰，并任由男人未经许可就碰响她的酒杯。

每当她从宿醉中清醒过来，发现家里收拾得一干二净，就会甜着嗓子发起爱的话题，并且强调无论如何她都会是我的母亲，只是生活太艰难，而她偏偏是个女人，又没有稳定的工作，一个人既要应付生活，又要想方设法地从男人手里抠出几块钱，难免脾气暴躁。她往玻璃杯里倒了一杯温开水，走到窗前背对着我，说总有一天她会离开人世，到时候我一个人无依无靠，该如何是好。这时风吹进来，她打了个冷战，身体微微弯曲，宿醉引发的后遗症终究还是来了，眩晕与恶心击溃了她心中好不容易积聚起来的温柔："我死了，你一定很高兴吧，你会忘掉我，就像他当初抛弃我一样。"我站着不动，与其说这是诚心接受教训的姿势，不如说是防御。她把玻璃杯扔到地上，愤怒如同大海淹没了双眼："是你，一切都是你的错，你为什么要来到这个世界上，为什么要成为我的儿子，我的人生全都被你毁了。"毫无疑问，她重新失去了一切，而我重新失去了母亲。

我走向那栋自诩为东篱苑的别墅，门前的草坪还闪烁着多年以前的阳光。今天是星期六，门铃响后，开门的应该是男主人。他的身体虽然已经走向下坡路，但双眼依旧赖在山顶，像火车头一样压在脸上的大鼻子依旧不愿意改掉拿鼻孔喷人的习惯，仿佛它还能喷出尾流驱动身体重返人生巅峰。我抽出从银行取回来的八百元，一张接一张扔到他脸上，看着他惊愕的眼睛说，你应该庆幸朱莉当时没有报警。我转身离开，想了想又回头给他了一拳。他大叫着冲出来，肥胖的身体颤抖不已，如同一个灌满水的气球。我刹住脚步，期待大干一架。可是他定在石阶上，仅仅龇牙骂了一声，便摔上门，站在窗前看我转过身离去。

乌云飘过，阴影吞噬大街小巷，但阳光还停留在峨羝海滩。朱莉不在沙滩椅上，可能又去寻找丢失的物品了。她趴下来，双手不断刨着沙子，一边喃喃自语，一边泪流满面。来来往往的游人无不好奇她在寻找什么，尤其是男人，一个接一个蹲下来，用白蝶贝滋养珍珠一样的声音询问她是否需要帮忙。她继续刨着沙子，双唇抿出一条白线，既不摇头，也不吱声，仿佛沉浸在无尽的悲痛中不能自已。一只沙蟹冲出沙坑，快速逃向一个靠近海水的沙洞。她飞扑过去，抓了满手沙子，沙蟹夹在指缝间，步足颤动。她捏着它的尸体，放声大笑。围在四周的男人面面相觑，不承想她大费周章找的竟是一只沙蟹。这些群集性生物随处可见，何必纠结于某一只呢？他们摇着头，扯扯嘴角，四处散开，在沙滩上留下一个个充满疑惑的脚印。我脱掉鞋袜，坐在沙滩上，如同半年前，如同她最喜欢做的那样，把双脚插进沙子，静静感受阳光的炽热，就像充电。此时此刻她若看见我又如法炮制，一定会大发雷霆，一走了之。她不会原谅我的，除非我不是她的儿子。也许是我的思绪惊扰了四周，一只沙蟹从我身旁爬过，快速跑向不远处的沙洞，一副归家心切的模样，但比它还心急的招潮蟹只是跑了几步便捷足先登，并用盾牌一样的大螯挡住洞口。失去目标的沙蟹调转方向，步足轻盈，没有一丝怨恨。我抓起它，把它放到招潮蟹占领的沙洞前，希望它奋起抗争，可招潮蟹拖着大螯快速缩回去，避开了一场毫无意义的争斗，而它也劫后余生一般逃之夭夭，一转眼就钻进了另一个沙洞。毫无疑问，它是幸运的，倘若朱莉还在，它应该早已命丧掌下。可即便丢了性命，它终究也是幸运的，虽然死亡无比残酷，但朱莉会赠予它一场葬礼，这是我极其羡慕的事情，终有一日我也会离开这个世界，到时候谁会送我一程呢？正如朱莉所言，她死了，我将孑然一身，即便魂归尘土，也没人会为我伤心落泪。是啊，她死了，我该如何是好，我留在这里，既得不到她的原谅，也无法阻止她走向毁灭。她常常陷在失去恋人的悲痛中，日复一日的等待让她早已成为死亡的一部分，而酒精除了加重生活的艰难，并没有带给她快乐和活下去的勇气，反而叫她在清醒与浑噩的反复更迭中越陷越深，唯有把一切过错都推给我才不至于被苦难的泥淖吞没。她扔掉沙蟹的尸体，无处安放的目光飘向不远处的峭壁，那里怪石嶙峋，阳光明晃晃。她站起来，沙蟹惊逃，如同时间流逝。我意识到这将是最后一次离别，是她无法接受现实而不得不作出的抉择。归根结底，她并不爱我，更何况抛弃她的男人，那个我未曾谋面的父亲，早在多年以前就夺走了她心中最后一丝柔软。而我未经许可便来到世上，未遵从约定又回到风头岛，擅自把她的骨灰留在这里，撒在被人踩来踩去的峨羝海滩，让她永远以虚无的方式残存于大海的险恶里，本就罪大恶极，不该得到原谅。她走到峭壁下，仰头遥望，阳光灿烂如初恋。令她始料不及的是，除了生活，阳光也让她泪眼模糊，而峭壁耸立，经年的风浪不仅拍灭了它心里本就不多的温柔，更吹散了它对生活的热情，它了无生气，既不欢迎她的到来，也不示以同情。或许是栈道螺旋上升捆住了它的手脚，迫使它不得不接受现实，承认袖手旁观也是命运的一部分。她离开沙滩，穿过草海桐和木麻黄树林，沿着栈道拾级而上，阳光、岩石与海风的气味混合在一起，充满了野性。她脚步轻盈，每走一步膝盖都高高抬起，如同成了野性的一部分。崖上大风呼啸，吹冷了阳光，就连人们说话的声音也被吹得支离破碎。她迎风而立，衣裙飞扬，如同一面旗帜。在湛蓝的天空下，一只海鸥像链头一样滑翔着，一层层白浪从大海深处涌起，义无反顾地扑向海岸，爆炸声响彻云霄。她转身背对大海，阳光下的房屋如同郁结在体内的结石，一条条街道把生活切割成一块块蛋糕，有的鲜甜可口，有的难以下咽。这是一个她曾经生活了七年的小岛，有名字的街道仅有十多条，出行的渡轮一天也只有四班，但太阳从升起到落下仍旧需要十二小时，一片叶子从发芽到枯落依旧需要经历四季，人的一生在这里依然只有生与死。她看向港口，汽笛声声，波光潋滟的海面被满载而归的渡船划出一道伤痕。她看向沙滩，距离消弭了人与人之间的鸿沟，游人不再个性鲜明，而是一个个没有意义的小黑点。她透过时间看向拍打过从前也冲刷着现在与未来的海浪，看向我，眼中所见皆是我所见，心中所得皆是我所得，我看不见的，得不到的，都只是一场梦。她回过头，露出鱼一样的微笑，双目紧闭，让光明与黑暗在心里分出界线，然后双臂张开，身体像一个十字架坠向大海。

第二章

浦斯至今还记得朱莉在海面上击起的水花，明亮亮的，仿佛它并没有回归大海，而是落在了自己心里，并且一直处于飞溅而起的状态。当水滴打在手背上，他甚至以为自己回到了海边，重新目睹朱莉一跃而起，然后水花四溅。他听到了心碎的声音，再度席卷而来的疼痛迫使他不得不转移注意力，让目光重新聚焦在崎岖不平的向阳大道上。四周一片野蛮，一片片苍耳与荆棘虽然无心一统四野但还是日日夜夜地拼命厮杀，一丛丛雀舌草与野茼蒿即便知道无人欣赏也仍旧争相竞逐，还有更多叫不出名字的野生植物并没有因为默默无闻而舍弃生存的权利，它们遵循本能的召唤，掀起一轮轮圈地运动，哪怕早已枯死，也要占着领地不放。不过，也有生命对领地毫不在意，尤其是飞蝗，全然不在乎自己来自何处又该飞向何方，也不管皮卡车仅仅是年老体衰而非纸糊的摆设，兴冲冲就撞向车窗。浦斯打开雨刷，刮去玻璃上的肉泥，清理掉死亡留下的痕迹。他朝远处看了一眼，在野生植物还没有占据的地方，石砾遍布，黄土偶尔秃出来，就像浮出水面的尸脑壳。电台一直在播送台风警报。今年第一场台风，将在午夜登陆风头岛。时间虽不紧迫，但也不充裕了。他望了一眼天空，卷云聚集天边，阳光毒辣辣，连风也蒸发得一丝不剩。长空下，鳄笛蒲荒原一片荒凉，就像遗弃在路边的花裙子，放弃了所有挣扎与希望。"梦旅号"船长果然没有夸大其词，这是一个比生活还艰难的地方，人迹罕至，道路崎岖难行，野草疯狂生长，又义无反顾地死去，裸露的黄土像警惕的鸟雀，大风一来，就扑棱着翅膀逃到空中。

车子像一只蟾蜍在向阳大道上跳来跳去。浦斯突然希望遇上一个人，最好是浪迹天涯的男人，那样他们就可以抽着烟，共同抵御荒原的窒闷。他极目遥望前方，向阳大道深处，躺着一座白石砌成的坟墓，寥寥几棵枯树还守在遍布树桩的小土坡上。曾经的人生一去不返，过去的树林也一伐而光。浦斯关掉广播，反复播送的台风警报仿佛飞溅的油滴，烫得他心慌意乱。倘若台风到来前能回到溪头镇，他就要履行承诺，在管弦乐队的祝福中向叶娜求婚。早在来风头岛的路上，他便预订了鲜花与蛋糕，送给叶娜的求婚戒指此刻正缩在他的口袋里。如若错过了今夜，他们的婚期就只能往后延，也许是明年，也许永无定期。浦斯后悔在风头岛耽搁了太多时间，又埋怨自己没有决定留在岛上过夜。他紧紧抓着方向盘，身体像钟摆一样随着车子晃来晃去，既希望向阳大道永无尽头，又祈祷它的终点近在咫尺。交给向阳大道吧，一切都交给它。浦斯打定主意专心赶路，依"梦旅号"船长所言，穿过荒坟，爬过坡地，通往溪头镇的4号公路就近在咫尺了。

荒原深处似乎传来一声狼嚎。浦斯游目窗外，天高地坦，阳光白晃晃，似有千万斤重，除了云朵的影子在流动，四周没有一丝野兽的踪迹。向阳大道深处，白石坟不见了踪影，突然跳出来的岔口在风中裂开一条小道，一路嚼着黄土与荒草向西边拐去，路尽头傍着一块巨大无比的岩石，几株相思树窝在四周，既不想遮掩那间被阳光晒得病恹恹的白色房屋，也不愿手牵手连成一片，把这个世界的荒芜与野蛮阻拦在外面。远远看去，它们更像一群鬣狗，静静地等待房屋颓败至死，然后扑上去饱餐一顿。

浦斯恍惚听见有人在呼喊，但后视镜里，尘土飞扬的向阳大道空无一人，也不见那座原先遥遥飘在前方的坟墓，四周呈现出一种失忆般的空寂，如同这是一个遭人遗忘的世界，只有他还在这里挣扎。还有他的影子。在后视镜里，那是另一个"我"，胡子拉碴，枯瘦如后排座椅上的棒球棍。他想着。那是一个不用寻找存在意义的"我"。这时，空旷的荒野又响起一声呼喊。也许有人遇上了狼群。他踩住刹车，一滴水珠穿过时空，打在手背上，散发出海洋的气息。透过后视镜，他看见滚滚尘土中跑出一个人，头戴宽檐帽，怀里抱着一束苇草，长发随风飘扬。她的印花裙倘若挂在商店里，就算免费赠送也不会有人想要，但此刻穿在她身上便如同钻石并被赋予了爱情的意义，露出的小腿虽然不比粉笔更能诠释青春，却已经是一种态度。她的美丽，既在脸上，更在唇间，即便不抹口红，也比初吻更令人难忘。

"终于等到你了。"她走到车窗前，眼神像一颗剥了包装纸的水果糖，说道，"可以载我一程吗？"

"向竹？"浦斯惊呼起来。

"你认识我？"

"半年前，我们去过风头岛。"

"风头岛？不好意思，我还没去过。"

"你和向武一起跟我们去的，忘了？"

"你认识向武？"

"我们见过的。"

"我知道了。"向竹笑了笑，"这一定是你搭讪女人的伎俩。"她打开车门，擅自坐到副驾驶座上，声音柔软得像丝袜，"所以，你究竟是谁？"

浦斯报上名字，担心表情不够严肃而显得轻浮，又咬了咬牙齿。他闻到一阵淡淡的草叶味，仿佛清风拂过清晨的田野，窒闷的阳光这时也褪去了灼热，只剩下晃眼的明亮，不断撞击着他对现实的认知，令他情不自禁地怀疑记忆出了问题。也许这只是一种似曾相识的错觉，或者是一场梦，就像麻醉药生效后的脑波活动。说不定朱莉并没有去世，她还健康如初，并在溪头镇的家里一边呷着啤酒，一边为了不是出于真心给他写下的婚礼致辞而大扇自己耳光。

"刚才好像有狼在叫。"

"有狼？哪里有狼？该不会是你吧？"向竹伸出手，用食指和中指压住双唇，装出惊吓的模样。

浦斯两眼眯成一条线，僵硬的脸上绽开一圈圈微笑。倘若他再年长几岁，最好是年长二十岁，这样就可以遐想她是自己的女儿了。父女俩在荒原的落日下，一路前进，家就远在看不见的溪头镇，叶娜已经做好满桌饭菜，此时此刻正在灯下等着他们按响门铃。

"你也回溪头镇？"浦斯问。

"不，我家就在前面，沿小路拐进去，你看见那栋白房子了吗？"

发动机的嘶吼声淹没了浦斯的叹息，他遥望天穹下的白色房屋，窗玻璃就像受惊的白兔，闪闪躲躲，却又始终暴露在枪口之下。屋旁的相思树林低头静默，似乎目睹了太多秘密而无心再挺直腰杆，只有渴望飞翔的叶子还在翘首企盼暴风雨给它们带来挣脱桎梏的力量，哪怕落地以后就是无尽的死亡。

"我们似乎不同路。"

"你决定喽。到了分岔口，你只要拐个弯，我们便是同路人。"

浦斯望了望天边，落日飘浮在卷云之上，茫茫荒原金光闪闪，向阳大道深处的荒坟与树桩裸露在夕光中，仿佛滩涂上的珊瑚礁。这是落日最后的馈赠。在风雨来临前，也只有它还对荒原念念不忘。他伸手摸了摸口袋里的戒指，如果此刻坐在身边的人是叶娜，他便可以单膝跪下，在霞光的绚烂与荒原的辽阔中，完成他一再推迟的求婚仪式。如果叶娜愿意，他们可以前往相思树林边的白色房屋，在灯火摇曳中，在向竹的祝福中，迎接他们人生中的第一场风暴。

“我们搞了个派对，欢迎你来。”

“你不怕我是个大坏蛋？”

“向阳是我老爹的名字，十八岁的时候，他就驾着推土机刨开了这条路。”

浦斯仿佛看见一个黑壮如牛的男子，一手抓着酒瓶，嘴里不知吼着什么。锈迹斑斑的推土机在烈日下发出野兽般的咆哮，所到之处，土浪翻飞，鸟兽惊逃，一条散发着泥土腥臊味的大道在茫茫荒原上裂了开来。

“不过你放心，他去参加葬礼了，好像是我的姑姑，她前几天跳海了。”

“真遗憾，不然我可以和他喝一杯。”

“你？”向竹乐不可支。

浦斯喜欢她笑的模样，肆无忌惮，像一只振翅高飞的白鹤。叶娜从来不这样笑，她会捂住嘴，两眼眯成花开的形状。那是锁在笼子里的笑。

“我还是能喝几杯的。”浦斯急转方向盘，避开飞来的大土坑。

“他会灌倒你，然后挖个坑埋掉。”

拐过分岔口，车子磕头似的往白色房屋驶去。后视镜里的落日，不知何时沉入了卷云中，酷热渐渐消散，荒原披上一层薄雾，白日里清晰可见的一切，只剩下若隐若现的轮廓，朦胧中，响起荒凉的虫鸣，远处的房屋沉寂了一天，终于醒了，闪烁的灯火仿佛惺忪的睡眼。风吹过来，带着泥土的躁动，野草的呐喊充满了坎坷。

"没想到向阳大道寸步难行。"浦斯说。离开风头岛后，他就意识到天黑前可能回不到溪头镇。他努力赶路，只是觉得有必要试一试。一切只是为了问心无愧。

"荒原里到处都是路，我们最不需要的就是它。"向竹说。

暮色越来越深，乌云从天边滚爬过来，埋住了半边天，没有一颗星星敢浮现。大风拍打车身，席卷尘土与枯草，巨大的声响淹没了发动机的咆哮。浦斯停下车，车灯照耀中的房屋像一面镜子。

"你不进来？"向竹扶着车门，茕茕地站在暮色中。

"我约了人。"浦斯说。

"女朋友？"

"可能吧。"

"暴风雨很快就要来了。"

"我可以开快一点。"

"我去过溪头镇，过了荒原，还有一百多公里吧。"

阵风离去，荒原重新陷进失忆一般的寂静中。浦斯点点头，说道："我可以开快一点。"他又听见风从荒原深处吹来，一阵接一阵，相思树的呐喊声弥漫在夜色中，虫鸣再起，就像生者不知死者的想法，永远不会有人知晓它们在说什么。

"这会是一场暴风雨。"向竹说。

"我该走了。"浦斯旋转方向盘，轮胎在沙砾上磨出起床的声响。他看着向竹，等待她关上车门。

"希望你赶得上。"向竹挥挥手，美丽得如同脱光了衣服。

浦斯掉转车头，车子重新在崎岖不平的道路上蹦蹦跳跳。他看了一眼后视镜，向竹已经回到屋内，一阵突如其来的夜风卷起屋前的枯草落叶，发现没有生命的迹象又将它们扔回地面。如果不是向竹刚刚走了进去，他会相信这个世界上只剩下自己一个人。他想着，能陪伴自己的终究还是影子，那个不需要意义的"我"。

夜色渐浓，乌云密布的天空变得沉甸甸，似乎随时会坠落下来。颠簸了半天，浦斯全身酸痛，道路越崎岖难行，他便越想念热水澡与软绵绵的床铺。这是一种难以抗拒的欲望，漫无边际又极富生命力，就像荒原里的野草，一不小心便成了生命的全部。有那么一刹那，浦斯全然忘了叶娜，心里唯一的念头就是找个地方喝几杯，然后美美睡一觉。溪头镇有家酒馆不错，灯光不明不暗，威士忌也刚劲有力，朱莉去世后，浦斯偷偷去过好几次，倘若喝醉了，老板也不会赶他出去，壁橱边有一张折叠椅，他可以倒在上面，睡到叶娜打遍所有朋友的电话。虽然他并没有几个朋友。

何必回到溪头镇呢，接受向竹的邀请，自然少不了海喝一顿。更何况，这么多年来他还没有去参加过任何一场派对，哪怕朱莉当初允诺要带他去见识一番，到最后也未能如愿以偿。这是她的亏欠。浦斯扫了一眼后视镜，远去的房屋像一堆慢慢熄灭的篝火。他打开座椅下的暗屉，摸出一包红双喜牌香烟。这是他托维修店特别打造的私人空间，只要叶娜不在身边，他便可以抽个痛快。拜朱莉所赐，他十岁时就学会了抽烟，但真正频繁抽起烟来还是在离开校园后，那时他已经十八岁，在二手车行找了一份工作，既有余钱抽烟，又终于不必在意他人的眼光和世俗法规的禁锢。他抽烟时目光会变得深邃，身体会处在一种被聚光灯牢牢捕捉住的僵硬中，仿佛要登台演说。这是他从电影里学来的。还记得抽第一口烟时，他呛得眼泪都流了出来，朱莉却哈哈大笑，胸口的两只肉球白闪闪。她从浴缸里抬起手，拍了拍他瘦弱的肩膀："看你猴急的，要像呼吸一样。"她接过烟，悠悠抽了一口。

"爸爸也会抽烟吗？"浦斯试探着问道。只有在朱莉心情愉悦时，他才敢用"爸爸"这个词来代替"那个人"。但也只敢提一次，倘若说多了，平衡就会被打破，他会重新失去朱莉的温柔，困进飓风一样的暴怒中。

"他抽烟时像个绅士。"

"那我也要学。"

朱莉将香烟递给浦斯，目光轻柔。关于那个男人，朱莉从不愿多谈，连相片也不留一张。偶尔能够谈及他的时候，她总会面带微笑，在接下来的一整天，她都会轻哼小曲，整理屋子，活力十足得像一个幸福的母亲。直到第二天清晨，她又喝得披头散发，衣衫不整，打骂浦斯便成了她活下去的唯一乐子。浦斯不想错过这一个可遇而不可求的幸运时刻，暖暖地坐到朱莉腿上，拿着烟，像试喝刚出锅的油汤一样浅浅地吸了一口。朱莉被他的模样逗笑了，前倾身子，紧紧抱住他，任由胸口的柔软像阳光一样唤醒他对爱的向往。这是一种历经磨难后形成的欲望，这种欲望并不会减轻磨难，反而会加重它带来的痛苦，直至他每走一步都如踩刀尖。可即便如此，他依旧无所畏惧，他要勇敢地活下去，并努力让朱莉幡然醒悟——赋予他生命并非错误，反而是荣耀。

浦斯将烟点燃，努力抽了一口。虽然叶娜下过命令，要么分手，要么把烟戒掉，但是他从不愿意捻灭与朱莉之间仅存的亲情之火。他选择表面妥协，背地里依然抽个痛快。要是朱莉还活着，一定会递过来一杯威士忌，满脸不屑地重复她的论调："人活着就是图个乐子，只会循规蹈矩有什么意思。叶娜就是一座坟墓，只适合埋葬死人。"她生前就反对他们在一起，死后更不会改变态度。

夜色泥泞，大风阵阵，车灯扫过，如人脸闪动。浦斯一边将闪着火星的烟蒂扔到窗外，一边加快车速，夜色一块块地迎面撞来，又幻成一只只灰狼追咬在车后。拐过分岔口时，一束明亮的灯光突然射过来，轰隆一声，车子弹了一下，无论浦斯如何猛打方向盘，汽车还是侧滑出小道，撞入荒草丛中。

所有声音似乎全被大风吹走了，夜静得只剩下无穷无尽的黑暗。浦斯死死抓着方向盘，两眼望着前方，凝固的脸上突然漾出一抹微笑。很多年以后，他会常常想起这段时光：在夜色翻滚的荒野上，他胡子拉碴，如同一只老牦牛困在熄火的汽车里，安全带差点儿勒断他的锁骨，而他很快就会改变自己的决定，并且妄图去改变他人的命运。当他缓过神来，失去的声响也回到了夜里，大风吹乱草，荒原依旧在咆哮。他摸了摸脑袋和胸口，除了肩膀隐隐作痛，身体并没有受到任何损伤。早先他还担忧锁骨会断裂，不过松开安全带后，忧虑随即烟消云散。他试图重新启动皮卡车，右脚刚踏上油门又迅速移开，如他所愿，发动机闷声不响，像一头死去多时的老牛。他往溪头镇的方向望去，倘若没有这次事故，他会回到叶娜身边，价格不菲的求婚戒指也不用继续躺在口袋里。很多年前，他就遐想娶一个温良贤淑的女人，她不抽烟不酗酒，热爱生活，但从不追问生活的真谛是什么，也不怀疑其存在的意义。她坚信人生的美好源于接纳自己，以及承认一切都是充满遗憾的，因此她会更加珍惜每一刻，并蔑视朱莉喜欢的一切。

浦斯还记得是朱莉给了他与叶娜相识的机会。查出乳腺癌后，朱莉便住进了医院。听到她只能活半年的噩耗，浦斯感觉有一只手瞬间捏碎了心脏。不过朱莉从不认为死亡是件可怕的事情，烟继续抽，酒依旧喝。她对死亡的态度，就像准备出嫁一样。她从不愿意穿上蓝白条纹的病号服，无论护士如何谆谆叮咛，她都始终扬着头保持一个态度，要么穿浦斯从家里带来的裙子，要么赤身裸体。她说到做到。每次护士一转身，她就迅速脱下病服，全身赤裸裸的，像一盏光线微弱的白炽灯。

　　接到医院的通知，浦斯从家里带来了一个黑色拉杆箱，里面塞满了朱莉喜欢的裙子。刚走出电梯，他就远远看见朱莉晃着两只僵硬的乳房，游走在灯下。过道里人来人往，没有人想去阻拦她，更没有人愿意递上一件衣裳。人们乐得看热闹，何况还是一个风韵犹存的女人。

　　"浦斯，这里。"朱莉笑着喊道。

　　浦斯慌忙跑过去，搂着她直往楼道尽头的病房走。

　　"他当年也这样抱过我。"朱莉轻得像只白鸽。

　　"我把裙子都带来了。"

　　"你知道的，我需要的不是它们。"

　　浦斯强忍住泪水，开门的时候，他感觉身体在发抖，心里有什么东西在破碎，声音锋利而绝望。他低垂着双眼，将朱莉放回床上，便急急往外走。拉杆箱还扔在过道上，必须拿回来。他低着头，步履匆匆，刚跨出门，泪水就夺眶而出。

"这是你的箱子？"一个护士挡住了他。

浦斯捂住脸，用力揉了揉。朱莉最憎恶他以泪示人，要是发现他在外人面前泪眼婆娑，肯定免不了一顿毒打。他红着眼，接过拉杆箱，向护士报以歉意。

"别担心，她只是受不了打击。"

"我没想过会是她。"

"也许明天就轮到我们了。"

浦斯满脸愕然，他一直坚信，在前方等待他的不应该是绝症与死亡，虽然人难免一死，但他才二十六岁，展现在他面前的应该是光明的未来，幸福的家庭。他应该辞掉二手车行的工作，重新找一家酒馆上班，哪怕做一个小小的服务员，他也会殚精竭虑，忙不迭地弯腰，并向每一个客人裂开笑脸。当然，他还会努力成为一个调酒师，甚至攒到足够的资金开一家梦寐以求的酒馆，到时候朱莉就不必四处买醉了。

"需要我帮忙吗？"护士指了指拉杆箱。

"如果需要，我会找你的。"浦斯看了看她的胸章，"叶娜，谢谢你。"他转身回到房中，朱莉还裸着身体坐在床边，笑容意味深长。她拍了拍床铺，示意浦斯坐过来："我死后，你怎么办？"她抓着浦斯的手，声音充满了好奇。

“我不知道。”

“你会自由自在，我敢保证，不出三日，你就会把我忘掉，你会开着我们的皮卡车，带上那个小护士，她叫叶娜对不对？你会带她去游山玩水，满足她各式各样的愿望，吃爆米花，喝啤酒，看电影，追风逐日，享受青春，你们还会在我曾经坐过的皮椅上做爱，一次又一次，把皮卡车摇得咿呀作响。”

“我怎会忘掉你呢。”

“当年他还不是抛弃了我。”

“我和他不一样。”

朱莉松开浦斯湿漉漉的大手，转身站到他面前，冰冷的指尖在他脸颊上划来划去。她托住浦斯的下巴，眼神落寞。浦斯抬眼扫过她的胸脯，目光停留在她的脖子上。少了狼牙吊坠的陪伴，她的脖子显得冷冷清清，毫无生气。一定是医生趁她睡觉时偷偷取走了。浦斯想，她一定很爱那个男人，若不然，一颗狼牙不会让她一戴就是二十多年，仿佛它已经成为身体的一部分。

“你现在都不敢看我了？”朱莉问。

“快穿上裙子吧。”

“那你帮我。”

浦斯避开朱莉的目光，走到拉杆箱前，从里面挑出一条藏蓝色的真丝裙。他抓着裙子在空气中抖了抖，小时候朱莉带他浸泡在浮满泡沫的浴缸里的日子，像萤火虫一样从他心里一闪而过。当时她肌肤柔滑，而他为有一个美丽的母亲倍感骄傲。他回到朱莉身边，等待她扬起头，举高双手。

"真像。"朱莉说。

"像谁？"

"他。"

"我更希望像你。"

朱莉突然抓起浦斯的手，压在胸口上："你真的希望像我？"她肆意地笑着，俨如一张随风摇荡的蜘蛛网。

真丝裙掉在地上。浦斯全身僵硬，从心里传出来的颤抖几乎将他震成了碎片。如果此时地震，他会毫不怀疑是自己的心跳引发的。听，门外乱哄哄，似乎所有人都在争着逃跑。他多么希望世界就此毁灭，不，应该是所有人都一起消失，地球上只剩下他和朱莉，他们会离开医院，挑一处山清水秀的地方住下，喂马，劈柴，在梦中周游世界。朱莉去世后，他会拣来石块砌成坟墓安葬她，然后用柴刀结束自己的生命。至于尸体，就留给树林里的野狼吧，它拘禁了他一生，死后总要受点惩罚。他多么希望没有听见一声湿漉漉的叹息。它从他僵硬的喉咙里颤出，夹带着中午在街边酒馆喝下的威士忌的气味，一响起就摧毁了他的希望。他瞪大双眼看着朱莉，以为自己会奋力挣脱，可是她又抓起他的另一只手，放到另一只乳房上。透过掌心，他能感受到她的心跳，开始松弛的皮肤，乳房里的肿块。依然坚挺的乳房，曾经哺育过他，如今却要夺走她的生命。他多么希望汗津津的掌心能融化那些肿块，他执拗地相信，如果他能进入大学，现在应该是一名医生，或许就能够救她一命。他缩回双手，可是朱莉又一把抓起它们，继续放在乳房上，唇角露出诡秘的微笑。她要他永远记住这种感觉，记住死亡就潜藏在生命里。毫无疑问，她又成功了。后来，当他抚摸叶娜的身体，总会不由自主地想起，曾经有一对绝望的乳房摆在面前等待他去解救，而他却无能为力。

"我不想死，可是活着又有什么意义呢。"朱莉说。

浦斯捡起瘫在地上的真丝裙，套到她身上，抱住她，抱住她生命中最脆弱最痛苦的那根弦，仿佛一不留神它就会崩断。

"带我走吧。"朱莉说。

"不行，你要做手术。"

"切了它们，我就能活下去？"

浦斯突然想回去芬里尔酒馆。虽然朱莉的癌症已经差不多花光他的积蓄，但买一杯威士忌还是可以的。他挪动双脚，走到门前，又失忆一般坐到床上，看着沾满灰尘的皮鞋，任由充斥在空气中的消毒水气味侵蚀自己。他听见一阵嗡嗡声，一只蚊子从眼前飞过，带着对鲜血的狂热，落在朱莉的小腿上。就让它给予她血的教训吧，提醒她除了癌症，生活还有千千万万种方法带来疼痛。

"带我走吧，带我去风头岛。"

"然后呢？投海自尽？"

"不，我只是希望你永远记着我。"

浦斯看见蚊子扇动双翼，忽上忽下，忽左忽右，转眼便消失在尘粒子飘飘扬扬的阳光中。它可能饱餐了一顿，也可能一无所获。浦斯后悔放它走。这是一个错误。在可以保护朱莉的时候，他竟然选择了袖手旁观，多么不可原谅啊，这难道不是因为他早已接受她行将就木？既已接受现实，那一切努力都是虚妄。他站起来，不敢看朱莉一眼，此时此刻，他是虚伪的，而她一心求死，既不避讳苦难，也不奢求奇迹，只求面朝大海，迎接生命终结的时刻。他已经失去说服她的权利。眼下，他唯一能够做到的，就是在有限的生命里，牢记朱莉曾经来过这个世界。

他必须承认这一点，朱莉已做好告别的准备，她不再关心尊严与寿命，对性别也毫不在乎，所有事物在她眼里，都已经毫无意义，唯一能够激起她兴趣的就是记忆。记忆是不会前进的。它永远停留在原地，等着她想起它，找到它，重温它的喜怒哀乐，然后感慨岁月变迁，造物无情。可有时候，他觉得记忆就像一阵风，厄难随时会出现，幸福随时会消失，一切都飘忽不定。

他离开病房，离开朱莉的苦难，回到芬里尔酒馆。黄昏时分的酒馆昏昏沉沉，几个从宿醉中清醒过来的酒鬼，歪在角落里，为自己的又一夜笙歌占好了领地。他叫了杯不加冰的苏格兰威士忌，目光落在那株巨大的龟背竹后面。那个西装革履的中年男人与身穿职业套装的年轻女子，又坐在角落里。他们隔空碰杯，搁在桌子上的手躁动不安，想握紧点什么，却又一直空荡荡，就连彼此的指尖也不触碰一下。浦斯认得他们，每逢周五，他们都会趁酒馆刚开门营业一前一后走进来，叫上两杯金朗姆，半个小时后，又会各自离开。他们就像两块墓碑，不刻上碑文，便无法知晓他们情深意笃，爱意绵长。现在，他们把酒杯里的金朗姆一饮而尽，男人不知说了什么，站起来转身要走，女人塌在座位上，一脸哀绝，泪如雨下。

浦斯放下酒杯，走过去，抓住男人的衣领，桌子晃动，酒杯砰的一声掉到地上。女人满脸惊慌，掰着他的手，压住颤抖的哭声求他放开男人。

"你不爱她？"浦斯问。

男人松了口气，脸上的惶恐像潮水一退不返。他抡起双手，试图挣脱浦斯的掀扯。浦斯把他推向座椅，弯腰凑到他脸上，问道："你爱不爱她？"

女人不再纠缠浦斯，而是酸着双眼看向男人。男人侧歪脑袋，看着女人，说道："我爱你。"女人浑身战栗，拼命咬住嘴唇压着哭声，泪水顺着脸颊汩汩滑下。浦斯松开手，走回吧台，端起酒杯一饮而尽。

酒保缩回脖子，继续在吧台内摆弄酒杯，对他的凯旋毫不理会。"我只是希望他们在一起。"浦斯说。酒保收走他的酒杯，换上一个白瓷茶杯，往里面斟满白开水。意思不言而喻，你喝醉了。你凭什么去撮合他们，难道他们只有在一起才能幸福？现在好了，他们信誓旦旦，托付终身，他们的家人怎么办？你难道不知道，他们是出来偷情的？

浦斯记不清楚自己是什么时候回到街上的，他趔趔趄趄，用眼睛的余光瞄向四周，街左边的车流和自己逆行，速度越快，被抛弃的感觉就越强烈，仿佛他正在和世界分道扬镳；街右边的车水马龙与他顺行，但前车绝尘而去，后车飞驰赶来，只有他在慢慢走着，永远落在别人后面。

红灯亮起，交通警察的哨声使浦斯猛然刹住脚步。又一个三岔口。是谁在我的人生里埋满了路口？又是谁在决定我们的方向？浦斯看着维持秩序的交通警察，是他还是我自己？他指给我们一条合乎规矩的道路，但那不叫人生，只能算交通。喧闹中似乎有人在耳旁说话。浦斯游目四顾，看见了橱窗上的自己。一个虚幻的"我"。这就是生活对待他的方式，用一个虚幻的无来提醒真实的他，人生来便要历经劫难，每一个女人都有她要承受的悔恨，每一个男人总有他要逃避的借口。他指着橱窗说"我"不该相信酒精，毫无疑问，酒精不是一个好的心理医生，更不是一个好的朋友，它虚情假意，不学无术，却总是以过来人的身份替人解决烦恼，而它惯用的伎俩，无非是麻痹身体，让大脑暂时忘记过去。不能继续上当。朱莉就是被它欺骗了。他转身继续往前走，每一步都走得分外用力，仿佛只有这样才能确定自己真实存在，而不是橱窗里的幻影。

他和朱莉的房子坐落在春草街。夜色里的楼房，像一只打鼾的老猫。他害怕回去，害怕推开门时，迎面撞来的只有黑暗。他害怕壁灯照见自己的影子，害怕听见自己时而自言自语、时而大声和影子争执，害怕躺在床上和天花板对峙。而窗外的夜就像一双手，随时会把他从梦中的悬崖推下。他摸出钥匙，打开门，像推开棺材盖。亮灯时，他先是闭紧双眼，直到确认屋子里只有自己的心跳声，才用失望的目光环视四周，从鞋柜下的桃色兔子拖鞋到茶几上还残留着口红印的茶色玻璃杯，从沙发上散落的时尚杂志到置物架上各式各样的空酒瓶，乃至青瓷花瓶中已经干枯的白百合和半掩的卧室门，一切都井然有序，仍旧是朱莉离开时的模样，只有他是多余的。

在自己家里当过客，这是他始料未及的。他决定改变这种状况。他走进朱莉的卧室，踢掉皮鞋，把身体扔到床上，静待睡意来袭。他闻到一阵熟悉的香水味，卧室里亮起一盏灯，一个女人对着试衣镜扭动光溜溜的身子，双乳摇曳，像两只随时会飞走的蝴蝶。她打开衣柜挑了一条裙子，套到身上，对着试衣镜转了一圈，又褪到地板上，再取来一件针织套头衫，一手又腰扭了几下，重新扔掉。她穿了又脱，换了再换，直到把衣柜翻了个底朝天，依旧找不到一件心满意足的。她来回走动，换下来的衣裙丢在地上，就像一件件不愿触及但又被忆起的往事。她倏地跑开，又猛然回到镜子前，身上穿着一条黑色真丝裙，左肩带垂落腰间，露出一只巨大而苍白的乳房。

她似乎在笑。她的笑声像刮鱼鳞。

浦斯睁开眼，灯光白晃晃。朱莉坐在床边，头戴宽檐帽，一袭黑裙，美丽得就像一个节日。

"放弃自己是最容易的事。"她耸着鼻子说道。

"这句话还是留给你自己吧。"浦斯感到浑身黏糊糊的，如同一条发臭的咸鱼。有东西在啃咬他的脑袋，奇痒无比，他快步走进盥洗室，关上磨砂玻璃门，把自己埋进花洒喷出来的热水中。

"我帮你挑了套衣服。"朱莉喊道。

一股热流从浦斯心里涌起，很快流遍了全身。朱莉的归来，给死气沉沉的房子带回了几分热闹。他喜欢朱莉在屋内肆无忌惮地穿行，把气息和足音传遍每个角落，让听腻了他的自言自语的墙壁，重新感受到交谈带来的温暖。他的眼眶热乎乎的，感觉全身都在流泪。

朱莉挑选的是白色衬衫和咖啡色西裤，就连搭配的布洛克皮鞋和丝光棉袜也精心准备妥当。浦斯穿戴一新，走出卧室，朱莉端着一碟罐头牛肉拌意大利面走过来："没有我，这个屋子比停尸房还冷清，我本来想弄点好吃的，可是只有它了。"

她递给浦斯一双筷子，自己拿着一把钢叉，斯斯文文地吃起来。浦斯嗓子硬硬的，慌忙夹起一块牛肉，塞进嘴里，又大口吞咬挂面。此时此刻，他感受不到肉酱与面条的异同，也体会不到干葱与橄榄菜的点睛之美，在他眼里，当亲情遥不可及，再美好的食物也只是用来填补决堤口的泥土。因为他非常清楚，自己渴望的根本不是食物，而是母亲的爱。看着剩下来的一粒肉末，他突然觉得适才的吃法简直是暴殄天物。他应该一小口一小口地咬开牛肉，一点一点地感受调料与肉质的相互成全，再一根根地夹起挂面，仔细品味面条的韧劲，认真领会干葱与橄榄菜作为配料的伟大。现在，这样的机会只剩下一次。他挺直腰杆，手中筷子微微张开，可是由于颤抖，肉末始终夹不起来。他想也没想，快速端起瓷碟，一口舔了下去。这时，他感受到了朱莉的注视。那是一种温泉一样的目光，温润如同一个深情的吻。那一瞬间，一种超越了食材本身的滋味在他的舌尖轰然炸开，电光一般漫遍全身。他浑身抖颤，与其说是被食物感动，不如说是被雷电击中。

朱莉避过头，拿起酒瓶给自己倒了一杯。离开医院后，她一定直奔便利店，像打扫战场一样买走两瓶高度烈酒，一瓶苏格兰单一麦芽威士忌此刻正屹立在桌面，另一瓶芬兰伏特加还躲在购物袋里，与一条包装完好如初的箭牌香烟不断交换眼神，暗自揣测浦斯的反应。她喝完一杯，舔舔嘴唇，重新倒满酒杯，露出枯木逢春一般的微笑。

"我们这样不是很好吗？"她端起酒杯一饮而尽。

"你会死的。"浦斯说。

"我知道。"朱莉放下酒杯，嘴里哼着歌儿，款款走进卧室。她搬出一堆衣物，扔到沙发上，再挑出心仪的，一件件叠好放进行李箱。"反正要死，这些衣服可不能浪费了。"她提着一条海蓝色真丝裙，原地转圈，裙摆飞扬，海洋的气息瞬间弥漫四周，"保存美丽的最好方式就是死亡，这是造物主赋予我们的浪漫。"

浦斯把餐具放进水槽，用水声来对抗她对死亡的轻蔑。不可否认，她故意把死亡挂在嘴边的目的已经达到。这是她擅长的把戏，惹怒他，以此证明他的世界只有她。"一把火烧了，什么也留不下来。"他把餐具弄得叮当响，愤怒伴随洗碟污水流进下水道，在漆黑中与来自四面八方的生活污水融为一体，成为整座城市的一部分，经过处理厂净化后，又沿着管道进入千家万户，在水龙头里发出阵阵怒吼。

朱莉跪下来，用膝盖压住行李箱，试图拉上拉链。可是衣物太多，行李箱又太小，无论她如何挤压，行李箱总是无法合拢。她面红耳赤，突然尖叫一声，直起身，一脚踢翻箱子，喊道："不要了，不要了。"她看向花瓶，住院前插下的百合花已经枯萎，几片花瓣落在桌面，脚皮一样令人生厌。她抓起花瓶，奋力扔向墙壁，满地碎片更叫她愤懑，她扑过去，抓住枯萎的百合花，使劲揉搓，直到它粉身碎骨，再也认不出它是一株花的尸体。

"你满意了？"她抓起桌子上的威士忌，仰头喝了一口。

浦斯看了她一眼，走进储物室，拖出一个巨大无比的拉杆箱，重新整理她丢在地上的衣物。他一声不吭，一件接一件把衣服叠好摆整齐，虔诚得如同在整理遗物。他走进卧室，给自己随便拿了几套衣服，塞到行李箱一角，拉上拉链，说道："走吧。"

朱莉一手抓酒瓶，一手提起装着伏特加与香烟的购物袋，阔步走出门。浦斯回头看了一眼凌乱的房子，没有不舍，只有难以言说的痛苦。他在这里成长，在这里做梦，在这里哭，在这里笑，在这里长出胡须，剪掉多余的指甲，写下永远不会寄出去的信又一页页将它们撕碎。随着朱莉的离去，这里会彻底失去意义，每一块砖，每一片墙纸，每一件家具，都散发着痛苦的气息，哪怕阳光照进来，哪怕所有灯都一一打开，它的阴暗依旧比夜色浓重。

老皮卡在阳光下飞驰，朱莉不再喝酒，一路上昏昏沉沉，仿佛身体已经不再属于她。浦斯无法想象，此时此刻，癌症正在一点点地吞噬她的生命。她正在一点点地死去，一点点地离开这个世界，她之所以还能被眼睛看见，仅仅因为她是疾病和死亡的影子。

前方是一段斜坡。开上坡顶时，两个身背巨大旅行袋的徒步者走到路边，使劲挥舞双手。朱莉从昏沉中醒来，目光迷离，直到确认峨羝海滩还远在一百多公里外，身体才重新回到她的掌控中。

"你不载他们？"

"没心情。"

"停下吧。"

浦斯把皮卡开下大路，停在一片荒草间。后视镜里的荒野由于车辆不断驶过而更显落寞。不可否认，没有人愿意为它停下，即便它已经用荒草遮掩贫瘠，让蚂蚁享受广阔和飞鸟拥有栖落，甚至给予酢浆草与天蓝苜蓿开花的权利，也不会有人承认它是文明的一部分，就连徒步者，也仅仅把它的野蛮当成追求自由和彰显自我的过程，根本没有心思欣赏它的存在不仅仅是生命的需要，也是一种对抗。他们跑过来，把厌恶荒野的五官暴露在阳光下。他们的眼睛来自飞离此地的小鸟，眉毛希望植根于温室而非沙砾，鼻子向往森林，嘴巴渴望美食，耳朵早已对吹来吹去的风深恶痛绝。他们穿着落叶纹状运动服，十八九岁，长得并不聪明，但一心想要做点什么来表示自己就是一个聪明人，一个与寻常人截然不同的聪明人。男子看见一只蚱蜢突然从眼前飞过，猛地拍了一巴掌，随后微微张开双掌看了看，洋洋得意地笑了笑，又皱着眉头，试探地闻了闻，转头向旁边呸了一口，随后往草地上擦拭了好一阵。他重新站到车窗前，一手搭着车顶盖，以一种即将登台演说的神气介绍自己叫向武，并称呼那个刚刚解开一粒胸前纽扣的女子为向竹。

"我们去风头岛，你们呢？"朱莉问。

"还不知道。"向武说道。

"不怕迷路？"朱莉很好奇。

"没有目的地又怎么会迷路呢。"向竹说。

"你们是情侣？"朱莉问。

"哪里，她是我妹妹。"向武说。

浦斯把注意力放在路面，拒绝加入这场你追我赶的谈话。他厌恶与陌生人交谈，无论发问还是回答，都是对存在的冒犯。他用沉默武装自己，并让身体在发动机的轰鸣与轮胎摩擦路面的声响中不断钢化，最后冶炼成一把刀。他举着大刀，以每小时一百公里的速度向前劈去，阳光被劈出淤青，未来被砍成了过去。

朱莉喝了一口酒，喉咙不由自主地发出一声呻吟。癌细胞又在发起猛攻，酒精的麻痹力，根本抵御不了它们的火力。她闭着眼，伸手探进挎包，摸寻盐酸羟考酮，而身体继续被疼痛压着，一动也不能动。她拿着橙色药瓶，喉咙再度发出一阵低吟，身体剧烈颤抖，如同触电。

浦斯降慢车速，喊道："帮帮她。"

向武探前身，从朱莉手中抓过药瓶，看了一眼瓶身上的说明，然后倒出三粒白色药丸，小心翼翼地放到朱莉手上。他额头汗津津，目光透着死神就在身边的恐惧，呼出来的二氧化碳不再无形无相，而是一堆堆湖底淤泥，湿漉漉，黑乎乎，令皮卡车不堪重负。向竹快速从背包侧袋拔出水杯，探身向前，递给朱莉。他们脸色苍白，仿佛蒙着一张白布，只要朱莉需要，便会义无反顾地献出它，再亲手盖到她身上。

除了酒与药，朱莉什么也不需要。她更不需要旁人的怜悯，甚至一丝丝关心，倘若有人露出一点点关怀的迹象，必定惹得她破口大骂，并视他们如仇人，仿佛摧残她的不是癌症，而是他们这些身体健康但又把怜悯当成诠释道德文明的人。是的，他们才是一切苦难的罪魁祸首，是她走向死亡的因与果。可这一次她却用尽全力瞪着浦斯，恨他发出求救信号，恨他自始至终都把她当成疾病的手下败将与死亡的俘虏，恨他因为癌症而不再怨恨她不经许可就带他来到这个世界上。她闭上眼睛，把一切拒绝在视线外，任由黑暗笼罩自己，接着灌了一口威士忌，咽下盐酸羟考酮，双手抓着座椅，身体扭成一块锈铁。她情不自禁地发出痛苦的呻吟，药片虽然已经吞进胃里，但药力还有很长一段时间才能汇成大军向疼痛发起攻势。现在她唯一能做的就是等待。她脸色苍白，即便双手死死抓住椅垫，也禁不住身体哆哆嗦嗦，而阳光照进来，并没有给她的生命带来温暖和力量，反而把她最脆弱最招人怜悯的一面暴露出来，让她的痛苦更加轮廓分明。它像圣人的恩泽笼罩着整个空间，发现她的脸孔已经扭曲成一只皱巴巴的苹果，便慌忙滑向脖子，照见喉头颤动一如地震，立刻移向胸口，想起这里是一切苦难的源头，癌细胞正在悄无声息地吞噬着她的生命，只好灰溜溜退了出去。云翳下，皮卡车里也一片阴暗。浦斯目光冷峻，如同法庭里的法槌。他既不感谢向武出手相助，也不询问朱莉是否需要放低座椅休息，而是把全部注意力都集中在方向盘上，仿佛只要牢牢抓住它，就能带朱莉驶离死亡，回到健康的光明大道。此时此刻，沉默笼罩着皮卡车，气氛越来越黏稠，如同往潭水里不断倾倒水泥。这种沉默，加重了朱莉的痛苦，她的呻吟，哪怕只有一丝丝微弱的声音也清晰可闻，甚至比雨夜里的雷电还叫人心神抖颤。后视镜里，向武与向竹面面相觑，后悔不经意就闯进了陌生人的苦难中。他们牵着手，惊讶还牢牢盘踞在心里，不断从五官探出触须，喷出汁液，模糊掉脸廓、身形，甚至把不可名状的自我也一并变得混沌。他们在无形的问答中组织语言，排除所有不恰当的，保留最合适与礼貌的部分，并祈祷有人率先打破僵局。朱莉猛地抖颤了一下，双手松开椅垫，抓起酒瓶小口喝酒。相比沉默，她的喉咙里发出的吞咽声更令人窒息。那是一团泥泞的棉絮，一条死蛇，一段不该想起的回忆。她发出猫头鹰一样的笑声，身体晃动，并非由于剧痛变得更加猛烈，而是大脑神经重新取得了身体的控制权。死亡与生命达成停战协定，癌细胞发起的猛攻暂告一段落，剧痛退去，身体终于可以再次享受和平带来的幸福与美妙。这是值得开怀大笑的事情，虽然她清楚，癌细胞侵占的领地已经越来越多，下一次进攻也必定会更加猛烈，但此时安好，便已胜过一切。她的笑声肆无忌惮，甚至比老皮卡的轰鸣还不在乎被人评价。向武与向竹看向后视镜，希望浦斯提供一点提示，作为旁观者，他们到底该不该跟着一起笑。

浦斯的表情不再硬邦邦的，就连重新斜照在他身上的阳光也软糯起来。他打开广播，收听音乐，大拇指跟随旋律轻轻敲着方向盘。一切恢复如初，仿佛什么也不曾发生。

"乳腺癌晚期，我活不久了。"朱莉说。

向武紧绷身体，唯恐背脊靠到座椅上，让人误以为他正在以轻松自如的姿态面对朱莉的苦难。他用肩膀碰了碰向竹，目光闪烁。这是一种暗示。这个时候，他们应该说点什么，以示关心。"抱歉。"向竹说。她用道歉的语气回应朱莉，仿佛癌症是她一手造成的。她本来打算假装看风景的，哪怕老皮卡正在驶过一座石矿厂，那里一片破碎，完全没有任何美感可言。可是听到朱莉的声音，她不由自主地说出了这个词语，这叫她惊讶无比。为什么要感到抱歉呢？朱莉罹患癌症，跟她有什么关系？她出来徒步，不是为了背负什么责任，而是要远离尘嚣世俗，无牵无挂。要说抱歉的，应该是朱莉，既然身怀重病，为什么还要任性远行？是的，应该是她自己，还有浦斯，这个纵容犯，必须为蔑视生命感到愧疚。

在后视镜里，浦斯和向竹对视了一眼，一瞬间，由于侥幸，从死亡边缘抢回性命的喜悦与生活又得以继续的释然全都变成了自我否定，让他像失事的电梯从最高处掉到最低处。他不得不接受，塌成一团的电梯不存在奇迹，只有毁灭。这就是现实，生活从不以人的意愿改变，时间向前，本身就是一种摧残。他再一次失去了朱莉，哪怕她现在还活着，哪怕她朝向竹耸了耸肩，但事实永远是事实，癌症也永远是癌症，它不会被酒精瓦解，更不会被一句道歉治愈。疼痛暂时消退，不代表下一次不会排山倒海而来。他觉得自己无比滑稽，无论发型还是衣着，抑或脸上被香烟烫出的疤痕，都透着一股失败者的气息，这种失败与生俱来，并非在成长中被生活打败，而是早在父母行房时，他就已经是一个避孕失败的不良后果。

"向武，要不我们也去风头岛？"向竹说。

"为什么？"向武一定后悔说了这句话，立刻解释道，"我的意思是，你又不会游泳。"

"你可以教我啊。"向竹说。

"那我们就是同路人了。"朱莉看向窗外，"风头岛是个好地方，我曾在那里见过一群鳗鲡，它们越过浅沙，被潮水拖拽着游过一道道白浪，消失在灯塔辐射不到的深海。它们是幸运的，纵使历尽艰难险阻，最后还是成了大海的一部分。那些困在池塘里、死在溪流中、倒在沙滩上的，不能说它们倒霉，或者命该如此，但有一点是肯定的，对于失败者，没有人在意。也许在生命最后的一瞬间，它们会想，为什么要费尽一切努力离开大海，去找一个小水塘，然后在烂泥与黑暗中度过生命中最宝贵的童年？为什么又要在成年后冒着生命危险回到曾经离开的地方？"

"我不喜欢鳗鲡，所有降河性洄游①鱼类我都不喜欢。"向竹脱口而出，"它们看上去挺蠢的。"

"不是它们蠢。"向武说，"而是性蒙蔽了它们的理智。"

朱莉回头看了他们一眼，脸上没有一丝情绪。她闭上眼，重新把自己浸在黑暗中。不过，浦斯很高兴此刻有向武与向竹相伴。经历过疼痛，他们之间已经形成某种平衡，如同皮卡车的四个轮子，缺失任何一个都会造成毁灭性事故，更何况他们芳华正茂，根本不懂死亡的痛苦，也不知生命的

---

① 降河性洄游：海洋生物学术语，指在淡水中生长的鱼类，性成熟时到海洋产卵繁殖的集群迁移。

可贵，即便他们已经为朱莉的癌症表示遗憾，但只要话题一转，对死亡的畏惧就会立刻置之脑后。这不能怪他们无情，或者愚昧。这就是生活之所以残酷的缘故，个人的痛苦永远只属于个人，它不会超越时代，更不会让世界变得更美好。青春，多么美好的字眼啊。浦斯羡慕他们还能生活在父母的羽翼下，羡慕他们只要追逐梦想就能诠释存在的意义，而他虽然只有二十六岁，但青春似乎早已是上辈子的事情了，甚至从他记事起，就没有同龄人的朝气蓬勃，仿佛一出生就直接进入了苦不堪言的中年。他向往自由，渴望在阳光下奔跑，但生活先是让他被父亲抛弃，再赠予他贫穷，又诱使朱莉走上酗酒之路。他在饥饿与嘲讽中度过了黑暗的少年时代，以为找到一份工作就能改变生活的偏见，但事与愿违，生活已经认定他一生都不值得拥有幸福与快乐，它变本加厉地把癌症塞进朱莉体内，并甩给他一张张难以承受的医药费账单，现如今，它还直接宣判朱莉只剩下半年寿命，很快他就会孤苦伶仃，变成一个没有家人的人，而想到从今往后无论自己是生或死，都不会再有人为他动一动恻隐之心，他更觉得窒息难受。这也是他为什么喜欢开车的缘故，脚踩油门，车子就会把一切抛在身后。它穿过荒原，越过群山，以每小时一百千米的速度把生活远远抛在身后，抛在记忆的泥潭里，信心满满地来到轮船鳞次栉比的渡口。风头岛虽然还远在看不见的海天一线外，但每个游人眼中都已经透着置身其间的喜悦，仿佛只要他们乐意，就能随时扑向海浪，尝到海水的味道。那种苦涩，正是自由该有的滋味。此刻，仅有海风是不够的，海浪被防波堤拦在只有目光才能触及的地方，除了想象，没有人能切身感受它的魅力。这让轮船更加诱人，所有人争先恐后地冲向闸门，朝检票员递出船票，一心想着赶上这一班渡轮。穿过闸门的人兴高采烈，还在闸门外的人引颈企盼，如同饥饿的雏鸟。浦斯走到售票窗口，买了四张船票，往回走时，朱莉已经与向竹站在堤岸边眺望大海，眺望人生永远触达不到的那种辽阔。向武则挤在长长的队伍中，手里还拖着那个大行李箱，他时而晃动脑袋，时而耸动着鼻子，视线在人群中来回跳跃，俨然在寻找记忆中的恋人。

浦斯背靠灯柱，点燃一根烟，目光看向白浪翻腾的海面，一只海鸥从远处飞来，落在渡口上，一粒一粒地啄食游人散落的爆米花。这一次，终于不必再为海鸥可能死于饥寒交迫而忧心忡忡了。他心中又平添几分欣慰。不过，这种欣慰持续不了多久，风头岛引发的忧虑就再次袭来，令他无法站立。他来回踱步，用力抽烟，如同体内正在发生一场无法扑灭的火灾。不可否认，他从未想过会以现在这种状况回风头岛，哪怕他对这个地方的记忆一直处在故意丢失中，由于断断续续，一切都变得模糊不清，甚至无法确定它究竟算不算自己的故乡。

海风吹来一声汽笛，向武在人群中奋力挥手："来了，船来了。"朱莉与向竹手挽手走过去，言笑晏晏，海风已经促使她们达成某种神秘的盟约。浦斯紧紧跟在她们身后，当检票员把票根撕走，他感觉有什么东西彻底失去了一样，心里空落落的。

汽笛再次响起，渡轮乘风破浪，驶向看不见的风头岛。朱莉领着兄妹俩去甲板上观赏海景了。浦斯留在客舱里，一心想着自己到底失去了什么。可是回忆一片混沌，与风头岛有关的一切就像浪花一样，刚刚扬起，顷刻间又跌回海面。他的思绪飘回远古时期，生命离开大海，爬上陆地成为所有动物的祖先，这是大海的馈赠，直到今天，大海还在给予世界一切，可是，慷慨大方的大海却不愿意给他一丝提示，而是任由他在回忆里苦苦跋涉，除了时间，一无所获。但他又分明清楚，当回忆拉开帷幕，时间也是失去的一部分。他极目远眺，舷窗外的落日像一块脑勺壳，冉冉沉进海中。向武回到客舱，声音充满愤懑："他们停下来了。"

"什么？"浦斯回过神。

"渡轮出问题了。"

"她们呢？"

"还在甲板上。"

"不会沉吧？"

"不知道。"向武耸耸肩，一副满不在乎的模样。广播响起，船长说发动机发生故障，要求所有乘客留在客舱内等待救援。

浦斯觉得有必要继续说点什么，男人之间的沉默，远比等待救援难熬。它甚至还充满了破坏力，如同一只受到挑衅的雄狮，一不小心就会把一切假象摧毁。他想了想，说道："看来去不成风头岛了。"

"我无所谓的。"

"其实在海上过夜还不错。"要是在船舱外，浦斯大可以递过去一根烟，然后结束这场尴尬的谈话。虽然他真的喜欢在海上过夜。

"看你们的。"向武吹了吹自己的刘海，目光落在一个早早穿上泳衣的女子身上。他舔舔嘴唇，仿佛正叼着一根牙签，视线向女子四周移动，确定她孤身一人时，猛地站起来，迈着两条竹篙一样的长腿，走到女子身边，轰然坐下。

浦斯不得不承认，他年纪轻轻，身材高挑，拥有女人见了就会情不自禁拿出镜子补妆的容貌。他喜欢用若有所思的目光注视旁人，澄澈的双眼叫人愿意相信他即将说出比电影台词还动听的话语。他知道自己拥有这样的能力，并喜欢把它用在女人身上。他侧着头，不知说了句什么，泳衣女子乐不可支，身上的大浴巾滑下来，露出大半个雪白的肩膀。

浦斯看向客舱出入口，如果他没记错，泳衣女子并非独自出行。他打了个哈欠，闭上眼，让自己沉浸在黑暗中。这是他的安全领域，在这里，他不必顾忌任何人，也不用担心遭到伤害。除了回忆。他听到朱莉和向竹的交谈声，眼睛依旧紧紧闭着。她们坐下来，谈话戛然而止，注意力似乎被某种神奇的事情吸引。他慢慢睁开眼，假装自己曾经短暂离开过这个世界，一脸茫然地看向出入口，仿佛灵魂跟不上身体的脚步，还滞留在客舱外。

向武走过来，斜着下唇吹动刘海："怎样，救援船来了吗？"他坐到向竹身边，左腿交叠在右腿上，左臂自然弯曲枕着椅背，目光依旧停留在泳衣女子身上。

"你还关心这个？"向竹说。

"浦斯说我们可以在海上过夜。"向武说。

"是吗？"朱莉看向浦斯，"你就这么不想去风头岛？"

向竹用力掐了掐向武，眼神严厉，仿佛一切都是他的错。浦斯看见一个身穿沙滩装的壮汉走进客舱，鼻子大得像一条狗，心里忍不住叹息，迟了，已经迟了。他满脸遗憾，但声音坚硬无比："天气很好，夜里能看见星星。"

"我喜欢看星星。"向竹说。

汽笛再度响起，舷窗外，一艘渡轮正在慢慢调转方向。身穿救生衣的船员放下救生艇，打开船头的吊板，架在两艘渡轮之间。广播传出船长的声音，提醒所有乘客在换乘时务必保持好秩序。

向武跳起来，冲到泳衣女子前面，一回头就撞见壮汉的目光。他哆嗦了一下，眼睛急忙看向浦斯，挥手喊道："你们输了，还是我最快。"

"简直就是一条发春的鬣狗。"向竹说。

浦斯期待的冲突终究还是没有发生，命运继续把他推向风头岛，不偏不倚。他留在甲板上，"巨人号"渡轮不再拥有掌控方向的权利，一艘锈迹斑斑的拖船拖拉着它，缓缓往渡口驶回。它的船员已经全部转移到"梦旅号"渡轮上，只留下船长一人，独自坐在驾驶舱里，望着本就不属于他的一切，驶向他无法抵达的终点。甲板上，有人弹响吉他，弦声悠扬。落日余晖里，大海一片阴郁，纵使波涛依旧，也掩饰不了一切一去不返的落寞。

浦斯并不害怕去风头岛。正如朱莉所言，那是一个美丽的小岛，虽然商业不太成熟，但胜在天然无雕饰。在那里，大海从不以人的意志改变浪潮，沙滩也从不要求来往游人必须拥有尊贵的身份才能留下脚印，沙蟹奔走更谈不上向往自由。一切存在都只是本能。木麻黄树林早在人类登岛前就已经迎风而立，即便后来种下的相思树也曾经先于人类出现在地球上，而房子修在海边，恰恰是文明进步以后又回归自然的一种形式。在那里，大海不再是用来期盼的远方，而是实实在在的拥有，沙子带来的真实触感，与海风迎面扑来的力量，还有海浪亘古不变的翻涌，以及眺望海天一线时感受到的广阔与自由，无不意味着一切都只是大海的一部分，连同藏匿起来的自我，也如海鸥一样展翅飞翔。也许，这是生命源自大海的缘故。无论我们身处何地，体内都始终留存着海洋的气息。那是血液的腥味，是泪水的咸涩，是心脏与脉搏跳动的声响，是命运的窠臼与守望。一旦人生变得艰难，这些缩小在身体里的海洋就会呼唤我们抛开一切，回到海边，回到曾经的出发之地，重新感受生命的意义。

此时此刻，浦斯看着汹涌的海浪，心中的召唤已经此起彼伏，可是他又分外清楚，生命虽然源自海洋，但人类的祖先最终还是选择了陆地。从某种意义上看，是文明抛弃了大海，抛弃了海生动物，这里的一切，都是遗弃之物，是失败的，也是被禁锢的。这种遗弃，反过来令孤立在海水中的岛屿更显疏离与挫败，与它有关的一切也都变得不可触碰，犹如一堆核废料。也许，这也是他不喜欢回去风头岛的缘故。

朱莉走过来，海风吹乱了她的长发。她点燃一根香烟，烟雾刚刚形成，就消散在大风中。连同她的声音。浦斯远眺大海，白浪高高举起，又重重地跌下，像极了妄图改变命运的人。朱莉把香烟塞到他嘴里，靠上前，双手枕着栏杆，朝铁青色的大海深处喊了一声。她转过身，从浦斯嘴里夺走香烟，问道："你害怕什么？"

"已经三个小时了，你吃药没？"

"我不需要你担心。"

"回去后，还是继续住院吧。"

"没必要。"

"你就这么想死？"

"这是我的事情。"

"我知道你想干什么。"

"那你就答应我。"

"我做不到。"

"你会做到的。"

"自私。你永远都这么自私。"

"我问过船员了，西西弗斯酒馆还开着，靠岸后，我要去好好喝一杯。"

"随便你。"

"我要住普拉克酒店。"

"无所谓，就算你要重操旧业，也没必要告诉我。"

朱莉看着他的眼睛，伸手抚摸他的脸颊："你说从什么时候开始，我们之间的交谈竟变得如此艰难了呢？"

"你还记得那条金枪鱼吗？我从海滩捡回来的。"

"它浑身腐烂，把房子都熏臭了。"

"你说它死的时候，不会有鱼为它惋惜，因为鱼没有记忆。"

"我当时一定是喝醉了。"

"你不想知道我后来是如何处理它的？"

"像那双鞋子一样埋掉？"

"你出门后，我把它煮来吃了。"

"神经病。烂掉的鱼，你也敢吃？"

"你不知道我已经一天没吃东西？"

"行吧，我的错。"

"你没错，错的是我。我就不该来到这个世界上。"浦斯转身走向客舱，没走两步，又停下来，"你回去吧。"

朱莉被海风推着往前走，黑裙飘扬，如同翅膀。她回过头，笑了笑，说道："浦斯，你没错，我也没错，错的是那个人。"

浦斯看向天边，大海吞掉了最后一抹落日余晖，弦月高悬，星光渐起。他感受到了前所未有的安静，虽然心中思绪依旧随着波涛涌动不息，但确确实实体验到了安静带来的满足与幸福，这绝非是饱餐一顿或者进入一个女人的身体所能比拟的。他听到了平生最想听到的话语，思绪被海风吹到更加无限的空间中，在涛声如鼓的苍茫里，第一次触碰到了大海的柔软。他感觉自己已经可有可无。这时，他听见朱莉喊了一声，悠扬的吉他乐曲顿时激昂起来。她走到甲板中央，仰头遥望天空，一动不动。站在四周的乘客一片嘈杂，有的鼓掌，有的吹口哨。有人拍响装着杂物的蓝色塑料桶，阵阵鼓声与吉他弹奏出来的旋律交相辉映，清冷的气氛瞬间热闹起来。她低下头，右脚后跟轻轻着地，脚尖摇动，身体来回摇摆，如同掌握了整支乐曲的控制权。吉他声渐弱，塑料桶咚咚而响，犹如孤胆英雄走向千军万马。四周再也没有人起哄，只有风在吹，浪在吼，发动机在咆哮。她猛地张开双臂，右脚一跺，吉他弦突然一震，旋律骤然变快，鼓声轰隆，叫人热血沸腾。如得征召，四周乘客不约而同地拍起手。她急速旋转，扭动着，跳跃着，裙裾在空中划出一圈圈涟漪。掌声愈发热烈。受到感染的乘客抬脚拍着甲板，继而晃动脑袋，双肩摇摆，待到她从身前旋转而过，便猛地一跺脚，踏着音乐的旋律舞动起来。大海也跃跃欲试。她笑啊跳啊，仿佛在庆祝新生。越来越多的乘客走到甲板中央，扭动着僵硬的身体，笑声、掌声与喝彩声此起彼伏，淹没了吉他的旋律。没有人在乎吉他是否会突然停止。他们转着圈，甩着手，虽然舞步凌乱，但自始至终都把她围在中心，仿佛有一束灯光照在她身上。她转动着，大笑着，时而与挨上前的男人搭伴转圈，时而和靠过来的女人手挽手踢腿扭胯。此时此刻，她是快乐的。浦斯鼓着掌，因为有生以来第一次如此接近她的快乐，掌心与心脏一样疼痛。也许她的选择是对的。他想着。也许回风头岛是一件值得期待的事情。 她一边旋转，一边呼喊："来呀，浦斯，来呀。"浦斯缩回身体，脚步却忍不住往前迈。此时此刻，他渴望做一个令她骄傲的舞者，但又后悔从未学过舞蹈。她旋转过来，拉着浦斯走向人群，绕着他转啊笑啊，就像在一张难度极高的试卷上写下满分答案。浦斯试探着，身体微微晃动，仿佛四周布满了尖刀陷阱，而他要毫发无伤地从中找到一条出路。他听到一阵斥责声，吉他骤然停歇，人群开始散开，一个船员手持扩音器走过来，脸色严峻，仿佛刚刚有人犯下了不可饶恕的重罪。

朱莉看了一眼浦斯，转身走回客舱。那是一种比蛇还冷的目光。浦斯愣在原地，手掌和脸颊因为快乐而承受的疼痛变成了讽刺。毫无疑问，他失去了参与到快乐中的机会。那是朱莉的快乐。他双手插进头发，由前往后抓挠着，转身走向甲板的另一侧，面朝大海，心里却感受不到一滴水的存在。

向竹钻出客舱，慢悠悠地晃到他身旁，耸着鼻子说道："你们吵架了？"

"朱莉叫你来的？"

"她怕你想不开。"

"放心，我不会弄脏大海的。"

"你们真奇怪。"

"她是不是还说了什么？"

"她说归根结底还是你的错。"

浦斯抓住栏杆，头往前伸，假装有一条鱼跃出了水面。暮色像毒气一样自大海深处蔓延而来，除了风，没有什么能阻挡它。可风什么也不管，吹过昨天，也吹进明日，唯一能令它心烦的是来来往往的人。浦斯把目光投向大海。此时此刻，在比黑夜还黑的地方，大鱼吃小鱼，小鱼吃虾子，但残酷并非道德的对立面，而是存在的自然选择。他转身想走，可又无处可去，目光看向渡轮前方，却什么也看不到，双脚更是牢牢地附着在甲板上，仿佛留在这里才能继续存活下去。这种身体不听使唤的感觉，令他陷进了失去自我的痛苦中。他看见了自己，那个游离在得失之间的"我"。他伸出手，又缩了回去，而"我"也做了同样的动作。他隐隐约约看见，"我"目光闪烁，如风中烛火，面孔由于痛苦而扭曲成一团泥浆。海风更硬，浪涛更猛。天空抛锚，哪里也去不了。他其实可以转过身，回到客舱，不必再与"我"四目相对，可渡轮亮起的灯火在阵阵海风中推推搡搡，迫使他向"我"走了几步。也许是他身后的灯太亮而"我"身后是阴暗的大海，他的身影扑在"我"身上，又与"我"的影子重叠在一起跌落甲板，发出海浪一样的声响。他在等待，这个时候，谁最先开口说话，谁就会失去身份，不过海风吹得他两眼干涩，他忍不住哼了一声，抬起手揉揉眼睛。"我"急忙退后一步，摆出防御的姿势。海浪呼啸起来，就像拳头击在脸上。他全身一紧，猛地踢出一脚。"我"撞向栏杆，脚下的灯影如同一口鲜血。他赢了，但是并不高兴。"我"在大笑，指着他说你就是个错误，天大的错误。他烧着脸冲上前，又踹了"我"两脚，然而最先感到疼痛的还是他自己。他质问"我"是不是知道什么。"我"说朱莉曾经在沙河街租下一座房子。门是铁板钉成的，墙壁由于刷过太多次白石灰而变得丑陋不堪，年老体衰的地板砖已经辨认不出颜色，由石棉瓦盖成的屋顶每逢下雨天便大喊着疼痛。"我"说如如果母亲恨你，纵使得到世间万般宠爱也枉然，反之，全世界都恨你也无妨。浦斯并不反对。他深知母亲的爱极其珍贵，可是自从那人走后，或者说朱莉被那个人抛弃后，她就更加自我化，这个世界上再也没有人能够让她心甘情愿改变自己，更别提付出爱意，但不可否认的是，朱莉恨他，倘若他没有生下来，或许她会有一个全新的人生，而非现在这般早早走向死亡。渡轮鸣响一声汽笛。风头岛到了，港口灯火通明，过去的阴暗全都消散在时间中。浦斯抻了抻"我"的衣服，看着汹涌的大海，说一切都不是他能决定的，该悔恨的是她。他把"我"扔下大海，把一个"无"扔进了一种永恒的"有"中，离开向竹，走向排队等候下船的人群。普拉克酒店派来的七座商务车就停在路牌下。朱莉领着兄妹俩走过去，坐进车里，脸上洋溢着抵达目的地的喜悦，直到车子拐进安宁街，她才收起笑容，喟叹一声物是人非，但浦斯非常清楚，这里的一切早已不是当初的模样，普拉克酒店也已经修葺一新，除了名字，一切都是新的。

朱莉说要去海滩露营。她换了一条碎花裙，像飞蛾一样跑出去。四周灯影婆娑，空气中洋溢着节日的气息。风头岛的沙滩与海风仍然记得朱莉。她在年轻貌美的时候常常光临这里。她曾经一丝不挂冲进海浪里，又裹得密不透风坐在遮阳伞下。她的行为从一开始就没有规律，初来乍到时偏偏挑了一场狂风暴雨来漫步，明明随身包里带了打火机，却硬是向路过的男人借火抽烟，并拒绝与他们攀谈；喜欢在男人堆旁铺下沙滩毯，又总央求他们挪一挪地方，甚至拿出一瓶防晒霜招呼他们中样貌最寻常又最沉默寡言的一个帮她涂抹到背上。不过她拥有令陌生人无法拒绝的容貌，甚至一看见她的眼睛就已经无法生气动怒，但美丽形容在她身上，又绝对是一个最片面的词语，就像用树林来代称包罗万象的植物世界，可熟知她的人又异常清楚，她身上除了美丽一无是处。更叫人难以理解的是，她逢人就说自己渴望成为一只鸟，殊不知鸟是没有家的，鸟只有巢，那是它用来繁殖后代的场所，一旦子女长大，它连巢也没了，唯一能依靠的只有自己的羽毛，或者临时找个地方躲一躲，并祈求自己能挺过所有风雨。

浦斯不再看朱莉，而是把目光落在大海深处，仿佛那里有奇迹正在发生。他在渡轮上扔下的"我"，似乎还活着，此时此刻似乎正趴在背上。不过他丝毫不在意。承认一个人存在远比无视他困难。也正因为如此，朱莉才会时而温柔如水，时而暴怒如雷。不可否认，爱与恨，都是叫人无法释怀的方式，但相比爱，恨更容易做到。朱莉必定是选择了这种方式。当她想到生命终将结束时，便希望怨恨能牢牢巩固她在他心中的位置，希望他终老一生都对她念念不忘，她坚信这比爱更值得一试，更何况她也分不清自己到底爱不爱他，哪怕她自认不是一个合格的母亲。

向竹一直跟在浦斯身边。夜空划过一颗流星，她没有合掌许愿，而是倔强地仰着头，直至它消失在黑暗中。她把目光投向白浪翻卷的海面，悠悠说道："他们从不许我向流星许愿，说天上一星，地下一人，流星出现，就意味着死亡。"

"他们？"浦斯问。

"我爸妈，他们三年前遇上了空难，准确地说，是热气球事故。"向竹说，"你说奇怪吗？从不相信流星的他们，最后竟成了别人眼里的流星。"

浦斯道了声抱歉。他记得新闻报道过一场事故，热气球在夜里起飞，还没完成爬升就坠落在山里，引发的山火足足烧了三天三夜。

"不知又是谁离开了人世。"向竹说。

浦斯看向朱莉，她在向武身边转来转去，如同回到了童年。他们展开一盏巨大无比的天灯，铺到毯子上，又找出彩笔，准备在天灯的阻燃纸上写下愿望。浦斯想起，很多年以前，朱莉曾经带他驱车到一条河边放天灯，当时她望着夜空说："每个人都拥有一颗属于自己的星星，不过，人只有到死的时候，才会知晓自己的星星究竟是哪一颗。"天灯熄灭时，朱莉哭了。浦斯惊慌失措，记忆里，朱莉虽然常常落泪，但原因如此清晰的次数不多。她是一个无法让人猜透的女人，爱笑更爱生气，稍不如愿就会扔杯毁碟，有时候还会赏给他一顿拳打脚踢。浦斯曾经恨过她，只因她是他的母亲。她可以是任何人，就是不能是他的母亲。每当他一个人在家，像游览观光一样，从一个角落走到另一个角落时，对她的恨意就会更加沉重。她的卧室永远洋溢着一股清香，内衣随意扔在床上，蜷缩成一团的被褥似乎还在回味她的体温。她为赴约而换穿的衣服堆在镜子前，像一层层蛇蜕。浦斯看着镜中的自己，就像窥视她的胴体，心中涌起的恨意噼啪乱响，他拒绝叫她妈妈，拒绝她灵光一闪式的母性关怀，拒绝一切与她存在亲情关联的事物，他喜欢直唤她的名字，朱莉。朱莉，患上了绝症的朱莉。也许，做一个喜怒无常的女人并非她的本意，她只是遇人不淑，最后死心了，才决定游戏人生，把生命当儿戏。

"过来许愿吧。"向武喊道。

"其实，我挺害怕许愿的。"向竹说。

浦斯不想动。他信奉劳动，而非许愿，更不会把幸福寄托在一盏终将熄灭的天灯身上。他抬头看向夜空，星河璀璨，浩瀚与渺小同时发生在宇宙中，过去与现在一同出现在抵达地球的星光里，而距离消弭了所有强大，无论是客观的，还是内心的，黑暗中唯一还能怒吼咆哮的只剩下大海。不过，他不关心这些。此时此刻，他只想转身走进大海，重新感受海浪的洗礼，而非畏惧。

"浦斯，你不来吗？"向竹已回到向武身边，不管害不害怕，她都会忍不住遐想自己的未来，并渴望所有梦想都能如愿以偿。

"算了，他对生活没有什么期待。"朱莉说。

向武点燃酒精浸透的脱脂棉，火光纵情跳跃着，天灯膨胀，徐徐飞向夜空。它越过沙滩，飘向海面，带着所有人的愿望越升越高。没有人知道它会飘到何处，即便是它自己，也不知道终点在哪里，更不知他们的愿望会在哪里实现。不过，它非常清楚自己存在的意义，面对璀璨星光，努力再爬高一点是它最后的倔强，但即便如此，它依旧逃不脱光芒渐弱的命运，如同一颗流星。天灯熄灭后带来的空虚，笼罩整片海域，令海浪听起来更加冷漠无情。

向竹又跑到浦斯身边，跟着他踏浪而行。她踢起一阵阵水花，问道："我要跳海，你会拦我吗？"

"我不会游泳。"浦斯说。

"朱莉说她教过你。"

"后来她放弃了。"

"我好像明白你为什么不喜欢来海边了。"

"你不明白。"浦斯相信朱莉也不明白。当她提议去海边游泳时，他没有一丝兴趣。他从不喜欢去人群密集的地方，人越多，他便越无所适从，更不喜欢看到其他男人在她身上动手动脚。相比人满为患的沙滩，他宁愿关在屋子里，替她收拾卧室，整理满地衣服。

"我买了一套新泳衣，现在不穿，老了以后就不敢穿了。"她从手提包里掏出一套红色泳衣，在他眼前晃了晃。

"你一点都不老。"他说。她才二十八岁，既不老，也不娇嫩无知，恰好是一个比鲜花还多几分神秘、比甘泉平添几分酒香、比陈酿多含几许辛辣，让玉石也妒羡其绵柔的年龄。

"人总会老的。"她叹了口气。

"好，我陪你去。"他害怕听见她的叹息，也害怕她将胸脯蹭到身上。朱莉狡黠一笑，拖起他的手往外走。她又胜利了。浦斯无可奈何。他无力抗拒她的叹息，她的柔软就像一把万能钥匙，无论他在心门上扣上多少把铁锁，她都能如愿将它们一一打开，进入里面找到他隐藏的舵盘，转动它，将他的人生航线重新纳入她可以掌控的范围，而当她转身离去，他的心将变成一只乖巧的小猫，缠着她留下的气息呼呼入睡。朱莉将车停在海边浴场的地下停车场，发现四周没有人，便歪身滑下裙子，露出雪白的胴体，伸手去解内衣的扣子时，她朝后视镜笑了笑，快速将内衣脱下，两只巨大滑润的乳房跳出来，白颠颠，肉颤颤。她侧身从手提包里找出泳衣，微微抬高身体，摇曳着洁白的双腿将黑色内裤褪下，双手齐用，一眨眼就将泳衣套到身上。她十指自然弯曲，拢起长发向后甩了甩，将衣物放进手提包，弯腰从座位下提出一双白色沙滩鞋，打开门。

"怎么还愣着呢，不换衣服？"她的身体闪闪发亮。

浦斯闪闪烁烁地脱下衣服，换穿泳裤时，他背过身，挪到另一侧座位上，不敢看她一眼。朱莉笑得春光明媚，柔声说道："乖乖，怕什么呢？"她将他拉出来，挽着他的手臂，款步向海滨浴场走去。海风悠悠，浦斯如履薄冰地蹑着脚步，唯恐一触及她的身体，就砰的一声掉进深不见底的冰窟。穿过人满为患的沙滩时，他突然挺起胸膛，目光坚毅地望着阳光下闪闪发光的海浪，朱莉若有所思地瞅了他一眼，将身体紧紧依偎过去。此刻，浪拍白沙，水花朵朵犹如白眼，他们相互依靠，成为真正的母与子。他们走到海水中，朱莉畅快淋漓地喊了一声，弓起身子向前一跃，阳光下的身影像一抹回眸笑。她忽地探出头来，挥动双臂向海天一线游去，刚游了几下，又蓦然转过身，像一枚白光熠熠的珍珠。

"来呀，浦斯，别怕。"她喊道。

天空远远飘着，一片波涌浪扬的海水拦在他们之间。浦斯进退维谷，仿佛误入地雷阵。他抬起头，看见她在阳光下闪闪发光，大海没有困住她，世俗更锁不住她。海风从她身边吹过，天空就像一双翅膀，她若想飞，双翅一振，就能倏地消失在宇宙间。她柔声呼唤着他，鼓励他冲破困阻，勇敢向前，做一个真正自由的男人。

"来呀。"她喊道。

浦斯向前挪动，海水浸过膝盖，一不留神就涨至腰间。朱莉盈盈笑着，泼起一阵阵浪花，逗他继续往前走。浦斯不敢喘气，每走一步都感觉自己会死去。他发现涌动的暗流撕扯着双腿，脚下的土地在缩小、削细，变成了一根悬空的缆绳。海水漫向胸膛时，他把全身重量都压在脚趾上，每一根脚趾都死死勾着，可海水涌动，沙子在脚下不断散逸，他站又站不稳，游又游不动，唯有张开双臂，试图增加身体的浮力。这时一个浪尖拍来，呛了他一口水。他仰起头，来不及吐出，一股大浪又迎面扑来。他双脚浮空，急速下沉，天空也跌了下来，晃晃荡荡。

"笨蛋。"朱莉游过来，一把抱住他，"海水都快被你喝光了。"

"你就只会笑我。"浦斯羞红了脸。

"不喝几口水，又怎能记住教训呢。"朱莉笑道，"别忘了，跟着我可是很危险的。"

"不学了。"浦斯转身向岸上走去。海浪在身后闪闪烁烁，像一张在记忆深处忽闪忽现的脸。

朱莉没有追上来。跟过来的是向竹。她似乎对浦斯要去的地方兴趣盎然，时而小跑，时而张开双臂大喊大叫。浦斯看着远处的山崖，步履沉重。那里影影绰绰，就像一段久远的记忆，不用别人警告，他也深知不该冒着夜色走过去，更何况那里也不是他想去的地方，但生活总是这样，既不允许他停留在原地，也不允诺他一个灿烂明朗的未来，身体与灵魂，总有一个被它推着走向无法确定的前方。现在，他的双脚接到的命令就是远离沙滩，越远越好，至于走向何处，它根本不知道。唯一能确定的是，沙滩渐硬，游人渐少，藤壶覆盖的礁石越来越多。星光下，向竹突然惊叫了一声，身体不听使唤地歪了下去。

浦斯走上前，脚下松散的沙子已变成黏稠的泥滩。他蹲下来，托起向竹的脚，放到自己大腿上，问道："流血了？"

"这些石头真锋利啊。"

"要不我送你回去？"

"别，回去多无聊啊。"

浦斯看向远处的山崖，夜色模糊了星空，所有事物都不再具有客观性，只有名字和隐隐约约的印象还存在记忆中。世界成了一种影影绰绰的言语，人不再是真实的，但大海依旧还在咆哮，山崖还在静立。

"你想爬上去？"向竹问，"为什么？"

"我小时候好像爬上去过。"

"我懂了。"

浦斯轻轻放下她的脚，抬起身，扶她走到一块庞大如野象的礁石旁。他重新蹲下，抓起她的脚仔细看了一阵，可是光线太暗，根本看不出伤口的深浅。他改用手指轻轻抚摸四周，感觉流出来的鲜血并不多，不由松了口气。这时，一片乌云遮住星光，四周黑漆漆，转眼乌云飘过，黑暗消失，他们再次回到人间。

"伤口不深，对不对？"

"嗯，不会有问题的。"

"你还要过去吗？"

"要去看看。"

"那你去吧，我在这里等你。"

浦斯转身走向山崖，乱石渐多，虽然夜色隐藏了密密麻麻的藤壶，但透过沙滩鞋依然能清晰感受到它们的存在。很难想象，这些终其一生都只会依附而活的甲壳生命，到底为了什么而存在。与它们静止不动的状态相比，海浪显得过于暴躁，受到礁石的挑衅，它更加汹涌澎湃，爆炸声此起彼伏，破碎后的愤怒充斥在空气中，令海风不再理智。不过，山崖依旧不为所动。它是客观的，没有生命的岩石与泥土黏合在一起，诠释的都是过去。那些被夜色隐去身体的草木，必定在黑暗中随风晃动，必定呐喊生命存在的意义仅仅在于抗击，而非放弃。浦斯走到山崖下，抬头仰望，星子闪烁，有的已经毁灭，有的正在死去，不管生死，它们散发出来的热量，已经消弭在漫漫时空里。此时此刻，即便夏日的酷热也消散在海风中，而山崖影影绰绰，更是加重了他感受到的清凉。他往前走了几步，直到双手触摸到崖壁，想象中的嶙峋怪石终于成为真真切切的锋利，才敢断定曾经真实存在的那一条栈道，并没有修在这一片峭壁上，而是在另一边。这是一次从踏出第一步开始就已经错误的前行。他记错了方向。海风里隐隐传来一阵"我"的笑声。他伸手抓向后背，但什么也扯不下。或许"我"并不存在。他仰望夜空，不想回到原点重新开始。一切都是刚刚好的，该错过的错过，该拥有的拥有，数不清的得与失连缀在一起，才组成每个人独一无二的人生。他默默站着。一只石蟹爬出礁石缝，溜过他的脚背，两只螯足戳了戳他的脚趾，意识到这是终它一生都不能挑战的庞然大物后，一溜烟就逃进了礁石底。

　　透过星光，他看见山崖耸峙，就像一道规则。他望了望大海，巨浪还在咆哮。这是一种听上去凶悍无比的怒吼，但又充满了沧桑和无奈。毫无疑问，无论它们如何强大，终它们一生，都无法离开这里。这是规则的力量。大海对规则无能为力。但大海本就是规则的一部分。人也是。他转身往回走，海风依旧，但已经不是从前的海风。寄居蟹四处爬行，对他的无功而返无动于衷。它们驮着各式各样的螺壳，纵情享受大海与黑夜赋予的自由。向竹还坐在礁石上，看见他的身影，挥手喊道："快看，轮船。"

　　浦斯望向海面，一朵闪烁的灯火缓缓移动在夜色深处，汽笛声传来，响彻云霄。它可能在宣告满载而归，即便是出发，也代表着踌躇满志。他靠着礁石，任海水冲刷掉双脚上的泥沙，目光移向繁星点点的天幕，以光速穿越茫茫宇宙来到地球的星光，还会抵达其他星球。它们是自由的，无论如何，它们都不会停下脚步。除非死亡。他想到朱莉，死亡会掐灭她的生命之火，夺回她获得过的一切，连同她的思想。他紧紧拽着不放的思念，不过是自欺欺人，或者纯粹是想让自己看起来更爱她一点。这也是他一直愤懑不满的原因。她不爱他，而他也不愿意承认自己无比渴望得到她的爱，一个母亲的爱。

"你为什么不说话？"向竹问。

"很久以前，我们要乘坐渔船离开风头岛，所有人都已经爬上去，只剩下我一个人还抓着绳索吊在半空。海浪很大，渔船忽上忽下，我时沉时浮，心里想着我会掉进海里，被巨浪卷走。我记得渔船发出鞭炮一样的响声，它调转方向，驶离海岸，像一只青蛙从一个浪头跳到另一个浪头，而我死死抓着绳索，还没有爬上去。"

"他们把你忘了？"

"我踩着渔网和挂在船舷上的旧轮胎爬到甲板上，他们依旧没有发现我，继续围在一起抽烟喝酒，聊一些无关痛痒的话题，比如上岸以后一定要去芬里尔酒馆喝一杯。"

"朱莉呢？"

"我想她是故意的。"

"对不起。"向竹说道。

"所以，没什么好说的。"浦斯抬起一只脚，抖掉冲进趾缝里的海草，心里想着，沉默不好吗？能沉默，就没必要再说话。

"对不起。"向竹再次道歉。

"这有什么好道歉的呢，老实说，这是件好事，人是不可能一辈子都保持清醒的，我们总需要点什么来帮助自己认清现实。"浦斯把双脚埋进沙滩，希望它生根发芽，就做一棵迎风望海的树吧，无欲无念，吹吹风，摇摇叶子就是一生。

夜更深了，海边游人已寥寥无几，留下来露营的人全都钻进了帐篷，远远看去，灯火闪烁。

"我们回去吧。"浦斯说。

"你不想做点什么？"向竹问。

"比如？"

"疯狂一点的。"

"活着已经够疯狂的了。"

"那你背我吧。"

浦斯不想表现得太冷漠，他弯下腰，等待向竹伏到背上。他听到向竹笑了笑，脊背随即一沉，除了重量，他还感受了来自青春的柔软。他迈开腿，朝露营沙滩走去。

"你是不是很担心朱莉？"向竹问。

"她还需要我担心？"浦斯说。

"怎么不需要呢，有人担心，就会幸福。"

"那我宁愿不要这种幸福。"

"你真奇怪。"

浦斯并不反驳。也许从朱莉决定生下他的那一刻起，他就已经注定是一个奇奇怪怪的人。一个没有父亲又得不到母亲疼爱的人，怎能不是一个奇怪的人呢。在溪头镇的房子里，他还收藏着一颗牙齿，很久以前，它收纳在朱莉的日记本里。他记得那是一个书脊散架的蓝皮日记本，其中大部分记录页已经丢失，剩下的胡乱码在一起，前一页已经在回忆父母离世十年的苦楚，下一页又还在庆祝十岁生日，这种混乱和跳跃，让记忆断断续续，就好像精神错乱。他翻到最后一页，发现了粘在上面的牙齿，还有一句话："我们打了一架，他的心已经留不下，只能留下一颗牙齿。"他猜想，牙齿应该是那个人的。在他的记忆里，朱莉从来没有爱过人，哪怕在离开风头岛的渔船上，她依旧没有寻觅到爱情，她只是习惯献出身体，又永远把心留在记忆里。浦斯拿走牙齿，藏进他和朱莉的合照相框里。他执拗地认为，这是他们一家人团聚在一起的最好方式。有时候，他会看着合照喃喃自语，每当这个时候，朱莉就会默默走开，不再咒骂他，不过，她会拼命喝酒，直到酩酊大醉，再哭喊着抄起棍子模样的物件暴打他一顿，骂他是个怪胎，指责他根本不应该来到这个世界。但越是如此，浦斯就越是喜欢盯着合照看。他应该再央求朱莉一次，求她讲讲那个男人，说说他们之间的往事，哪怕她依旧守口如瓶，他也想得到她的态度，虽然他早就清楚，关于那个男人，关于过去发生的一切，她一向分不清是爱还是恨，也许爱与恨是同时存在的，也许期待与后悔也曾同时发生。当然，这并不代表他会原谅这个抛妻弃子的家伙。

向竹似乎感受到了他的回忆，说道："你不好奇朱莉在天灯上许下了什么愿望吗？"

"没兴趣。"

"真没兴趣？"

"她最好祈祷自己能多活些时日。"

"也许你误解她了。我是说，在离开风头岛的船上，她应该只是一时大意。"

"可能吧，不过已经不重要了。"

"可我还是想告诉你，她希望你快乐。"

浦斯默不作声，身体里卷起的风暴已经刮空了他所熟知的词语，此时此刻，他如同一个刚刚出生的婴儿，所有情愫都只能用哭声来表达，可他又不愿意哭泣。他哽着喉咙，全部注意力都压在脚上，沙滩不再轻浮，取而代之的是沙子的干实，一粒粒，既是整体，也是独一无二的个体。它们是存在的一种形式，每走一步都能留下深深的足印。他觉得有必要再走快一些，时间是珍贵的，特别是对他而言，走得越快，便能越早回到朱莉身边。他挽紧向竹的双腿，背着她，快步穿过灯火闪烁的露营地，走向他们租赁的帐篷。它搭在露营地最西侧，远离大众和喧闹，显得孤高特立。野营灯没有点亮，四周一片阴暗，也许朱莉已经吃完药躺下，也许她拉着向武去捉沙蟹了。

向竹突然呻吟了一声，说道："浦斯，要不你背我回酒店吧，我包里有药。"

"好，先回帐篷拿房卡。"

"算了，酒店太远，去找别人借一下吧。"

浦斯停下来，海风阵阵，带着远古的原始气息。他似乎又听到了那个"我"的声音。那是一种充满绝望的咆哮，比海浪更加接近本能，但乌云飘走，月亮浮出来，沙滩上只有他和向竹的影子。"我不认识他们。"他不顾向竹的央求，背着她，绕过营地警戒线，大步流星走到属于他们的帐篷前。向竹不再高声喊痛，而是紧紧抱住他，仿佛一松手，他就会散成沙子。

浦斯定了定神，掀开帘布，慌忙又松开手，就像合上棺材盖。

第三章

浦斯忍不住想，相比带朱莉回风头岛，此刻自己回到白房子前显得更加不可理喻。他告诫自己，这不是他的决定，而是朱莉的安排。若不是她去世，皮卡车不会抛锚，向竹也不会半路跳出来，并且发出盛情邀请。

他一手插袋，紧紧握住朱莉遗留下来的狼牙吊坠。半年前，她曾为了找回它大闹过一次医院，后来医生帮她找到了癌症，她便不再关心任何身外之物，甚至自己的性命。浦斯也不曾想过会找回它。当他翻遍皮卡车也找不到一件适合用来做手信的物品时，整个人颓然坐到副驾驶座上，这个位置，自从朱莉去世后，就再也没人坐过，就连叶娜也不愿意坐到上面来宣示女主人的权利。他抠了抠座椅右侧的小洞，这是朱莉抠出来的小天地，她说人一旦坐下来，总会破坏点什么。他摸到一根绳子，扯出来才发现原来是朱莉佩戴多年的狼牙吊坠。她把它藏在座椅里，目的已经无从猜测，浦斯也不想去猜测。他遵从朱莉的吩咐，清理掉有关她的一切，只留下一张合照和这辆老皮卡，并服从叶娜的命令不再耽湎于过去，时至今日，他已经做好迎接未来的准备，比如结婚生子。不过，有那么一瞬间，他在狼牙吊坠与求婚戒指之间摇摆了一下。他松开手，决定把选择权交给天意。

门一直没开，大风呼啸，相思树发出阵阵兽吼，黑夜似乎彻底释放了兽性。浦斯看了看门边的废旧棒球棍，转身走回荒原，既不羞恼，也不想找一个理由安慰自己。他早已习惯被拒绝，自然不会为一次还没有发生的拒之门外耿耿于怀。他已经想好如何打发这漫漫长夜，先联系叶娜，告诉她车子抛锚了，但一定会在明天前赶回溪头，接下来他就可以放低座椅，静静躺着听她诉说筹备婚礼的麻烦与幸福，很快她就会回忆起他们相识的过程。谈及朱莉，她会说命运不公平，话题自此转向她对生活的控诉，从忙不完的工作到隔壁邻居长满疮痂的西班牙猎犬，她会把记忆中的每一天都陈述一遍，仿佛这样做她就能获得新生，未来就会一片光明。最后她会发出爱与不爱的灵魂拷问，而无论他回答什么，她都会嘤嘤哭泣，仿佛爱上他是一个天大的错误。不可否认，他从来没有说过我爱你这三个字，婚姻之事也全凭她说了算，在他心里，一切都是可以的，不可以也没什么问题。他既不觉得婚姻是人生走向圆满的必经之路，也不赞成人人都应该孤老终身，回想自己充满苦难的童年，也不再怨恨父亲抛妻弃子，归根结底，那只是一个至今他都不知道名字的男人，一个毫无意义的符号罢了，根本不值得他浪费一点力气去培养恨意。叶娜说他变了，自从朱莉去世后便变得不再关心明天。她强调的是明天，而不是未来，这叫浦斯不得不怀疑明天与未来是两种截然不同的事物。不过，他并不想花心思去探寻它们之间的界限，时间流逝，一切都会成为过去，而过去，是储藏生活的最好方式。他听到有人在呼喊，是向竹的声音，她一定追了出来，并且对他的离去愤然大怒，若不然大风不会呼啸起来。

"浦斯，你逃什么？"她喊道。

浦斯停下来，但时间继续流动，该丧失的继续丧失，该到来的继续到来。他转过身，眼睛避开照射过来的白光，既不想解释自己并非在逃跑，也不想开口说一些无关痛痒的话。大风呼啸，给了他最好的沉默理由。向竹继续用手电筒的强光牢牢捉着他："你来了正好，我正缺一个伙伴呢。"

浦斯暴露在亮光中，如同站在一把手枪前。他不认为跟随向竹回到白房子里就是妥协，或者投降，他还拥有拒绝的权利，并且不赞成向竹随意把陌生人邀请到家里，哪怕这个陌生人就是他自己。

"我的老皮卡抛锚了。"

"我知道。"

浦斯想了想，不知该说什么，于是把手插进口袋，可惜掏出来的是狼牙吊坠。他用掌心托着它，说道："我想还是不能空手来参加派对。"

"你可真老派。"向竹接过去，手电筒继续照着他，"这回你可不要再跑了。"

浦斯发现，这是他第一次被一束光指引。它晃动着，照亮大风卷起的草屑，照见尘土飞扬，在它的光芒里，所有渺小都感受到了从未有过的广阔，还有自我见证。他有点后悔把狼牙吊坠送给向竹，与其说它是朱莉的遗物，不如说它是那个抛妻弃子的男人留下来的罪证。很久以前，他就想毁了它，现在又把它送出去，显然不太厚道。他觉得有必要做点什么来弥补自己的过失，或者证明自己比一杯啤酒还无害。可是刚刚跨进大厅，他的耳朵便不再属于自己，怒吼连连的摇滚音乐炸得他晕头转向，幸好没有人在昏黄的吊灯下摇摇晃晃，点着蜡烛的餐桌也没有杯盘狼藉，除了音乐，除了茶几旁的空酒瓶，一切井然有序得不像派对。要不然，他会一头扎进混浊的空气中，彻底忘了自己还有规则要遵守，还有过失需要去弥补。

向竹打着手电筒在屋子里照来照去，如同聚光灯在寻找主角。她打开冰箱，递给浦斯一瓶黑啤，示意他随便坐。浦斯仰头灌了一口，口腔感受到的冰凉与味蕾品尝到的麦芽焦香瞬间化解了脑海里的混沌，及至啤酒滑入腹中，他更是全身轻盈，仿佛每一个细胞都插上了翅膀。这种惬意，叫他再次相信，接受向竹的邀请是个正确的决定，更何况这里除了他们二人，再也没有第三者。起初，他还担心派对人多嘈杂，而从不知热血青春是何物的自己会在其中格格不入，现在看来，这种担心纯粹多余。只是他们俩谁也不说话，所有语言都交给了音乐，交给了啤酒与摇来摇去的手电筒，气氛多少有点尴尬。然而，相比没话找话，浦斯更喜欢沉默，思绪剔除语言后，就是最纯粹的心声。在这沉默中，浦斯感觉整个世界只剩下他们二人，他们仿佛漂浮在一个由音乐、啤酒与手电筒的微弱光线构成的宇宙中，他们的呼吸，他们的心跳，乃至一个眼神，似乎都成了孕育星体的动力。可是，就在这个看似充满希望的宇宙中，泡沫溢出瓶口带来的凉意，轻轻透过指尖，针尖一般提醒他，世界并没有与他们隔绝，无论身体还是灵魂，他们都无法互为彼此。这又是沉默的意义。不过，向竹显然不懂沉默，她调低播放器的音量，直起身喊道："向武，我的朋友来了。"

浦斯看向阴暗的走道，贴着林肯公园海报的房门没有应声打开，但一束光芒渗出门缝，连同房间里的气息，也一并带了出来。浦斯闻到了肉体的气味。他喝了一口酒，等待向武的身影走出房门，走到昏黄的灯光中，与记忆中的形象合为一体。这是他来参加派对的另一个目的，找到向竹不认识他的原因，弄清楚这是一个恶作剧，还是一个梦。

门开了，灯光像洪水一样拍出一个女子。她长发垂肩，身上只穿着一件白衬衣，满脸愤世嫉俗，就连左眼袋下的滴泪痣也充斥着自以为是的控诉。她十八九岁，两只赤脚无视地板上的一切，仿佛生来只是为了走自己的路。她看了一眼浦斯，双眸闪动着欲望还没有完全褪去的光芒，目之所至，一切事物都呈现出令人不安的易燃性，这种不安使她处在一种既挑衅一切但又吸引所有的矛盾状态中，浑身散发着过剩的精力。她倒下沙发，问道："这就是你所说的朋友？一个大叔？"

浦斯看着她，心跳加速，全身颤抖，想说点什么，又无从开口。他双手抓着大腿，仿佛要阻止血液流动，阻止双腿不听使唤地支撑他站起来，跨过向竹搁放在茶几上的双腿，走到她身边，抚摸她脸上的滴泪痣，感受她的体温，确认她真实存在着，而非只是一个幻影。他深深呼吸一口气，达到极致后的狂喜正在演变成无法抑制的悲伤，无情地左右着他对现实的感知。他甚至怀疑自己在做梦，从遇上向竹的那一刻起，就已经在梦中，说不定此时此刻他正躺在溪头镇的家中，口袋里的戒指，已经送给叶娜。他能感受到卧室的气息，叶娜虽已离去，但体温还停留在被褥上，角落里的塑料花还开放着她的幽叹，窗帘紧闭带来的沉闷在黑暗中更显浑浊。这让他更加相信，眼前的一切都是梦境。除非她亲口否认。他需要她亲口否认。

"朱莉？你是朱莉？"他问道。

"你们认识？"向竹站起来。

"向竹，你故意的吧？想惹怒向武？"长得极像朱莉的女子看向透着光亮的房门，确定没有声音发出，转头瞪向浦斯："我不认识你，也没兴趣认识你，向武脾气火暴，我劝你少惹他。"

她叫朱莉。年轻的朱莉。浦斯再度迷失在现实与梦境的混沌中，甚至怀疑过去发生的一切皆是虚幻。他怀疑朱莉并没有罹患癌症，怀疑她还活着，并且与他毫无关系，而他苦难的童年，也全都来自杜撰。他也并没有在前往风头岛的路上遇见向竹与向武，他们没有放天灯，没有穿过露营地看见帐篷里发生的一切。即便他的所见所闻真的发生了，那也与他完全无关。因为现在，他所处的现在，才是真实的。他与朱莉，直到此时此刻，才算形成交集。这是他们的初次见面，是他们的人生交叠在一起的开端，而非在终结以后的臆想。当然，他也不排除这是一个梦。

向竹眼里闪烁着狐狸一样的好奇。如果不弄清楚浦斯为何认识朱莉，她会一直纠结下去，陷入猜测与自我否定的旋涡中。她问浦斯是否来自风头岛，是否住在沙河街。朱莉哼了一声，目视前方，满脸漠然，但抓在手中的啤酒瓶，却一直没有挪到嘴边。浦斯看了看朱莉，点点头，但又说道："我十岁那年就离开那里了。"

"所以你们不是邻居？"向竹问。

浦斯看向朱莉的左大腿，皮肤洁白光滑，并没有烟蒂烫出来的伤疤，于是迟疑了一下，说道："我认错人了。"他不再看朱莉，而是望着廊道。有一瞬间，他觉得自己是在十三岁生日那天离开了风头岛，也有可能是十五岁，他不太确定，记忆像天气预报，常常不灵。他也不想再作解释，说他是朱莉的儿子？还是告诉她们朱莉早在半年前就已经去世？这些解释只会引发更多疑惑，更何况他也分不清究竟过去是一场梦，还是现在就在梦中。

向竹不依不饶："可你一定见过她，对不对？"

朱莉看向房间，确定照射出来的灯光没有出现身影，声音不禁提高了几分贝："向竹，你想证明什么？我知道，你一直恨我，可这是我的错吗？别忘了不是我要住进你们家的，是你们老向，是你那个肥水不流外人田的好爸爸，硬是要把我接过来当女儿养的，你以为我愿意？另外我警告你，别妄想随随便便找个男人来毁掉我和向武的感情。"

"向武，你们的感情，还需要我来破坏吗？"向竹跳起来，声音冲破摇滚音乐的重重包围，震荡四周。

"叫什么，你又皮痒了？"房间里的灯光，熄灭了。向武的身影出现在过道里。他穿着紧身人造革皮裤和豹纹花衬衣，染成金色的长发随意扎着，双脚在地板上踩出一串桀骜不驯的无形足印。他还是浦斯曾经见过的模样，习惯把自以为是当成与众不同，甚至高人一等，目光一旦停留在他人身上，眉头便微微蹙着，俨然在思考人类的终极命运。不可否认，他长了一张可以重新定义俊俏这个词语的面孔，这是他的魅力所在，他把这种魅力视若权利，并肆无忌惮地行使它，而只要这世界上还有女人存在，他就可以享受它带来的一切，无视道德，且乐于不学无术。他把自己扔到沙发上，吹了吹几缕垂在脸上的长发，伸手抱住朱莉，舌头塞进她的嘴巴，像宣示主权一样搅动了一阵，从她手中拿过酒瓶，仰头灌了一口，双脚踩着茶几角，说道："向竹，你是有多饥渴，要找个大叔来当灵魂伴侣？"

他觉得自己随口说出了一句警世名言，脸上露出仿佛已经洞明世间所有真理的笑容，肩膀左右晃动，不断撞着朱莉，提醒她别忘了履行闻道者的义务，鼓掌吧，喝彩吧，在语言中感受命运的真谛吧。

浦斯感觉酒精提前在体内发起了猛攻。它们明知军团还没有完成集结就发起进攻错误至极，但依旧不顾一切冲向神经系统，似乎害怕大脑发现真相。这种欲盖弥彰的做法，叫浦斯完全不愿意把眼前的向武与他从未见过的那个男人联系起来。那个抛妻弃子的罪魁祸首。他不相信，并且不接受。他放任酒精肆意攻击，并告诫自己可以提前进入微醺状态。归根结底，这终究是一个梦。对抗噩梦最好的方式，就是不相信梦中发生的一切，并且尽快进入另一个梦中。他相信酒精可以助自己一臂之力。

朱莉关掉音乐，问道："向武，她是什么意思？"

"无非是不喜欢你罢了。"向武还沉浸在至理名言的自我感动中。

"向武，告诉她呀，告诉她，你昨天在谁的床上。"向竹向浦斯眨眨眼，一副幸灾乐祸的模样。

"谁的床上？你说这里还有谁？"向武踹开茶几，跳到向竹身前，啪地一声甩了她一巴掌，"你穿着裙子，怎么能忘了爸爸不在家？你以为他还能保护你？"

向竹歪在沙发上，头发遮掩住了半边脸，看不清她到底是愤怒，还是恐惧。她发出驴子一样的笑声，慢慢站起来，手里多出了一个酒瓶。她仰头喝掉一口酒，笑声依旧："爸爸不在家才好玩呢。"她撩开头发，露出被扇红的脸庞，酒瓶猛地砸过去，一瞬间，破碎声、惨叫声、惊喊声与狂笑声纠缠在一起，令窗外的风声与黑夜更显狰狞。朱莉拖开向武，倒了一杯凉开水冲洗他手臂上的伤口，血水流到地板上，倒映出片片荧光。浦斯站起来，犹豫着要不要做点什么，毕竟他现在身份特殊，既是客人，也是唯一一个年长者，他应该肩负起岁月赠予的成熟与理智，爱抚受欺凌的灵魂，批评所有施暴行为，但他又异常清楚，此时此刻，施暴者同时也是受害者，事物的对立面恰恰构成了事物存在的根本原因。他也隐隐觉得，自己才是引发这场矛盾的导火线，倘若他留在车上，这一切都不会发生，更何况，找个地方躲避即将到来的暴风雨，纯粹是一个借口。毫无疑问，他不想回溪头镇，不想把口袋里的戒指戴到叶娜的手指上。不过，他依旧怀疑，这是一场梦，是他躺在叶娜身边虚构的过去与未来。他看向向竹，她已经坐回沙发上，重新开了一瓶啤酒，两只眼睛散发出鱼鳞一样的光芒，而向武则嗷嗷叫着，脸孔扭曲，如同一团钢丝球。朱莉跑向储物柜，拖开一个个抽屉，回到向武身边时，手中多了一瓶碘伏："只是皮外伤，别再猪叫了，你应该庆幸没有砸到脑袋。"

向武任由她清理伤口，但不再悲号，眼中也没有一丝怒意。他撩开朱莉的刘海，亲吻她的额头，另一只手不断抚摸她的脊背，又顺着弧线游走到腰间，最后停留在臀部。他歪下脑袋，舌头再度塞进她的嘴巴，搅起一阵如同泥鳅在淤泥中穿行的声音。他睁开眼睛，一边继续与朱莉接吻，一边瞪着向竹，并故意让唾液沿着嘴角留下。

　　向竹哼唱了几声，弯腰抱起三瓶啤酒，牵起浦斯的手，快步走到窗前。这里只有一张单人沙发椅。她推着浦斯，催他坐下，自己斜倚在扶手上，抱来的啤酒全都搁在椅子旁。门廊外的灯在夜里劈开一片光芒，雨水现形，连同狂风的身影。浦斯听着狂风暴雨的咆哮，感觉体内的每一个细胞都在呐喊。他经历过许多风雨。许多风雨以不同形态出现在他的生活中，狂暴的，贪婪的，嫉恨的，冷漠无情的，刮过昨日势必也会刮进明天。他非常清楚，它们的到来与他无关。一切都只是客观存在。不过，有时候他感觉自己就是它们中的一员，而只有在那一刻，他才会明白为什么它们要怒吼咆哮。它们来了又去，去了再来，世界对它们而言，只是一种无边无际的禁锢。他没有接过向竹递过来的啤酒，不是不想喝，而是不相信他们已经具备同喝一瓶酒的关系。在一切还没有尘埃落定前，他需要继续保持距离，就像暴风雨与黑夜一样，看上去不分彼此，实则泾渭分明。他想到抛锚在荒原里的老皮卡，终有一日，它会成为一堆破铜烂铁，承载的过去也会随之消散，到时候，除了他，就再也没有东西能够证明，朱莉曾经在这个世界上生活过。他不觉得遗憾，或者无奈，人生如雨，最后总是要归入泥土、回到虚无中去的。他只是有点可怜，一辆终究会彻底报废的老皮卡，此时此刻，正独自面对狂风暴雨与黑夜，而身为主人的他，却完全不想与它一起承担这一切，哪怕同属于他们的记忆，他也选择忘却。他避开向竹挨过来的身体，目光始终在茫茫夜色中摸索，但又不希望她发现端倪。

"我们常常打架。"

"都这样的。"

"我以为你会帮我。"

"我没有这样的权利吧。"

"权利？你要什么权利？"

"比如朋友？"

"我懂了。"向竹凑过去，快速吻了吻他的额头，眼神闪烁，"现在可以了吗？"

浦斯感觉被鸟啄了一下，回过头，向武与朱莉已不见踪影，房门重新关闭，廊道一片阴暗。不知何时开启的音乐掩盖了所有声音，即便暴风雨，也显得寂静无比。他避开向竹的目光，说道："幸好老向不在。"

"一个吻而已，能代表什么呢。"

"会误会的。"

"行吧。"向竹站起来，又立刻像断电一样坐下，身体斜压着浦斯，右脚高抬。一瞬间，浦斯似乎听到了血液滴落的声响。他侧过脸，看见地板上赫然出现了一个红脚印。他慌忙直起身，搀扶向竹坐到椅子上，抓住她的右脚："你踩到玻璃了？"

向竹吞下一口酒："看来要麻烦你帮我包扎一下了。"

浦斯找来朱莉留下的碘伏，喷到向竹的脚上，直到伤口露出。他仔细看了片刻，转身走向储物柜，找回一卷纱布和一块创可贴，重新蹲下，抓起向竹的右脚放到自己膝盖上，先用纱布把脚板擦拭干净，再用碘伏对着伤口喷洒了一阵，随后喷向自己的双手，一边盯着伤口一边来回揉搓双掌："只是一点点碎片，我帮你取出来。"

向竹靠着椅背，既不反对，也不致谢，仿佛受伤的是别人。当浦斯的手指触碰到伤口时，她闭上双眼，紧紧含住酒瓶口，但脖子僵硬，一滴啤酒也没喝下。

"好了，伤口很浅，应该不会留下疤痕。"浦斯扬了扬手里的玻璃碴子，放到被血液与碘伏沾湿的纱布上，再用创可贴封住伤口。他挪开向竹的右脚，把用过的纱布卷成一团，扔进垃圾桶，再走向大门旁边的鞋柜，提来一双黄色印花软底拖鞋，放到她脚边，说道："即便在家，也要穿鞋。"

"你不帮我？"向竹抬起双脚。

浦斯这时才注意到，她的双脚，寄居着一个个伤疤，就像锋利的藤壶。那是被烟头烫出的疤痕。他弯下腰，把软底拖鞋套进她双脚，目光快速扫向她的双腿。这是一种冒犯，可此时此刻他已经全然被好奇与惊骇征服，根本不在乎自己的行为有违道德。他需要更多证据来验证自己的猜想。向竹继续抬着双脚，似乎忘了自己穿的是裙子，大腿露出，一个个藤壶一样的疤痕再也无处藏匿，不过它们被一道无形的命令约束着，根本不敢越过膝盖，仿佛那里有一道不容靠近的堤坝。

"爸爸不在家时，我才敢穿裙子。"向竹露出一个灿烂的笑容，"他把我所有裙子都烧了，不过他不知道我藏下了这一条，这是妈妈的遗物。"

浦斯继续想着藤壶，这种节肢动物的受精卵经过变态发育后，才能从幼体发育为成体。

"你猜我把它藏在哪里？"

浦斯心想，躲避和清除藤壶绝非易事，更何况只要身处海域，就必定会惹来它们的附着。

"骨灰盒里。妈妈的骨灰盒里。"

这是个好办法，也只有死亡才不会在乎藤壶的附着。浦斯看了看向竹，突然问道："需要我做点什么吗？"

"你想做什么？"向竹眯起眼。

"看你需要。"

"你不敢的。"

"我可以试试。"

"那你喝一口我的酒。"

浦斯接过啤酒瓶，仰头猛喝了一口，喉结上下移动。他把酒瓶还给向竹，等她再次说话。向竹也不擦拭，看着浦斯，双目微眯，左手抓住瓶身，右手握着瓶颈来回转动，舌尖自左向右舔了一遍上唇，再慢慢含住瓶口，却不喝酒。她移开酒瓶，唾沫在双唇间形成一个水泡，转眼又破掉。浦斯如同中弹一般，脑海一片空白。向竹笑了。她抬起手，食指轻轻擦拭双唇，脖子微扬，双唇吞住瓶口，咕噜一声，啤酒终于滑进喉咙。

错了，都错了。浦斯想起，不是所有海边物体都会生长藤壶，在从不招惹是非的沙滩，藤壶永远对沙子束手无策。

向竹递过酒瓶，眼里闪烁着光芒。她依旧坐着，上半身挺得直直的，并任由印花裙的吊带滑到左臂上。浦斯接住酒瓶，手背一阵酥麻。向竹又笑了笑。她没有缩回手，食指勾着，在浦斯的手背画了一个圈。浦斯想着藤壶，它们不是贝类，但身体锋利，一不小心就会被刮伤。他喝掉瓶中剩余不多的啤酒，却不放下酒瓶。他紧紧抓着瓶身，分不清自己是想捂住向竹留在上面的体温，还是害怕放下以后就会两手空空。

"再喝点怎么样？"向竹又拿起一瓶啤酒。她抚摸酒瓶，仿佛玻璃的坚硬与光滑不是来自工厂，而是出自她的双手。她用双腿夹住酒瓶，右手握着瓶颈，大拇指在瓶盖上轻轻揉搓，她的体温，正在以热传递的方式穿透工业文明，深入啤酒的灵魂，那里是麦芽与水的交融，是啤酒花的生命升华。她摇摇了酒瓶，拿起子打开瓶盖，当酒花刚要冲出瓶口时，立刻吸吮了一下，随后一口含住。

浦斯不敢羡慕。他平缓呼吸，放下一直握在手中的空酒瓶，看了一眼椅子旁的最后一瓶啤酒，仿佛它是一颗手榴弹。

"爸爸喜欢我喝酒。他说只有酒才会让我们建立起真正的关系，而不是血缘。"向竹继续大口喝着，瓶口湿漉漉。

浦斯沉默不语，等待她递过来酒瓶。

"他喜欢我喝醉以后，再灌醉自己。每次他要我喝酒时，都会把向武关进杂物间，这也是向武恨我的缘故。"

浦斯再次想起藤壶。它们只管自己的生死。它们强压在别人身上，用附着宣告权利，全然不顾他人的供给并非自愿。他皱起眉头，如同不小心被藤壶扎了一下，身体忍不住缩了缩。

"其实这是好事，起码对他来说是好事。"向竹放下喝空的酒瓶，拿起最后一瓶啤酒，又猛灌了一口。她一口接一口，像是要把涌出的某种情绪冲回肚子。

"他不应该恨你的。"浦斯说。

向竹笑了笑。她留下一口酒，像一个等待解剖的秘密，在酒瓶里晃动。她欲说还休的痛苦，就潜藏在里面。她看着浦斯，大拇指在瓶身上来回画圈，仿佛在画一幅探寻迷宫的路线图。

浦斯只想喝酒。只要他愿意，他可以假装什么都不知道。他也害怕知道。他甚至希望维持好自己的边界，既不跨出去，也不允许他人跨进来。他用沉默武装自己，把语言掏空的地方砌成炮台，架起一尊尊火炮对准边界。可是，他又希望向竹拥有通行证。是的，她赋予他权利，自然他也应该回赠她权利。他把向竹递过来的酒瓶视为权利，仰起头，将剩余的啤酒一饮而尽，连同她的体温，连带她的抚摸。

向竹全身荡了一下，说："我该醉了，扶我回房好吗？"

浦斯放下空瓶，扶起她，任凭她把全身重量都压过来。他避开沙发，避开地上的玻璃碎片，走向廊道另一侧的房间。

除了朱莉，浦斯还是第一次进入其他女人的卧室，即便是叶娜的，他也没有踏进过一步。想来好笑，他们的约会，最后一个步骤总是按照他的要求回到他和朱莉一起住过的房子，在朱莉遗留下来的床上，云雨一番。叶娜从不拒绝，她说这是女主人的房间，结婚以后，她也要住进来。这是她的权利。浦斯闻到一阵花香。不过，他并不想开灯。阴暗让他如释重负。他愿意和阴暗合为一体，隐藏起一切。他放下向竹，站在阴暗中，等待一个既渴望又害怕的启示。这时，客厅里的音乐停了，暴风雨的咆哮更加肆无忌惮。

"对了，朱莉是我表小姨的女儿。"

浦斯感觉他正在触碰历史，可又不相信此朱莉真的是彼朱莉，于是说道："我不认识她。"

"小姨去世后，爸爸就去风头岛接她过来跟我们一起住。"

"也许你们可以成为好姐妹。"

"不会的，永远都不会，她抢走了我的爸爸。"

"或许你爸爸只是想照顾好她。"

"当然不是。"

浦斯感觉卧室里的阴暗越来越混浊，如同生石灰遇上水，黏稠的空气令他失去了判断力，不知何为对错，何为真假。他想离开这里。客厅传来踢倒酒瓶的声音，没有音乐的掩饰，四周一片寂静，只有狂风还在怒吼，暴雨还在肆虐。

"浦斯。"

"嗯。"

"谢谢你的礼物。"

"我应该送点别的给你。"

"不用，我喜欢它。"

"浦斯。"

"嗯。"

"派对结束了。"

"是的，结束了。"

"你会留下吧？暴风雨还没过去呢。"

"只有打扰你们了。"

"浦斯。"

"嗯。"

"我们计划过两天去徒步，也许我们会去一趟风头岛。"

"要小心藤壶。"

"藤壶？"

"踩到它们，会受伤的。"

"我明白了。"

浦斯已经失去继续逗留的理由。他不相信音乐会无缘无故停下。他转身离开。向竹突然说道："浦斯，你会回去，然后结婚生子，过上和别人一样的生活，对不对？"

"应该吧。"

"这是好事。"

浦斯关上门，像给种子掩上泥土。客厅的灯光映入眼帘，阴暗消失，他恍惚觉得自己再次回到了人间。朱莉坐在沙发上喝酒，身上依旧只穿着那件白衬衣，脚踏一双粉色人字拖鞋，目光落在发黄的墙壁上，仿佛那里有整个世界。浦斯坐到沙发的另一侧，盯着自己的双脚，假装聆听窗外的风雨声。

"你叫浦斯，对吧？"朱莉打破寂静。

浦斯抬起头，点点下巴。如果她是朱莉，这个名字，就是她取的。此时此刻，他也就还是一个受精卵，过不了多久，她就会感受到他的存在，并决定叫他浦斯。是的，就叫浦斯。她从来不希望生下来的是个女孩。她祈祷生个男孩。只有是男孩，她才能把被抛弃的怨恨宣泄在他身上。冷落他，嘲笑他，暴打他，把他永远困在无形牢笼里，让他时时刻刻痛恨自己生来就是个错误。倘若是女孩，她只会活得更加艰苦，并且要费尽一生来避免自己的命运在她的生命里延续。

"听好了，浦斯，我虽然不喜欢向竹，但也绝不允许你伤害她。"

"你误会了。"

"我最好是误会了。"

"你爱向武？"

"怎么？我爱谁还需要你同意？"

"你会后悔的。"

朱莉猛地站起来，双目圆睁。她站起来的速度太快，跟不上的愤怒还陷在沙发里，迟迟不决该以何种形式爆发出来。待到它反应过来，回到它该待的地方，她已经坐回沙发上，重新拿起酒瓶，猛饮一口。她抓起茶几上的烟盒，抖出一根烟，打响一块钱买来的打火机。她的身体在膨胀，双肩上浮，很快又沉下，身体回缩，一口烟气随即吐出。她冷笑一声，胸膛一鼓一缩，香烟的火光再度亮起，一口烟又喷了出来。她漫不经心地往高脚杯里倒酒，声音充满嘲讽："你可真行啊，溜进去又滑出来，后悔了？还是有贼心没贼胆？"

"你值得更好的。"

"所以，你要当个老好人？"

"我只是希望所有女孩子都能保护好自己。"

"花言巧语，向竹就是这样被你骗的？"

"我有喜欢的人。"

"那更可恶。"

"我要是说只是来避雨的，你信吗？"

"重要吗？我只知道，你是个陌生人，你不经允许，就闯入了我们的生活。"

"那你不应该要小孩。"

朱莉大笑，香烟砸到浦斯脸上，溅出一阵火星。浦斯捂住脸，痛苦惨叫。"你以为你是谁？你以为你是谁？"朱莉抓起高脚杯泼向浦斯，怒火似乎已经把她炼成了一把剑，"我要不要小孩，关你什么事。"

浦斯缩到沙发一角，脸上火辣辣，又黏糊糊。香烟砸在左眼袋下，原先的疤痕再度成为炽痛的伤口。

朱莉重新往高脚杯倒酒，倒满了就一饮而尽。她一杯接一杯地倒，一杯接一杯地喝，喉软骨不断上下移动，仿佛在修补残缺的生命，摆在茶几上的三瓶啤酒，很快就失去了所有灵魂。她打了个长嗝，使劲抖动手中的酒瓶，发现再也倒不出一滴，瞬间发疯似的抓起一个又一个酒瓶，妄想还有一条漏网之鱼。可是，生活永远是残酷的，越想获得的东西越难得到。她不甘心，重新一个接一个地试了一遍，高脚杯里也仅仅收集到几滴啤酒。她握起高脚杯，双肩猛地颤抖了一下，喉咙发出难以抑制的哽咽声。

浦斯不知所措，全然忘了脸上的炽痛。他觉得自己有必要说点什么，可又异常紧张，除了使劲拧沙发布，一句话也说不出。他深深呼吸一口气，逼迫文字在心里盛装列队，凑成一句适合此时此刻的话语："我只是希望你幸福。因为我的妈妈也叫朱莉。"

"我幸不幸福，不需要你来指手画脚。"朱莉啜泣着。

"朱莉，我的妈妈。十八岁时遇上了一个男人，后来她被抛弃了。一年后，她十九岁，在一家酒馆的洗手间生下我，自此以后，她就再也没有幸福过。"

"你说这些，以为我会可怜你？"

"我不需要任何人可怜。"

"得了吧，这都是你们男人惯用的伎俩，臆造一段痛苦的往事来博取我们的同情，然后把我们拐上床。"

"我不是他们。"

"你不是？那你来这里做什么？"朱莉点燃一根烟，全身颤了一下，呼出一阵青烟。她看向廊道。门开了，放出一阵橘黄色的光芒。向武打着哈欠走出来，两眼惺忪，半吊在髋部的沙滩裤正在为遮挡不住上半身而忸怩不安，不过两条毛茸茸的长腿却没有一丝扭捏，它们前后交替，踏出的脚步自信满满，如同在巡视自己的领地。他重重地坐到沙发上，揽住朱莉，向她索要一个湿漉漉的深吻。他瞪着浦斯，一副胜利者的模样，仿佛在宣告朱莉注定是他的女人。

朱莉扭动身体，抱住向武的双手突然猛拍起来。可向武根本不想停下，他一边瞪着浦斯，一边把手探到朱莉的衬衣下，揉面一样揉搓她的身体，接吻的动作也更加肆无忌惮。朱莉大叫一声，一把推开他，朝地板吐下一口带血的唾沫。她半伸舌头，呼吸了一口气，双目圆睁："你疯了？竟然咬我？"

"说好要睡觉的，你跑出来做什么？"向武拿起一瓶酒，发现瓶中空空，又抓起一瓶摇了摇，依旧是空的，他仔细看了看茶几上的酒瓶，面露不悦："跑出来跟他喝酒？看来你们心情很好啊，都喝光了。"

"都是我喝的。"朱莉说。

"我猜一下，你们该不会早就认识了吧？"

"简直胡说八道，人是向竹带来的，你说我认不认识？"

向武一把扯她进怀里，双手牢牢箍着她，说道："我说过，回答问题，要有回答问题的样子，不能用反问句，你忘了？"

朱莉奋力挣扎，可力量终究有限，更何况喝下去的啤酒此刻正在麻痹她的身体，力量已经无法遵循大脑的指令及时准确传向四肢，待到她的身体终于收到指令，向武已经牢牢钳制住她，不给她一丝挣脱的机会。她唯有像蜈蚣一样扭动着，揪住向武的头发大喊大叫，决意与他定出胜负，分出生死。

向武一脸狰狞，如同怒不可遏的鬣狗。他掐住朱莉的脖子，吼叫着："你竟敢还手？你竟然敢还手？"朱莉满脸通红，喉咙发出痛苦的嘶喘声，双手松开，刨向他的脸，又使劲抓掰他的手。

浦斯敲碎一个酒瓶，拿着残缺的一端，冲过去，对准向武的脸，沉声说道："放了她。"

向武目露凶光，摊开手，耸肩说道："玩玩而已，对不对，朱莉？"

朱莉瘫坐在沙发上，声音嘶哑："浦斯，把酒瓶扔了。"

浦斯继续握着半截酒瓶，似乎下定了决心："朱莉，你为什么不告诉他，我是为了你而来的？"

向武脸青如石，指着朱莉，仿佛他的手是一把枪。朱莉惊魂未定，新的绝望又铺天盖地而来，黑压压笼罩着她的脸，她的双眼，即便再明亮，也看不透那厚厚的密云。她不明白，浦斯为什么要这样说。她高声喊着，头不停地摇摆：

"向武，他说谎，他说谎，你别信他，别信他。"她扑过去，妄图抱住向武，亲吻他，抓起他的手抚摸她的胸口，一副只要向武信任就能献祭自己的模样。

向武一脚踢开她，点着头："好啊，好啊，你们真行啊。"

朱莉撞向茶几，酒瓶一个个掉在地上，有的碎了，有的安然无恙。她跟跄倒地，又挣扎起来，哭着说："浦斯，你为什么要害我？为什么？"她推开浦斯伸过来的手，扑通跪下，"求你，求求你，告诉向武，告诉他，我是清白的，你只是在开玩笑，对不对，求求你，求求你。"

向武点燃一根烟，哆哆嗦嗦地抽了一口，说道："真是一出好戏啊。"他把香烟弹向朱莉，烫得她尖叫了一声，手捂着大腿，泪流满面，可嘴里依旧念着："浦斯，求求你，求求你告诉他，我是清白的，我什么也没做。"

"可你们之间的感情，根本不是爱情啊。"浦斯说。

"你又不是我，你怎么知道这不是爱情。求求你，告诉他你刚刚只是在开玩笑，求你了。"

"他会抛弃你的。你会生下他的孩子，痛苦过完一生。"

"我愿意，我愿意，你管得着吗？求你了，别管我们。"朱莉喊道。

"听到了吗？她愿意。她离不开我的。"向武大笑。

浦斯突然觉得自己无比滑稽。是啊，她愿意。她自己的人生，谁也不能替她做主，无论悲惨还是幸福。浦斯看着自己的皮鞋，这双鞋带他走进了这个分不清是现实抑或是噩梦的夜晚。这是它的错。它应该带他回到叶娜身边，而不是置身于现在这般的两难境地。他的朱莉，他的妈妈，已经死了。眼前的朱莉，不过是个幻影。他的所作所为，与其说是为了帮她脱离苦海，不如说都是为了他自己。意识到这一点，他不仅觉得自己滑稽，更虚伪无比。这个夜晚，这个派对，这所暴风雨中的屋子，乃至空气中的每一个分子，都在指责他是个伪君子。他苦笑不已："是我错了，是我多管闲事，自以为是，胡说八道，给你们造成误会，是我的错。"他扇了自己一巴掌，像拍碎了全身骨头一样，拖着脚步，走向屋外的黑夜，走进依旧在肆虐大地的暴风雨中。向竹站在廊道的阴影里，一动不动。朱莉重新投入向武的怀抱，两人缠绵在一起，如同两条蚯蚓。没有人挽留他。如同朱莉还活着的时候对他的无视一样，一切都与他无关。他走向停在荒野里的皮卡车，大雨倾盆，狂风呼啸，天地如一个泥潭。他感觉风雨打在身上，同时也打在灵魂深处。每一滴雨都如同钻头，每一阵风都好像无数只手，他感觉自己在散架，粉碎，又被风雨粘合，重组成人。他泪流满面，分不清是雨水还是泪水。他的朱莉，他的妈妈，已经死了。她已经死了，而他还作为她的恨意与遗憾存活于世。他自认朱莉一生艰辛与他脱不了干系。倘若朱莉在怀上他时就打定主意去做引产手术，她的一生定会截然不同，她会重新爱上一个男人，拥有一个完整的家庭，过上儿女绕膝的生活，或许她经营生活的能力实在有限，但幸福的婚姻会允许她依赖自己的丈夫，而不是终其一生都背负着单身母亲的形象艰难度日，自然他也不会存在于世。这是他梦寐以求的事情。有时候，他怀疑朱莉并非想过上幸福的生活。她身材曼妙，容貌艳丽，久居海边的生活让她比柔弱的鲜花多了几分桀骜不驯，更比夜空的皓月多了几分明亮。唯一的遗憾是她从不读书，这又令她的美丽多了几分原始。不过，这根本不影响男人对她的追捧，经过酒精与香烟的多年淬炼，她的一颦一笑都充满了魅惑，特别是叫酒保添酒的声音，连女人听了也感觉有一只毛茸茸的小猫在心里弓腰苏醒。相比她不再信任男人的说辞，他更相信她在惩罚着谁，要不然，她不会总用身体犒劳在酒馆里逗笑自己的男人。这种惩罚是相互的，并且给他们带来了比存在还真实的满足感。他想起曾经有一次与嘲笑他是个小野种的邻居小孩打架后，看着她暴跳如雷，他终于意识到自己的存在还有一丝丝作用。他昂起头，拒不认错，并且大声说自己有妈妈，根本不是野种。这彻底点燃了她心里的炸药，一巴掌随即甩下去，并把他拖进杂物室，锁上门，带着愤怒晃去西西弗斯酒馆大醉一场，又跟刚刚认识的男人去普拉克酒店睡了整整一夜。浦斯还清楚地记得杂物室里的黑暗，寂静如同无数只巨兽在虎视眈眈，他缩在角落里，不敢哭喊，唯恐发出一点点声音就会被巨兽撕碎。他幻想黑暗中还有另一个自己在经历这一切。那是另一个"我"。他想着。那个"我"轻声细语地哄他入睡，告诉他只要睡着了朱莉就会回来，门就会重新打开，可是直到他感觉自己已经把一生的睡意都消耗完，门还是紧紧关着。他口干舌燥，饥饿催发的虚汗令他一度以为自己正在溺水。那个"我"又哄他大口吞气，以此骗过身体的饥饿感，可这样做依旧于事无补，反而惹怒了肠胃，它们起义一般发出阵阵怒吼，迫使他不断打嗝，身体一抽一抽地妥协起来。不知过了多久，他觉察到有东西在身边游走，痒痒的，心一慌，手压到某种类似甲虫一样的生物，硬硬的滑滑的湿湿的。他抓起来闻了一下，一阵恶臊味冲入鼻中，差点儿呕出来。那是一只蟑螂。吃吧，吃下去一切都会好起来的。那个"我"把蟑螂塞进他嘴巴，迫使他一口吞下去。虽然他吞吃的速度极快，但蟑螂的恶臭还是透过味蕾瞬间袭向全身，如同刀子把每一个细胞都扎了一下。后来，那个"我"又拍死了一只，并且双掌合十，夹着它，默默感恩它的献祭。那是一段语无伦次的悼词，就像当初他写给朱莉的黑色高跟鞋的一样。他想到朱莉，当她打开门，发现他依旧生龙活虎，她会如何怒火中烧呢？他充满期待，对蟑螂之死更是感恩戴德。至于那个"我"，从哪里来就回到哪里去吧。他想着，沉沉睡去，直到醒来，一束光线已经打在身上，大门敞开，天已经大亮。朱莉一定发现他还活着，于是又带着一瓶酒去沙滩上听风看海，在一个个旅客中寻找能够逗乐她的男人。浦斯再度与寂静为伍。即便日光灿烂，他依旧感觉屋子里的寂静如同漫无边际的黑暗。他看着杂物室敞开的门，残留在口中的恶臭味，提醒他胜利根本没有如期而至，在朱莉面前，他将永远是个失败者。她的无视，早已剥夺了他存在的意义，可即便如此，他依旧为了能够得到她的一个眼神而日夜期许。如今，他彻底失去了这种被她注视与在意的机会。他还记得当工作人员将装殓朱莉的棺木送入火化炉中，随着闸门哐当一声关上，他瞬间就感受到了火在自己身上燃烧的痛苦。此时此刻，这种痛苦又以风雨的方式打在他身上。他告诫自己，一个人的存在，不能依赖于另一个人，他拥有自己的生命，并有权力决定自己要走哪一条路。可他又不得不承认，身为人子，得不到母亲的在意，是何等的悲哀啊。随着朱莉的离世，它又演变成了生活的黑洞，吞噬与爱有关的一切，他变得更加矛盾，仿佛身体里有另外一个自己在无时无刻地与他作对，令他越是渴望爱就越是害怕得到爱。那个没有意义的"我"。他自言自语，弓着身体在风雨中艰难前行，过去的时间化成心跳，化成流过心脏的血液，再流进血管，流遍全身，最后又流回心脏，如此往返，直到他想起叶娜，时间再次以未来的形式在眼前展开生活的画纸。他没有信心画上一笔，也没有权利在叶娜绘完画卷后要求署上自己的名字，更不该欺瞒她这是世界上最美丽的作品。那个"我"又在喋喋不休，并迫使他承认和叶娜的结合是个错误，在他即将失去朱莉的日子里，他只是需要一个人依靠，这个人可以是叶娜，也可以是任何一个女人。他接受叶娜，不过是希望朱莉看到，在她最艰难的时刻，在这个她嗤之以鼻的世界上，生来就是错误的他，获得了爱情。他渴望再次惹怒她，让她带着无法释怀的愤怒走向生命尽头。朱莉确实反对他们在一起，嘲笑他们是失败者联盟，指出叶娜是一座坟墓，并撩起衣服，露出暗红色的乳房，说叶娜的双乳还不如她这个乳腺癌患者的富有生气。毫无疑问，浦斯再次溃败。除了迎娶叶娜，他没有别的办法胜过朱莉，即便他清楚这对叶娜不公平。不过，他还有机会挽救。口袋里的戒指还没有送出去，他还可以向叶娜坦白，告诉她一切只是自己意气用事，她值得更好的，而他只适合困在朱莉的阴影里，困在无边无际的风雨中。他加快脚步，回到溪头镇的渴望第一次战胜了逃避，他顶着风雨前行，把不再言语的"我"远远抛在身后，抛弃在漫无边际的风雨中，既不担心迷路，也不害怕黑暗，仿佛这是一场救赎。他看见雨夜深处跳动着两朵火光，像极了布满血丝的眼睛。火光渐渐明亮，拉长，带着工业文明特有的力量穿透雨帘，射向远处的屋子。浦斯让出脚下的位置，避到一旁，发动机的轰鸣这时传了过来，灯光如昼，车轮溅起阵阵泥水。他看着车尾灯，心想在这样的夜晚，还有人和他一样跋涉在风雨中，虽然目的不同，形式也不一样，但承受的荒蛮并无两样。这种荒蛮没有时态，更没有世态，只有本能。它喜欢房子里的向竹，喜欢向武与朱莉，喜欢他们把欲望视作青春，又把放弃自己当成率性而为。在没有约束力的荒原里，它就像朱莉体内的癌细胞，只会一味繁衍，全然不在乎宿主的死活。有一瞬间，浦斯渴望获得它的青睐，可身体与灵魂，不由分说地分裂开来，一个要求他离经叛道，另一个命令他循规蹈矩，它们吵吵闹闹，谁也不服谁，如同左脚与右脚，一只向前迈步，另一只必定奋力超越，就算站着不动，它们也要分出胜负，抢着让自己成为身体的重心。有时候，它们会达成暂时的妥协，把决定权交给浦斯，并任由泥水漫过脚背。风雨从四面八方刮来，浦斯继续停留在原地，唯一能选择的方向，就是背对灯火通明的房子，一头扎进茫茫黑夜更深处。皮卡车应该就在前方。他能感觉到它年老体衰的气息。他回头看了一眼风雨中的房子，那辆汽车停在廊檐吊灯照射出来的光明里，一个头戴宽檐帽的男子跳下来，转眼消失在大门内。他继续往前走，心里默默地念着，人应该努力去寻找幸福，而不是任由自己走向痛苦的深渊。朱莉已经死了，已经死了。未来的人生，他没有母亲，只剩下归途。这注定不是一条容易走的路。叶娜离开后，他会回去风头岛，违背朱莉要缩在骨灰盒里陪伴他一生的遗愿，一点点地把她的骨灰撒到峨羝海滩上。他要每天去海滩走一走，在潮起潮落间寻找朱莉的欢声笑语，把双脚踩进沙子里感受她的喜怒哀乐，而阳光照下如同重温她的注视。如果下雨，他就走进西西弗斯酒馆，叫上一杯朱莉最喜欢的金朗姆，看窗外阴雨笼罩大海，天地间皆是水。这样的朱莉，是温柔的，只要他愿意，她可以当一个称职的母亲。可煎熬的是夜晚，他从梦中醒来，四处墙壁冷立，屋子一片寂静，只有灰尘在空气中窃窃私语。朱莉已经去世的事实会如潮水一般席卷而来，他看着浮在夜色中的屋顶，不得不再度接受，终他一生，都不会得到她的爱。不可否认，他的痛苦，全都来自她的无视。可他不再有一丝恨意，从他记事起，她就活得异常艰难，无亲无故，没有希望但又无比迷恋明天，仿佛太阳重新升起，她就能等到梦想中的门铃声。浦斯也在暗暗期许。老实说，他根本不了解朱莉，既不知她的父母姓甚名谁，也不知她等待的人究竟是不是他的父亲。他尝试过调查，但是整个风头岛上，根本没有人知晓她来自哪里。他们说有一天傍晚她拖着黄色的行李箱出现在西西弗斯酒馆，叫了一杯金朗姆，挑了个靠窗的座位，有时呷一口，朝窗外望一望，手里把玩着一枚狼牙，酒馆打烊时她才起身离开。后来她在沙河街租下一个小房子，每到傍晚时分就去西西弗斯酒馆喝一杯，打烊了就回去。再往后，他就出生了。浦斯去西西弗斯酒馆喝过酒，在靠窗的位置，能看到街上车来人往，漆成绿色的邮筒与路灯伫立在街边，不言不语，没有人在意它们已经在那里站了多久，又会站立到哪一年哪一月。不过有一点是确定的，他不喜欢喝金朗姆，太甜了，远不如苏格兰威士忌醇厚劲足。这是他唯一喜欢的酒。在西西弗斯酒馆，他也只会喝这一款酒。不过，在西西弗斯以外，他偶尔也喝喝啤酒。这是他与朱莉的不同之处。离开西西弗斯后，她来者不拒，什么酒都喝，但用玻璃杯的习惯却始终没变。她呷一口就望一望远处，仿佛有人在暗中窥探。有时候，她会看着远处说，浦斯，你知道你为什么叫浦斯吗？浦斯查过词典，这个名字没有意义，连原始人劳作时发出的拟声词都不如，只有一个字一个字割裂开来，作为个体而不是一个词组的整体时，它才具有意义。浦斯，浦斯，没有意义的名字，没有意义的人生。他喃喃自语，风雨中，似乎响起了回声。他隐隐约约听到一声叫唤，急促，充满惊慌。他回过头，房子依旧灯火通明，就像一座孤坟。他想起向竹身上的疤痕，它们就像藤壶一样，瞬间附着过来，令他的心猛地沉了沉。他折身往屋子走去，一边喃喃自语，浦斯，浦斯，没有意义的名字，没有意义的人生。浦斯，浦斯，朱莉已经死了，已经死了。

门开着，音乐还在唱。蜡烛灭了，灯依旧明晃晃。茶几翻倒过来，啤酒瓶碎了一地。向武横在沙发旁，两只死鱼一样的眼睛黑漆漆，空洞洞。向竹趴在地上，身体保持着往前爬行的姿势，印花裙褪到膝盖，露出布满伤疤的大腿。一个胡子拉碴的男人搂着朱莉，坐在单人沙发上，脚下的棒球棍闪烁着血迹。朱莉一动不动，长发与双臂垂下来，两只脚拖在地上，一只沾满血迹，另一只脚踝还套着一只粉色人字拖鞋。浦斯站在门前，如同拔了电源一样，除了胸腔还在一缩一胀，他感觉不到自己还是一个人。冷风吹进来，带着夜色的阴暗和不属于这个季节的阴冷。他继续站着，既不呼喊，也不抖颤，整个人木木然，仿佛走得太急，灵魂还跋涉在暴风雨里。男人扬起头，眼睛冒着水蛭一样的精光。他吻了吻朱莉的脸颊，抬起身，关节发出刮鱼鳞一样的声音，黄牙不断在唇间闪现。"都是你的错。一切都是你的错。"他扔下朱莉，一步步蹭过来，笑声如体温计打碎后的水银。

浦斯抄起门边的废旧棒球棍，离开脚下的水滩，离开阴影，慢慢走到灯下，走向能够看见暴风雨的落地窗。他走过去，看见雨水打湿的窗玻璃上，映照着他模模糊糊的身影。

我有一面镜子

辞别霍德尔后，我说要去见洛基医生。我揣着一面从他办公室里摸来的镜子，来到打扫得连苍蝇都不好意思飞过的尚云路。

空气多么清新，仿佛新婚不久。

我努力演出自己不在现场的模样，假装一切都是幸福的假象。街上人来人往，没有人思考自己来自何处，又该去往何方。不过，他们好像很怕我，这让我感觉不妙。我避开阳光，在凤凰木遮出的阴影里潜行，唯恐更多人发现我的存在。至于窗户，我不怕它窥视，我有洛基医生的镜子，早在离开医院时，我就已经透过它整编过自己。

洛基医生的房子坐落在一片威严的明亮中，墙高窗阔，如一部印刷精美的法典。我哈腰上前，铸铝门紧紧锁着，面无表情。我使劲蹭了蹭鞋底，甩甩头发，从芬布尔医院带来的气味已经消失不见，唯有嘴里还残留着一根无形的毛发，老是吐不掉。我深深呼吸一口气，耸耸肩，决定忽视它的存在。这个世界已经花了很长一段时间来遗忘我，一扇门，或者一根毛发，都不能阻止我向过去的命运道别。何况，我已换上朱莉选购的西服，全身上下再无一丝污迹，更别提我在医院里天天向神明忏悔。如果真有神明存在，我相信他不会比我干净。

我掏出镜子，学着洛基医生的样子照了照，然后敲响铸铝门。惊起的寂静挡在我面前，诘问我的到来是否在洛基医生的欢迎之列。不可否认，倘若我有一所尚云路的房子，我也会耻于和卑微为伍。毕竟地狱是分层的。婚后，朱莉就一直遐想我们会买一间窗明几净的屋子，这样我们就可以逃离阴暗，跻身幸福。她喜欢站在巷口，一边等我下班归来，一边遥望高耸入云的楼群，闪亮的目光令我差点相信，拥有房子，便拥有一切。落在草坪上的白鸽看我两眼，似乎害怕，又似乎漠不关心。一条藤蔓攀死在墙上，一只蝴蝶迎面撞向玻璃窗。我感受到了美好与不可或缺的爱。我收回镜子，重新拍响铸铝门，一阵遭到冒犯的脚步声自屋内传来，带着生活的冷酷。白鸽点点头，张开双翅飞回容纳自由与梦想的蓝天，留下阳光在草地上蹦来跳去，闪烁其词。

门开了，洛基医生探出脸，善于洞察病理的双眼闪过一丝迟疑。他没有立刻和我打招呼，而是像猎犬一样环顾四周，确定没有危险，便长舒了一口气。他抓着门把手，身体陷在门缝里，就像一只守护领地的河马，完全不给我一丝闯进屋内的机会。他依旧用发油浇铸出去医院上班的发型，额头闪亮，精神抖擞，可我分明听见他的每一根头发都在拼命呼救，声音绝望。它们陷在发油里，就像涂满福尔马林的黄鳝。相比头发，我更替他的胡须感到悲哀。它们夜里拼命生长，一到清晨就被歼灭得干干净净，进化史赋予它们的意义，在他脸上演变成了忤逆。他必须消灭它们。这一点，在他的指甲上尤其明显。它们越是努力顽强，越是容易遭到铁钳的惩罚，最后身首异处，并领不到一声同情的喟叹，仿佛它们生来就是为了被毁灭。

我把心中的谄媚化成蜂蜜，全部涂抹在声音上："洛基医生，我来向您告别。"

"很高兴你能出院。"洛基医生的目光越过我，仿佛街上正跑过一条疯狗。

这不是我想要的答案。在我的理想里，他应该邀我进屋，请我喝杯茶，再叮嘱我好好生活，而不是表现出现在这副无所谓的模样。不过，我没有失望。他虽然肩负救治我们的职责，但没有为我们创造未来与幸福的义务。他坚持站在屋内，就是为了和我划清界限，并再度提醒我，他来自幸福，而我即将回归贫穷。我也深知，大树不能强求小草理解它的悲哀，一滴水自然也不能奢求沙漠体谅它的弱小。更何况，这个世界早已对告别习以为常。只有朱莉，只有她会抱紧我，声音颤抖着问："你要离开我？"

"不，朱莉，我爱你，我会永远和你在一起。"我口袋里的镜子，露出了一条仿银项链。我把它小心翼翼地戴到她脖子上，如同动手术。

"傻瓜，何苦又乱花钱呢。"她抓起我的手，捂在脸上。

我咽住嗓子，把想说的话全都堵在身体里，哪怕她早已知晓仿银项链远不如一束玫瑰值钱。作为道歉礼物，它代表的心意越大，现实价值就越小。她歪头吻我的手，泪水在眼眶里打转。我看着它，如同等待镜子落地。我等待着，镜子终究没有落下。朱莉没有扔出它。她坐到梳妆台前，坐在自己命运的阴影里，用铁一样的沉默回应我的愤怒。我冲出门，街边的相思树默默不语，阴霾的天空没有一只候鸟飞过。历经了一夜冷战，我们在太阳不愿意履行义务的早晨就开始了争吵。我将倒满咖啡的白瓷杯扔到地上，失去朱莉的担忧与占有她的欲望像两列反向飞驰而去的火车，撕碎了我的灵魂。

"他是谁？"

"马遇，开出租车的马遇，他就住在隔壁，我只是请他过来帮忙修水龙头。"

我没有理由不相信朱莉。厨房里的水龙头松松垮垮，早有坏的迹象，满地板的水迹和湿漉漉的墙壁也足可以褪去我心中的猜疑。我只是嫉恨马遇，这个每天都把自己打理得像董事长秘书的出租车司机，究竟以何种方式瓦解了我帮朱莉修筑起来的警惕大坝，让她心甘情愿与他共处一室。我看见水花飞溅，朱莉尖叫一声，下意识地躲到他健硕的身后。我可以闻到朱莉身上散发出来的茶香味，听见她急促的呼吸声，她的笑容，她踩在水中的双脚，就像游鱼一样柔软。我看见马遇的手肘碰到朱莉的胸脯，看见他露出鬣狗一样的微笑，目光舔着朱莉的双腿，慢慢捡起落在她脚边的塑料水龙头。他水淋淋的手假装不经意划过她的大腿，沿着她身体的曲线，滑行到她脸上。他扬了扬水龙头，视线盘踞在朱莉胸口，肆无忌惮而又得意扬扬。我无法容忍他继续在虚构中与朱莉湿身相处，我要警告他："无论身体还是灵魂，朱莉都只能属于我一个人。哪怕有一天她去世了，也只能我一个人思念。"

朱莉笑了笑，转身甩给我一个大病初愈般的背影。她微微上斜的唇角就像手术刀，准确有力地切中了我灵魂深处的败坏之处。我害怕她露出这样的笑容，发自内心又看似漫不经心，绵弱无力又足以将我推下高高的自尊神坛。它穿着法官长袍，当我夸下明天就乔迁新居的海口，答应朱莉永不猜疑她的忠诚，它就会敲响法槌，将我关进自卑的牢狱。

我决定回工厂，向主管请一天假。距离朱莉的生日还有一天时间，我不想因为一个无足轻重的出租车司机而毁灭了我们的节日。还有我们神圣的约定。路边没有花店，不过首饰店倒有好几家。我走进一家挤在角落里的小店，挑了一条仿银项链，重新回到街上。

云层破开一个缺口，阳光倾泻而下，街道闪闪发亮，连呼啸而去的救护车也散发着自信满满的圣光。我没能回到朱莉身边，而是继续站在洛基医生面前。这叫我心如土灶，早已准备好的说辞塞在里面，冒着滚滚浓烟："洛基医生，我的父亲曾经给过我一句忠告，他说，人生的艰难并非源自生存的挑战与人性的复杂，而是源于追求理想自我与无法坦然面对自身兽性之间的深刻矛盾。我不信。我一直认为人生很简单，无非是努力工作，认真生活，坚持和自己相爱的人结婚生子，并对世界充满期盼，即便它常常叫我失望。我知道平凡人不该拥有梦想，知道生活要想简单就必须接受所有不公与无奈，并时刻叮嘱自己学会放弃与享受荒蛮，只要我爱的人，同时也爱我。后来，我失去了所有，家庭与工作，亲情与爱情，所有我赖以存在的一切都烟消云散，我才发现，我所向往的，正是我所失去的。我也终于明白，人生的确没有简单二字，它不仅仅是得与失的过程，还是人与人的集合，更是生与死的对立。它源于爱，最后又归于爱。而追求爱情，恰恰就是幸福与痛苦的开始。"我说得口干舌燥，既怀疑自己滑稽得像一只猴子，又不想再费力气掏出镜子来瞧瞧自己。

也许，洛基医生已经发现我拿走了他的镜子。他耸耸肩，一副事情本该如此发展的模样。"你能这样想，我们就放心了。"他闪烁的目光让我相信，无论我说什么，他都不会再费心思去聆听。他用一句无关痛痒的话语来回应我，目的就是要我知辱而退，并和他老死不相往来。他光着脚板，弯弯曲曲的汗毛窝在拇趾上，茂盛而威武，迫使我藏在牛皮靴里的双脚爆发出强大无比的斗志，如果我也打着赤脚，我们一定可以比一比谁的汗毛更茂盛。或许，这是我唯一胜他一筹的地方。

我继续看着他，就像透过病房的窗户，眺望远处灯火闪烁的城市，我无法确定，哪一处灯火会突然熄灭。有一瞬间，我几乎听见黑暗在他心里流动，伴随时间的推移，它淌出身体，化成一张模糊不清的脸，游移在尚云路的每一扇窗户上。或许是风起的缘故，我看见一片叶子跌到他身后，带着命运的叹息，模糊的脸顿时清晰起来。很可惜，它不是朱莉的，也不属于任何一个我认识的人。它更像一副面具，没有生命，没有灵魂，除非我戴上它，赋予它意义。我期盼洛基医生将它赐给我，但又不敢开口。洛基医生发现我的目光未经请示就闯进屋内，脸色立刻僵硬起来。他挪动脚步，让庞大的身躯重新挡住我的视线，躲闪不及的落叶顿时在他脚下发出一阵尖叫。我浑身一颤，情不自禁地握紧口袋里的镜子。

"亲爱的，谁在外面？"一阵慵懒的女声从屋里传来。

"病人，我医院里的病人。"洛基医生微微一笑，向我表示抱歉。也许他觉得我已经出院，不应该继续被称为病人。

我猜想屋内的女人一定是他妻子，插在口袋里的手，不由自主地抽离出来。是的，一定是他的妻子祝琍，像牛奶糖一样香甜可口的祝琍。他们形容她的美丽时，总喜欢说，就像一张盖着健康二字的检验单。这句话像咒语一样折磨着我，驱使我忘了思念朱莉，心里只有祝琍。我费尽周折来敲响洛基医生的房门，也许并不全是霍德尔的要求。我想见她一面，并确有其事地占有她一次。我想着阳光爬进窗，照亮慵懒的卧室。这时候，她会掀开被子，伸长柳腰打起长长的哈欠。下床时，她睡眼惺忪，双脚在柔软的地毯上摸索了好一阵，最后才想起那双桃红色的兔子拖鞋昨夜被洛基医生丢在了沙发上。她心满意足地笑了笑，光脚走进浴室，身影印在水汽蒙蒙的磨砂玻璃上，就像日食。

我听见她打开玻璃门，看见她坐到梳妆台前，背影美丽得让所有女人都后悔成为女人。她扭动了一下身体，没有用毛巾擦拭湿漉漉的秀发，而是拿起檀木梳，一边欣赏镜中倩影，一边慢慢梳理，水珠滑下，如同耳边的情话。我望向梳妆镜，期待看清楚她的脸，可是镜中却出现一个男人，他饥肠辘辘，就算吞掉整个世界，也依旧会像狼一样喊饿。我大吓一跳。这时候，幻化的景象倏忽退去，卧室里空荡荡，只剩下白晃晃的阳光在镜子上发出一阵阵笑声，一种从未得到但又失去多年的痛苦，瞬间漫遍全身，淹得我无法站立。我无法确定，究竟是祝琍夺走了我的一切，还是洛基医生毁灭了我的世界。

我深深呼吸一口气。霍德尔说过，面对痛苦，唯有呼吸可以弥补过去。我握住洛基医生写过无数病情判词的大手，感受祝琍留在上面的气息，继续我的辞谢演说："我犯过很多错误，现在我终于明白，人可以拥有广阔无垠的大海，但绝对抓不住一股最好的海浪。就像沙滩，抓在手中的永远是沙子，只有踩在脚下，它才具有岸的意义。人活着总不能为了自己，人要完善自己，就应该帮助他人，或者成为他人。"我结结巴巴，声音有点苍白无力。在医院演练时，我的声音听起来情真意切，远不似现在这般虚情假意。我想向洛基医生解释，转瞬间又对这个想法嗤之以鼻。我不能让他发现，我说话之所以绊绊磕磕，全因我突然想起了他的妻子。

"请他进来坐坐，亲爱的，我们可以喝杯咖啡。"祝琍的声音听起来就像一锅煮得太稀的小米粥，徒有容量，并无营养。她已经吃过太多牛排与鱼子酱，偶尔尝一尝这种寻常人家的充饥食物，便以为这是真正的人间美味，甚至怀疑洛基医生提供给她的富足与尊贵是一种无形的贫匮。当然，她并不是真正喜欢清汤寡水，如若要她在富贵与贫穷之间选择，毫无疑问，她会继续选择前者，她只是觉得有必要偶尔忆苦思甜一下，此时此刻说不定她已经决定去慰问街边的流浪汉，带着她买来的小米粥，并通知电视台记者，好好拍下她关心人间疾苦的画面。至于那些家伙究竟是需要一碗价格不菲的小米粥，还是尊严与工作，她一概不在意。她只关心小米粥的味道。它由高档餐厅的主厨亲自烹熬，再撒上不知是何人送给洛基医生的人参，香气四溢，如同人性光辉在闪耀。也许，她叫我进屋坐坐，目的也是要给我盛一碗她的善意之作。

我决定不给她机会，并放弃告诉她，我们曾经在梦中合为一体，她该有的味道，我早已品尝过，更何况洛基医生一手撑住白色门框，身体还保持着开门时的姿势。他没有邀请我之意，即便祝琍已经发话，他也不会允许我贸然闯进他们的生活。

我抓紧口袋里的镜子，目光停留在他的鼻尖上。一只蚊子叮在上面，肚子饱胀，透着诱人的血红。我等待他给自己一巴掌，让杀戮止于另一场杀戮。他换了一个姿势，双脚交叉，受惊的蚊子猛地起飞，带着丰收的肚子，消失在茫茫阳光中。我感到一阵刺痒，忍不住耸了耸鼻子。他微微一笑，双目如同枪口。显然，他以为我即将打破沉默。风从街上吹来，带着夏日的战火。我坚持不动，脚趾湿漉漉的，逆行的汗水很快就爬到背部，像蛇一样蠕动。我想我只要一开口，胜负就会立刻见分晓。他嘴角上扬，喉结上下移动，由吞咽引发的声响像暴风雨一样席卷而来。他脸色大变。无论如何，他都不能容忍自己还没发起冲锋就兵败如山倒。他双手抱胸，背靠门框，全身僵硬地抵挡着这次天地大冲撞。胜利在望。我等着，耐着性子等着。可是太阳晒得我血液躁动，我觉得重力已经失效，要不汗水为何会倒流到额头？很快，我就会双脚离地，像风一样飘在空中。我知道人生如飘浮不定的风，更如钟摆，永远在胜负之间来回摆动，除非死亡，否则没有永恒不变的结局。我紧紧抓住口袋里的镜子，感受它由冷变热。它的锋利，给了我瞬间气定神闲的力量。曾经它属于洛基医生，现在它只皈依我。这意味着，早在来尚云路之前，我就已经站在了胜利的终点。是的，我们的对弈早已分出胜负。我能出院，便已证明我比他聪明，就连只属于他的祝琍，我也在梦中咬过她的耳垂。我决定笑一笑，上唇离开下唇，如同天地初开。洛基医生扬起头，目光得意，如他所愿，这一次，胜利还是属于他。

现在，他要继续广施仁爱，顺便让我知难而退："浦斯，祝福你，相信你以后最不想见到的人便是我了。"

"如您所愿，我要开始新的生活了。"我朝他点头致谢，转身离开。在芬布尔医院里，我学会了察言观色。当他们眉头微蹙，我会用最快的速度安静下来，远离他们，回到角落里，像一条宠物狗露出满脸乖相，这时他们会赏我一颗牛奶糖。如果他们的眉毛开始抖动，即便我逃得再远，依然会被他们抓住，先是打针，再捏住我的鼻子，撬开我的嘴巴，逼我吞下红蓝黄绿白各色药丸。我的室友霍德尔，管我这个秘诀叫"间歇性有糖吃计划"，他在医院里不知呆了多少年，但从来没有领过一粒糖，每次看到他被医生按在床上打针，我都想放声大笑。我可怜他两手空空，但又乐于享受在他面前炫耀。我将牛奶糖塞进药瓶，再把瓶子藏到枕头下，警告他，这是我的战争成果，除非得到我的恩赐，否则休想染指。要不然，我会叫洛基医生送他进禁闭室。

"洛基医生，我的牛奶糖已经送给霍德尔，麻烦您转告他，一次只能吃一粒。"我站在树荫中，回头遥望终我一生都无法拥有的房子，喊道："还有您的镜子，现在它已经属于我了。"洛基医生没有回话。他已经关上门，回到属于他的幸福里。

我是在朱莉去世后的第二天才认识霍德尔的。洛基医生问我知不知道朱莉是如何死的，我摇摇头，强调自己没有病，为何还要抓我进医院。他微微一笑，似乎对我的反应早有意料。他让我舒舒服服地坐在椅子上，漫不经心地向我抛来一个又一个问题。刚开始，我答得行云流水，游刃有余，可是问题越来越多，越来越长，我听得心烦意乱，浑身发痒，嘴里的毛发也越来越多，而从洛基医生嘴里吐出来的话语，悬浮在半空，一句又一句，垒成了纷繁复杂的迷宫。我们陷在里面，早已不知哪里是起点，哪里是终点。我们由对峙变成追逐，又由追逐演变成追杀。我无法给他一个满意的答案，他不容我有一丝机会休息和躲避。我们筋疲力尽，就像两头浑身结满泥巴的疣猪。

当我耷拉着脑袋，告诉洛基医生，我可能疯了，他阴郁的脸上终于露出一个称心遂意的笑容。他点着头，双唇翕动，果不其然四个字即便没有发出声音，但还是清清楚楚地钻进了我的耳朵。他又看了我一眼，仿佛在确认我的存在："浦斯，生命存在的意义不仅仅是毁灭，还有拯救与新生。"他也不管我是否同意，飞快地在一沓文件上签下姓名，然后摁亮桌子上的按钮，叫来护士带我离开。他拿出镜子照了照，抬头看向我，目光锋利，仿佛我已经是另一个人，说道："你会获得新生的。"

我喜欢他的镜子，那里面一定有我不曾发现并从未得到过的东西。至于新生，我确实应该感谢他。离开医院的前一天晚上，我就告诉过霍德尔，当洛基医生摁亮按钮，我的生命便发生了变化，就像沙漠重现雨季。霍德尔抱着我送给他的牛奶糖，茫然摇头。他不明白什么是新生，也记不起护士把我送进1008房，叮嘱我要好好跟他做室友时，我就兴奋地对他说："天使，洛基医生是天使，我通过了他的考验，我可以进入天堂和朱莉相聚了。"

"什么天使？他想要的是市政预算。"霍德尔躺在床上，望着天花板。

"可是他救了我。"

"没人救得了我们。"

"为什么？"我见他躺着舒服，也歪倒在铺着白床单的铁架床上。

"你看天花板上有门吗？没有，要不然我早就飞走了。"

霍德尔没有骗我，天花板上确实没有门。不过半年的治疗教我在别的地方找到了它，要不然，我也无法离开医院，轻轻松松地走在阳光灿烂的大街上。

我步履轻快，街道像传送带一样，将我带到一处比一处繁华的街市。有些地方是我早就想去的，有些地方我从来没有听说过，还有些地方我和朱莉曾经游荡过无数次。如果我愿意，透过橱窗玻璃，哪怕是泊在路边的汽车，我都能看到她的倩影。

我们的生活虽然不尽如人意，可我们深爱着对方。在我们始终不被祝福的婚姻里，我们度过了许多明媚如春的时刻，她帮我修剪指甲，梳理头发，折叠洗得发白的衣服，还有把一两牛肉做成三道菜；她宁愿连吃十天橄榄菜拌面，也要省吃俭用买下我喜欢的裙子，以便能够穿着它陪我去广场晒太阳。回家，回到朱莉身边，成为我心里最炙热的企盼。当我推开门，喊一声"朱莉，我回来了"，幸福总会把我的生命点亮。

我们会开怀大笑，纵声放歌，偶尔还会像演电影一样诉说台词。声音是我们解救生活的方式，它会赶跑困苦与失落，让一切回归本质。但是，它也会惊醒世界的冷漠。左邻右舍会敲着墙，提醒我们夜已深，别纵情搅乱大家的美梦。朱莉对他们的警告一笑置之。没有人能阻止她爱我，除了死亡。

　　如果我们倒在沙发上，动作由温柔变得激烈，榫头滑动的声响和沙发撞击墙壁发出的咚咚声，就会惹来楼下的马遇夫人一顿大骂。

　　这是与贫者为邻的唯一好处，相恨而不相敌。我们碌碌无为，茫然得将性欲当希望，但点缀生活的谈资笑料却与床第之欢息息相关。

　　我们的响声也惊动了房东，一个声如砂纸的胖女人。我常常想告诉她女人和男人的区别，告诉她生而为人总是需要性别的。她在楼下拦住从工厂归来的我："浦斯先生，许多租户向我投诉，要我赶你们出去，你知道的，我也年轻过，干柴烈火的事，我也常常做，特别是我们家那位喝多了以后，总会做些出格的事。所以，只要你们夫妻俩别在夜里搞出什么交响乐，我是不会听他们的。"

　　我问她有没有找过朱莉，她微微一笑，似乎早就料到我会这样问："我们一起喝了杯咖啡，她是个好女人，年轻漂亮，一天比一天聪明。我只是含糊提了一句，她就已经心领神会。她害羞的模样真叫人喜欢，怪不得你们夜夜笙歌了。"

我猜她不只提了一句，她一定还说了许多刺痛朱莉的话。年轻漂亮又聪明，为什么不出去工作呢？成天赖在家里，难道没有朋友吗？外面阳光灿烂，怎么不出去走走？浦斯又老又穷，为什么要嫁给他？既然结婚了为何不生个孩子……打开话匣子后，她的疑问会一个接着一个，像一只只绿着眼睛的狼，只要朱莉稍有不慎，群狼就会扑过去，撕开她的身体，找到它们想要的答案。

洛基医生曾经问过我："浦斯，你恨不恨你的房东？"他打开抽屉，抓出一把牛奶糖，似笑非笑的眼神告诉我，除非他听到一个满意的答案，否则我别想得到它们。"她一直看不起我们，觉得我们是蟑螂，不，连蟑螂都不是，至少它们还可以自由交配。我恨她。要不是她，朱莉不会离开我。我恨她。像她这种人，根本不应该存在这个世界上。"我说出洛基医生最想听的话，如愿得到了奖赏。

"可是，我恨她和住院有关系吗？"我希望洛基医生继续问下去。我还想得到更多牛奶糖。

"有恨才有爱，浦斯，只要你心中还有爱，一切都好办。"洛基医生没有给我追问下去的机会。在医院的战场上，从来只有他才有权利发问，我们的任务则是负责提供答案。他叫护士送我回病房，出门时，我回头看着他的眼睛："洛基医生，我爱朱莉，不是因为我恨房东。"

洛基医生微微一笑，拿出镜子，示意护士关上门。我喜欢他照着镜子挥手的模样，动物园里的猴子在挠痒痒时常常会做这样的动作。我学着他的样子招呼过往病人，同时将牛奶糖送给他们。我没有忘记霍德尔，还有一颗藏在我的口袋里。回到病房后，我要逗一逗他，教他对我感恩戴德。

白色的房门就在眼前。

我打开门。朱莉陷在沙发上，像一只放弃逃命的梅花鹿，心灰意冷而又楚楚动人。我抱住她，妄图用体温和心跳唤醒她心中的希望。朱莉目光空空，似乎看不见我的存在。她没有踮起脚尖吻我，没有依偎进我怀里轻轻说一句我爱你。她紧紧钳着双唇，一声不吭的模样，除了墓碑上的遗像，没有东西比她更冰冷。我念着她的名字，吻着她的秀发、脸颊和双唇。我企图用吻，用热烈而深情的吻，点燃她心中的烈火，带她重新回到爱的轨道上。我们的生命列车，必须继续勇往直前，直到遥远的前方亮起终点站的信号灯。结果适得其反，朱莉突然抽抽噎噎，泪水滑落，一滴又一滴，如同葬礼的开场白。

"浦斯，我们搬走吧。"朱莉的声音听起来不像在求我。

"等我领了薪水，我们马上搬。"

"搬来搬去，什么时候是个头，你没想过买个房子吗？你难道不知道我想有个家？"

"我答应你，等攒够钱，一定买。"

朱莉挣脱我的怀抱，看着窗外的夜色叹了口气。"我想出去走走，一个人。我才二十岁，我不想老死在只有锅碗瓢盆的生活里。"

我看着她的背影，遥远而陌生。她今晚穿了那条只有陪我出门时才舍得穿的红裙，长发没有像往日一样随意用橡皮筋捆着，而是梳了个垂云鬓。我两手生汗，感觉嘴里生出了一根毛发，既咽不下，也吐不掉。一切都在失去原样，她的身体与灵魂，也在发生变化，就像种子发芽一样，不可阻挡，又义无反顾。我全身发烫，心跳如烧焊。我不能失去她，我不能任由她继续逆我而行，躲到一个我去不到的地方。我抢过去抱住她，悲伤而绝望地说："朱莉，我爱你，我不能没有你。"

朱莉无动于衷，似乎一切已经无法挽回。"浦斯，我也爱你，可是，我好像没有勇气走下去了。"朱莉抚摸着我的双手，继续望着窗外的夜色，声音像吸满水的纸巾。

我脑子里有什么东西悸动了一下，轰隆隆碾得我头昏脑涨，浑身发抖。他们送我进医院，目的也是为了帮我消灭它。我一直想不起，朱莉是如何掉下楼的，当时夜色泥泞，她站在窗边，似乎在寻找什么。突然，她尖叫一声，人急急往下掉，就像一盏急速远去、最后熄灭在茫茫夜色中的橘红车灯。

朱莉去世后，我一直没有机会去吊唁。每次想起她，我都要冒着领受皮肉之苦的危险，在医院里号啕大哭。洛基医生对我的行为再熟悉不过，处理起来也驾轻就熟。他招来护士，把我架到床上，按住我的四肢，然后给我注射一针镇静剂。这个时候，霍德尔就会在旁边晃来晃去，仿佛想不起自己要寻找什么东西。他一声不吭，神色凝重，只有眼睛余光快速瞄向我时，嘴角才会露出一丝诡异的微笑。他终于逮到机会看我的好戏了。

洛基医生走后，霍德尔会滑到我身边，用过来人的语气说道："浦斯，打针的感觉像不像潜水？他们总喜欢用针筒伺候我，次数多了，我就慢慢喜欢上打针的感觉，浑身有气无力，就像沉入大海一样。过不了多久，你也会爱上它的。"我躺在床上，一边想着朱莉，一边发出浑浊不清的哭声。我想着朱莉，想着她冰冷地躺在漆黑的墓穴里，一个人孤零零的，黏糊糊的蚯蚓钻出泥土，爬到她脸上，像我曾经的热吻。

我辜负了朱莉。她下葬时，没有人通知我去参加她的葬礼，他们甚至不告诉我她安葬在什么地方。护士把我的私人物品拿出来，里面有我的户籍证、钱夹、打火机、一套换洗衣服，还有一本我从来没看过的《复活》。出院时，她还给了我一把钥匙，说是霍德尔给我的。我接过来，翻倒箱子，祈盼找到一张朱莉的照片。半年来，他们逼我吞掉无数药丸，导致我忘了她的模样。

霍德尔站在铁闸后，神色自若。他安静的时候，就像一个饱读诗书的圣贤。他知道我在找什么："浦斯，别找了，过来，我给你一样东西。"

我换上西服，摸了摸口袋里的镜子，再将户籍证、钱夹塞进去，至于《复活》，留给霍德尔吧。我已经获得新生，唯有他还在等待拯救。再说图书室曾经是我消磨时间的最好去处，我与每一本书打招呼，不管它们拒绝与否，我都会闯进它们的身体，拿着无形的手术刀对它们的灵魂一探究竟。半年来，我没有一天不这样做，以致每一本书见到我都会痛苦尖叫。朱莉说阅读是我们确定自己存在和找回灵魂的方式。她说读吧，研究吧，越多越好，文字的酒精会麻痹一切，故事的曲折也会延伸我们之间的牵挂。她说死亡虽然是永恒的，但阅读可以跨越时空，沟通生与死；世间消失的一切，都会以文字的形式在书中重生。她叮嘱我务必在书中找到一扇门，这样她便可以穿越黑暗，与我在文字中相聚，在一段段温暖的故事中重新相爱。我拿着笔，努力在每本书上留下自己的痕迹，有签名，也有感言，更多时候只写对朱莉的思念。它们是我的路标，是我为朱莉规划好的回归路线。我坚信，她终究是要回来的。回来吧，朱莉，让我重新爱你一次。现在，我迷失的灵魂已经追上一直困在原地的身体，它们合二为一，志在必得地等着跟我穿门而去。朱莉一定是出去了。她生前就不喜欢禁闭，死后自然更爱自由。我要出去寻她，这是我的宿命。我满怀憧憬地走到霍德尔身边。出院前，他就说有东西给我。当时他看着天花板，意味深长地说："作为生日礼物。"我明白他的意思，出院即新生。可是他能有什么东西送我呢？他进医院的时间比我早，连一颗牛奶糖都没领过，我坚信，他是一个活着没有人惦记，死后也不会有遗产招人争抢的家伙。这一点，我比他幸运，我还有十多罐牛奶糖。

我像等待太阳跃出地平线一样等着他拿出礼物，直到他突然尖叫一声，如同初生婴儿。当值医生和护士听见动静，火急火燎地赶过来，紧紧按住他的四肢，打针、喂药一气呵成。他们曾经这样伺候过我，只不过霍德尔遭受的次数比我多。临走时，他们的目光在我脸上停留片刻，一个粗壮得像石墩的医生向我伸出手："恭喜你，浦斯，出去以后，好好生活，不要想我们。"

我们像朋友一样握了握手。他们离开后，房子重归寂静，楼道里传来窸窸窣窣的脚步声，好像有人正在向我走过来，又永远走不近一样。霍德尔咧着嘴，唾液从嘴角流出，濡湿了白色枕头。

"霍德尔，你要送什么给我？"

霍德尔正在潜水，也许已经潜到阳光照射不到的万米海底。那里漆黑一片，海水冰冷刺骨，除了水流嗡嗡响，再也没有任何生物。

如霍德尔所言，我喜欢打完镇静剂后的感觉。不过我没有告诉他，我在潜水中想了什么，又做了什么。当镇静剂把我吞进茫茫海底，我用一块块记忆碎片，筑起了一栋漆成白色的房子，窗户向阳，地板明亮。院子里种满了朱莉喜欢的紫罗兰，一棵茁壮的相思树，舒舒服服地长在院角落，风吹枝摇，叶响如歌。我搭起一架秋千，午后阳光明媚，朱莉坐到上面，轻轻一推，便红裙摇曳，如候鸟飞向碧波荡漾的蓝天。

"来呀，浦斯。"朱莉在笑，声音就像打着圈儿飘下的树叶。

我无法过去，也无法再靠近她一点。

在我偷偷筑起的记忆天堂，只有朱莉一个人在幸福生活。这是她应得的。可是当镇静剂的潮水退去，我无法接受她只剩下一个名字的现实。我需要一张照片，一张朱莉像春天一样微笑的照片。也许霍德尔能帮我找到。我期待他从口袋里抽出手，赏赐一般把朱莉的音容笑貌还给我。

"我在峨笛游乐园的储物柜藏了点东西，你找护士拿钥匙，然后去领走它。"霍德尔说。

我听说过峨笛游乐园。朱莉常常央求我务必带她去玩一回。当时我还在工厂上班，薪水付过房租就所剩无几，峨笛游乐园的门票成了我们可望而不可即的幸福通行证。我后悔没有满足她的愿望，是的，我应该让她圆梦，而不是带着失望活在我心里。她的失望像黑洞，不断吞噬我的思念，以致我一想起她就心痛，身体几欲分崩离析，也许过不了多久，我对她的思念就会化为虚无，到时候她就不仅是肉身与灵魂的消亡，更是思念上的彻底消失。这是我无法接受的结局。我应该去峨笛游乐园。是的，我必须去。不过眼下天已黑，峨笛游乐园应该已经打烊。明天吧，明天我一定替朱莉去看看，哪怕只是站在检票口，我也要用免费的阳光，填满她留下的黑洞。

我环顾四周，车水马龙，繁灯似锦，络绎不绝的行人看上去疲惫而冷漠，似乎刚刚被判了无期徒刑。街上走过一个红裙女子，身材高挑，高跟鞋在路面踩出剥柠檬的脆响。我想起了什么，双腿不由自主地迈向她，跟着她，穿街过巷，去到一条泊满汽车的街上。她在一片从街边楼房投射出来的灯光里停下来，清风拂裙，背影曼妙。我以为她会弯下腰，重心落在左脚上，用手轻轻揉一揉酸麻的右脚。朱莉穿高跟鞋时常常这样做，不过她会一手扶住我的肩膀，身子侧弯，有时候，她还会挑一个地方坐下，叫我单膝跪着，抓住她的脚丫用力揉捏，直到太阳从她胸口冉冉升起。

红裙女子回头看了我一眼，我硬生生接住她的目光。她向我走来，用莲开的脚步，走到我跟前。"你想干什么？"她的语气颇为勇敢。

我看着她的脸，心生波澜。她有一张露水一样的脸，弱小不安，性感免费。

"你是警察？"她继续问。

我微微一笑，告诉她，我谁也不是，只是恰好尾随她走了一段路。

"你真不是警察？"

"我叫浦斯，今天刚出院。"

"这么说，你斋戒很久了？"她放下警惕。

我吃过的药物太多，脑袋有点失灵，无法在稍纵即逝的瞬间领会她的意思，唯有皱着眉头，告诉她我不是佛教徒，不吃斋。

她笑得花枝招展，夜风将她的长发撒在我脸上，撩得我痒痒的，只想打喷嚏。我闻到一阵茶香味，浓浓的，像一团湿雾。

"嗨，浦斯，我今天正好没有开市，给你打个折，要不要？"她掐住笑声，满脸期待地看着我。

她在诱惑我。不，她在招揽我，鼓动我陪她一起完成一单有关性的生意。我体内有什么东西悸动了一下，我想起洛基医生的妻子，想起水珠从她乌黑的发尖滑落。

"要不要呢？"

我没有答应她。我的钱夹里应该没有多少钱，也许仅够我吃一碗面。朱莉在世时，我们就已经穷得响叮当，连银行卡都不需要。离开医院时，医生和护士给我捐赠了一笔钱，也许有上千块，不过我拒绝了。我获得了新生，我可以依靠劳动来养活自己，没有理由依赖他人的帮忙。

"大伙儿喜欢叫我狄米拉，你觉得这个名字怎样？"她挽起我的手，让胸脯蹭着我的手臂。狄米拉，这个身穿红裙的女人，听上去虽然只和希腊神话里的女神狄米特相差一个字，但一字之差，影响颇大，大到她只能靠出卖色相为生。

不过，狄米拉看上去颇为聪明。她发现了我的诡计。我没有答应她，也没有表示拒绝。现在，主动权牢牢掌握在她手里，只要她愿意，我们便能如愿以偿，共度良宵。"走吧，亲爱的浦斯。"她微微一笑，用月光泛滥的胸口推着我向夜色深处走去。如她所愿，我没有抗拒。街上行人匆匆，看上去既不需要方向，也不需要终点。他们是如何做到毫不犹疑的呢？我不清楚。也许，他们相信只要勤奋努力就能出人头地，只要坚持往前走就一定能够抵达成功的彼岸。我很庆幸，在夜色催更的时候，狄米拉给了我一个目标，纵然是有价的。街道很长，路口连接岔道，每一条岔道又分出无数个路口，可是我们依旧步履轻盈，对消失在街上的繁华视若无睹，对盘踞在四周的荒凉与贫穷也置若罔闻。一切都是暂时的。生命由循规蹈矩变成野蛮生长，往往最接近本质，就像马路边的绿化植物，越是无人关注，便越是枝丫交错，杂草疯狂生长。我们一路上都在用脚步与眼睛的余光来交谈，身影时而在夜色中融为一体，时而在灯光下分崩离析，唯有灵魂始终保持着既耳鬓厮磨但又陌生如敌的距离，如同夜空中的星体。

我甚至有点兴奋。生而为人，我还有权利追求快乐。我决定暂时封印记忆。已经有太多人闯入过我失去朱莉的哀痛中，此时此刻，我不想让狄米拉也做一个闯入者，她应该当好接纳者的角色，而不是受我影响，徒增伤感。她有她的伤痛。她一定在承受整个世界的重击，很快，我也会进入她的身体，给她的生命留下浓墨重彩的一笔。朱莉一定不会责怪我。不会的。这世界，性与爱本就不必连体共生，先性后爱和先爱后性也没有本质区别，它们甚至可以彼此分离，单独存在，但有一点极为肯定，赋予灵魂自由，首先就得要解放身体。我安抚朱莉入睡。她应该休息的。为了满足我的思念，她日夜不休，不断以水的温柔浇灌我的心田，如今早已滴水不存，干涸如沙漠掩埋的泉眼，这也是我想不起她到底长什么模样的缘故。思念总是带有腐蚀性。记忆千疮百孔，连一声叹息都捞不到，而活着又总会衍生出遗忘。至于不忠，这并非我的过错，要怪就怪男人吧，面对女人，他们从不缺理智，但也从不拒绝疯狂。

街上传来电车撕咬轨道的轰鸣，仿如生命在破碎。一辆满载废品的人力三轮车在横穿轨道，车主是一个瘦削男子，身穿蓝色工装，年近天命而又不屈服天命。他身体前倾，拼命蹬着踩踏板，左摇右晃，仿佛一个不服老的剑客。"来吧，来决一死战吧。"他目光坚毅，三轮车的痛苦呻吟就像他的怒吼。这是一辆承载过梦想的三轮车。曾经，它就像一把利剑，给了他抗击生活的勇气和力量。然而，生活不仅没有退却，还信手掐断了它的锋芒。如今它全身沾满岁月的锈迹，既没了往日的荣光，曾经引以为傲的铮铮铁骨也变得脆弱不堪，面对命运的挑衅，它更是无力反抗，一心只想着屈膝投降。不过，它的主人还不想放弃。他把全身力气集中在双脚，旧得已经忘记自己还是一双鞋子的劳保鞋，被牢牢地压在脚踏板上，与绷紧身体的链条一起发出阵阵怒吼。压在车上的废品从未想过世间还有人愿意为它们挥洒汗水，拼尽全力，一个个感动得地动山摇，可又爱莫能助。眼看一切努力就要毁于一旦，它们高声疾呼，妄图唤醒人性的光辉与力量。这让洞察人性的车轮更加冷漠。它走过太多路，见过太多人，深知疾呼只会带来绝望。它的主人，已经开始动摇，很快就会悲观绝望。他深深勾着头，阵阵嘶吼从喉咙中爆发出来，回荡在瘦削的身体周围，如同雪崩。没有人对他的绝望施以援手。生活的残酷也正在于此。人们陷在自我的泥潭里，目之所及，尽是黑暗。

"真是的，何必这么贪心呢。"狄米拉踩着高跟鞋跑过去，双手撑住车板，身体弓成一道彩虹。

电车出现在街口，车灯扫射，黑暗无处躲藏。

"来呀，浦斯。"狄米拉喊道。

我叹了口气，走上前，顶着车板往前推。三轮车跳了一下，像抖掉了一生的厄难，跨过铁轨，重新回到一眼望不到尽头的街道。

　　电车轰隆隆驶过，明亮的窗口一闪闪，就像一阵阵笑声。

　　"真是讨厌。"狄米拉拍了拍红裙，掏出手帕，擦拭额间的汗水。

　　我也大汗淋漓，可是心情无比舒畅。狄米拉用手帕往我脸上擦拭了一下，目光柔软。我看着她，越发觉得她光彩照人，得到她的欲望也就更加强烈。她捕捉到我眼中的异动，抓起我的手，笑道："别急哟，我们有整整一个晚上来了解彼此。"她像磁铁一样紧紧贴着我，推着我穿过一个没有红绿灯的路口，拐向空气变得浑浊的沙河街。

　　狄米拉不用敲门。她租了一套房子供自己使用，在沙河街尽头。再往外走，就是鬼影幢幢的垃圾场，海啸般的臭味把我熏得头昏脑涨，我恍惚觉得浓浓夜色就是遮天蔽日的苍蝇所化。一排排瘦骨嶙峋的平房缩在大街两旁，灯光不敢太亮，否则就会照见世界的残酷与人生的悲苦。永远打扫不干净的街道放弃了挣扎，任由臭水浸身，烂成脓疮，一块块曾经怀揣梦想的板砖黏在它身上，就像发作的疖子。这是一个具备了城中村所有缺点的地方。希望的匮乏与爱的缺席就像井盖被偷走的下水道，裸露着自暴自弃的黑洞，散发着蛮横无比的恶臭。人活于此，与野兽无异。

狄米拉的归来没有引发骚动，邻居们对她点头示意，轻视但不嘲讽。他们匆匆走过，身上的气息让我想到蝙蝠。我不敢看他们的眼睛。我低着头，默默地走着，脚步沉重。我坚信，只要我不抬头，他们就无法发现我的存在。不过我分明清楚，世界从不以我们希冀的模样存在，特别是人。此时此刻，我应该是他们的敌人，是迫使狄米拉走向堕落的罪犯。倘若狄米拉呼救，他们会以拯救姐妹的名义对我大打出手，不管我是否在大声疾呼，很久以前，我就已经是他们中的一员。

　　狄米拉的家，是一间漆成褐色的小平房，小小的窗户并没有给它带来希望，反而加重了它的可怜，如同一只中弹的野鹿。几株从未想过离开的山枙以心存侥幸的清香，抵御垃圾场遭来的熏天气浪。它们是此地所剩无几的温柔，被遗忘但又被寄予厚望，俨如偶然种下的种子，注视它们便如审视自己。在铺天盖地的臭气中，它们假想自己失去世界以后还能拥有一片天空，假装植根贫瘠就是为了赢得胜利，可是生活往往具有脆弱性，依靠季节而存在的绿叶本就无法遮掩生命的艰辛与弱小，面对强大的对手，它们上气不接下气，花香充满绝望。我想叮嘱它们，这个世界从不缺倔强，与生俱来的身份往往最不重要，偏安一隅的时候不要无视人的重复性，更不要在意他们的善变多情。它们无心与我交谈。对它们而言，语言此时多余且无力，并充满了不确定，一朵花的低诉远远上升不到文明的高度，无论生长在何处，哪怕被送进医院，它们的意义也厚重不了几分，只有回归自身，回到一朵花只为自己绽放的权利中，世界才会承认它的存在。

"欢迎你来到我的世界。"狄米拉耸耸肩，仿佛居住在这里不是她的抉择，而是生活强加给她的考验。她找出钥匙，开门的姿势，既充满期待，又带着不甘与嫌弃，像极了朱莉。她打开灯，驱赶黑暗，请我进屋。一阵家的气味迎面扑来，我恍恍惚惚，差点以为朱莉正在等我。

此时此刻，如果她站在灯下，一定像一只丝袜。

屋内空荡荡的，连窗帘都没有，只有冷冷清清的四堵墙，所有物品与生活痕迹都被清理得一干二净，仿佛主人已经离世，唯有卧室，摆着一张支架粗壮的大铁床，看上去能够抵御所有男人的攻击。一个黑色大行李箱躲在床下，仿佛目睹了太多男欢女爱而羞于露面。角落里蹲着一个垃圾篓，身上套着粉色塑料袋，眼神空洞，又唉声叹气。空气中洋溢着呛鼻的贫瘠，一切都显得脆弱无比，如同把水坝建在泡沫上，城市的冰冷，也在这里暴露无遗。很难想象，她会把这个地方称为家，并且语气顺畅。在这样的地方做营生，唯一的好处就是让每个完成交易的男人知难而退，就算想与她纠缠也只能重新回到床上。那将是另一单生意。不过也仅此而已，更多时候，它只会加重命运的艰难。

这是她的另一副身体，贫瘠，清冷，心存幻想又在历经劫难，庞大的不幸像一阵无声的呵斥，笼罩着它，迫使它随时准备弃世而去。

我环顾四周，目光停留在窗台上，脏兮兮的爪印与整所房子的洁净格格不入。也许是一只流浪猫。要不然，她不会没有准备猫舍，临时用来做喂食盆的白瓷餐碟也显得太珍贵，满满的饲料更是充满惆怅，如同辜负了她对每一只流浪猫的关爱。

有意思的是，往窗外看，可以看见一条长长的大马路，灯火闪烁，仿如银河。它连接沙河街，另一头则扎进茫茫夜色中，不知终点在何处。飞驰在路上的汽车气势汹汹，仿佛为了跑得比时间快一点，哪怕快一秒钟，它们的主人，也愿意使出浑身解数。可是时间从不等人，也不会被超越，他们所能做的，唯有抛弃自己，让灵魂更加轻盈，最好是轻如鸿毛，如此他们便能无所顾忌，一往直前，直至蓦然回首，他们才发现，快，也是慢的一种方式，生命的长度，如果以速度来丈量，最后得到的往往是一声叹息。不过，脚下有路，总是让人心情舒畅的，无论是逃离抑或回归，有路就有希望。

"房子很小，但完全够用。再说，我们的战场只在床上，对不对？"狄米拉脱掉高跟鞋，快速褪下红裙，身上只剩下黑色蕾丝内衣。

事情发展得太快，我还来不及消化她的贫穷，便要想办法应对她无比奢华的裸体盛宴。这对一个刚离开医院的人而言，多少有点操之过急。是的，太急了，我的身体没有任何反应，脑海里涌起的念头反而是应该和她攀谈点什么。

"我以前没来过这个地方。"我犹豫着是否要告诉狄米拉，虽然我没来过沙河街，但早在我十六岁时，便走进了一直梦想着要进去一探究竟的耶梦加德按摩店。它亮着庸俗的霓虹灯，门口永远坐着一个衣着暴露的女人。我知道她的名字，艾娜，一头长发比兔子还温顺的艾娜，每次见到男人都喜欢扯低领口的艾娜。不过，我要找的不是她。我要找的是傅丽嘉。她偶尔站在门前，手里夹着一根香烟，衬衣如雪，风吹长发如蝶。她的目光常常停留在街口的红绿灯上，接待登门求欢的男人从不问贵贱，全凭心情，仿佛她不是在做皮肉生意，而是在点兵上前线。被她拒绝是一种耻辱，若被她应允共赴一场身体大合奏，则是每个男人的荣耀。他们慕名而来，最后又一个接一个铩羽而归。这便宜了艾娜。他们排着队，就像被挑衅的公牛，不断把艾娜带进工作间，咆哮着在她身上买下一套又一套服务，直至她不得不停牌休息。至于被傅丽嘉宠幸的男人，出门时如同圣光照耀。他们会以傅丽嘉的男人自居，如得神授一般在酒馆里高谈阔论，一副自己已经成为传说的模样。我为他们的沾沾自喜感到可笑。所幸他们浑然不知傅丽嘉把每年的二月十四日定为受难日，她出生于这天，并且在这天失去了父亲。也只有在这天，她会带着愤怒，自暴自弃地满足登门求欢者的心愿。这是我父亲发现的秘密。他曾经连续三天被傅丽嘉拒于门外。后来，他一头扎进图书馆，经过七天的大海捞针，终于在本地晚报上找到一则新闻。入行刚满一年的傅丽嘉，在生日当天差点让一个老人命丧胯下，而在这之前，她整整拒绝了他十二次。父亲复印晚报新闻，再工工整整地贴到日记本上，并写下胜利二字。他不知道我是日记的忠实读者，我了解他的一切，包括他发现信誓旦旦说爱他的妻子、我伟大的母亲，在河边租了个房子和情人幽会，他们每周胜利会师一次，亲密得仿佛他们才是真正的夫妻。他去体验过他们的床，柔软舒适，比初恋还妙不可言，确实适合用来幽会。我怀疑他写下这段话时，一定充满向往。我以为他总是能传授我一些本领的，直到我看见街上的野狗发情乱叫，相互追逐，如同国王出巡，我才恍然大悟，失败者身上永远没有技艺可学，他能传授给我的，远不如一条狗多。我常常想，每当他视若无睹地从我身旁走过，仿佛我是一件扔在地上的废旧衣服，又或者每次酗酒后都解开皮带暴抽我一顿，他一定不会料到，在我心里，他不仅一无是处，甚至连他十年后的葬礼，我都懒得回去打理。至于我的母亲，她沉迷在幽会中，连妻子的职责都不想履行，又怎会打算做一个母亲呢。我去她租在河边的房子待过，如父亲所言，这个房子最大的魅力，就在床上。床垫软硬适中，弹力极好，价格绝对不菲。最主要的是，河水从窗前流过，发生在房子里的不忠与龌龊，都会被河水带走，留下来的，只有洗涤一清的自由与激情。我躲在草丛里，像一只蜥蜴，即便听到母亲打算骗我到河里淹死，也无动于衷。我听着她在床上发出涨潮一样的叫声，既不可怜父亲，亦不为自己感到悲哀。我只是在心里默默感慨，相比傅丽嘉，她真是蚀本又伤神。同样是接待男人，傅丽嘉还能赚到不少钱，而她只能穿上衣服两手空空地回家，面对父亲还要装出与世无争、忠贞不渝的模样。也许，她在这里获得了幸福。目睹河水一去不返和感受庄稼背弃整片土地而产生的幸福。这种幸福，我没有在父亲的日记里看见过。我相信他来到河边，也一定毫无收获。他把希望寄托在傅丽嘉身上，并如愿在情人节这天被她领进了红彤彤的工作间。自此以后，每年的二月十四日，他都会准时去找她消费一笔钱。今天，他去给姑姑奔丧了，母亲又去河边奉献她的身体。我攒够的零花钱，终于有了用武之地。我穿上父亲的白衬衣与靛蓝色西裤，双脚舒舒服服地穿在他的皮鞋里，鞋子虽然有点大，鞋后跟也磨损了不少，但铿锵有力的声音足以让我相信，我已经是一个真正的男人。艾娜把我引进一个用混合板隔开的工作间，里面亮着一盏红灯，置身其中如同走进一个人的心脏。临走前，她不依不饶地问道："真的只找傅丽嘉？今天她可贵了，一次一千元呢，多不划算，还不如跟我玩四次。"我点点头，再次拒绝她的热情。不可否认，她长得不赖，左眼下的滴泪痣令她看上去更显妩媚。"真搞不懂你们男人，越是得不到的越是想占有，看来我也应该提提价。"她把我扔在房里，转身离去。我敢肯定，此时她心里必定充满愤懑。我静静地等着她回到门口，等她尖酸刻薄地咒骂我一顿，然而四周一片寂静，只有墙上的挂钟在嘀嘀嗒嗒地走着，提醒我时间就是金钱。气温有点高，我后悔抹了太多发油，头发黏糊糊的，就像一团煮烂的意大利面。古龙香水也喷过头了，大海一样笼罩着我，我潜在里面，像一条鲨鱼慢慢等待傅丽嘉游过来。我不后悔找傅丽嘉。这是我的人生第一次，它太过珍贵，只能属于傅丽嘉。我辛辛苦苦帮校长修剪草坪赚来的血汗钱，也只能花在她身上。来吧，傅丽嘉，我的天使，快来领我进入天堂。我解开衬衣纽扣，又一个个重新扣好。我脱下空荡荡的西裤，看着毛茸茸的双腿，担心傅丽嘉会笑我像一匹小野马。我穿回裤子，拉上拉链，扣紧皮带，端端正正坐在床上，随后又松开皮带，打开拉链。时间宝贵，我必须做足准备，避免在宽衣解带的事情上浪费一分一秒。门口出现一道身影，它倒在地板上，像洪峰过境。我被前所未有的紧张牢牢禁锢着，如同后脑勺正顶着一把枪。来吧，傅丽嘉，来征服我吧，我愿意把身体献给你，任你留下星星一样的弹孔。

"就是你想要我？"傅丽嘉出现在我面前，长发及肩，双腿如蜡。她穿着一件松松垮垮的白衬衣，扣子胡乱扣着，似乎时刻准备着被男人脱下，除此之外，身上再无一丝半缕。

"就是你想要我？"她看着我，仿佛我的存在触碰了她的底线。

"我会付钱的，一千块，不是吗？"我隐约听到什么东西在心里崩塌。这是不好的征兆。为了这次会面，我已经连续自慰七天，我坚信，只要自己饱经磨炼，便能与傅丽嘉打一次持久战。我要让她感慨，我比她接待过的所有男人都厉害。现在，自信的大坝似乎出现了裂缝，在洪水决堤之前，我除了把钱掏出，别无他法。

傅丽嘉走过来，站在我面前："把裤子脱掉。"

我没有疑惑，甚至连衬衣也一并脱下。这就是傅丽嘉，叫男人心甘情愿服从指令的梦幻天使。很快，她就会用征服的方式，带我冲入天堂。

傅丽嘉打量着我，暗红色的灯光掩盖了她的表情，让她像一座冰山一样充满神秘。我昂首挺胸，接受她的检阅，心跳却如同鸡蛋壳，被她的目光踩得噼啪响，还有该死的发油，就像蚰蜒爬到我脸上，痒痒的，令我忍不住想甩自己几巴掌。

"钱我收了。"傅丽嘉把钱放进随身携带的皮夹。

我的心瞬间明亮起来，每一个细胞都被点燃，眨眼间便成了燎原之势。我甚至以为，整个房间也是被我烧红的。我黏糊糊的头发，开始意气风发，充满了英雄气概。我像得到征召的士兵，等着她脱下衬衣，露出香气四溢的胴体。我等着她躺下来，拉着我的手，催我上战场。

我等着，像火山喷发一样等着。

她捏了捏我的肩膀。太瘦弱了，就像一张纸。我心中的烈焰跳跃晃动，如遇雨淋。我后悔没有加强锻炼。我应该以强壮的身体站在她面前，而不是弱不禁风的，处处散发着稚气。

"这不对，小弟弟。"她盯着膨胀的我，如同做了一个明智的决定，脸上露出明亮的微笑，"明年再来吧。"

她叫我小弟弟。我准备冲锋陷阵，大展身手，在人类进化史的战场上打一场硬仗，她却叫我小弟弟。她蔑视我的强大。她嘲笑我的武器根本攻不下半座山头，更别提坚守阵地。面对她身经百战的赫赫战功，我连续七天的自我锤炼显得苍白无力，多余如越界的杂枝。

可是，我不甘未战先降。我的子弹已经上膛，就算走火自残，也要打响第一枪。我瞄准她，气势汹汹："为什么？我可是花了钱的。"

"你才多少岁？跟我弟弟差不多。"她居高临下地看着我，"你说，我会和弟弟上床吗？"

这是一个借口。她的父亲早在她出生时去世。她没有弟弟。我想反驳她，又无从开口。我看着她，心中燃起的烈焰再次被强行浇灭，冒出阵阵浓烟。看来，我高估了她的职业操守，又理所当然地轻视了伦理道德在她心中的分量。

"行了，钱退给你。穿上衣服回家吧。"傅丽嘉把钱取出钱夹，转身要走。

我心中突然山崩地裂。我冲过去，不顾一切地抱住她，撕扯她的衬衣。"你干什么？"傅丽嘉剧烈反抗，就像一头被惹怒的母狮。也许在她的世界里，从来没有投降二字。她咬我的手臂，指甲掐进我的皮肉，踩着高跟鞋的脚使劲蹬我的腿，锋利的手肘还不忘撞击我的肋骨。我疼痛难耐，抱着她，倒到床上。我们像蚯蚓一样纠缠在一起，嗷嗷大叫。突然，她放弃挣扎，面无表情地看着我："你做吧。"

我无所适从，像一只鸟猛地飞进了暴风眼。傅丽嘉继续看着我，目光多了几分自嘲："我就是一个卖肉的，何必装清高呢。"她抓住我的手，领我抚摸她的胸膛。"来吧，来征服姐姐。"

我来不及感受她的柔软，就彻底泄了气。我滑下床，像一个刚刚得知王国已经灭亡的士兵，快速穿上衣服，冲出房间。

"以后常来啊。"傅丽嘉纵声大笑。

我再也没去找过傅丽嘉。即便从耶梦加德按摩店前经过，也是低着头，匆匆跑过去。那是我阵亡之地，我应该避而远之，可是我又无法拒绝魂归故地的诱惑。我希望傅丽嘉在我经过时，再招呼我一声，给我一次机会，让我一雪前耻。然而她从不招揽我，甚至把我当成空气。我继续上街捡瓶子，捡一切能换钱的东西，再卖给废品站，我花了足足一年时间，凑够一千元，我要去找傅丽嘉，我要叫她付出代价。

艾娜还穿着黑色短裙，一边领我进店，一边迭声埋怨，她应该改名叫傅丽嘉，而不是继续叫艾娜。她突然回过头："你知道吧，以前的傅丽嘉嫁人了，现在的傅丽嘉是新来的，技术不怎么样，你要不要考虑考虑我？同样也是一千，但可以玩五次，物超所值哟。"

我愣在原地，如同吃了苍蝇。我转身离开，全然不顾艾娜在店里大笑："喂，小子，你该不会爱上她了吧？"

我爱傅丽嘉吗？不。我对她只有怨恨。现在，我担心狄米拉也会步她的后尘。我握紧口袋里的镜子，看着狄米拉，再次强调："我从没来过这个地方。"

"那你以后可要常来。"狄米拉走到我跟前，目光闪烁，"门外虽然是地狱，但进了屋，可就是天堂，你说是不是？"

"忘了告诉你，我是有家室的人。"

"多好啊。被人爱着。这是什么感觉呢？"狄米拉抱住我，像猫一样在我耳边轻轻吹气。

"我们是离家出走的，没有人祝福我们。"我脑海中闪过朱莉的脸，心跳突然加快。

"为什么呢？"狄米拉察觉到了我的悸动，以为我已经欲火焚身，于是抓起我的手，要我替她解开胸罩。

我想不起为什么。口袋里的户籍证，像烙铁一样烧得我心烦意乱，我无法知晓，记忆是否准确，它就像一条蛇，刚刚出现在草间，一眨眼又钻进了树林。我对它始终保持警惕，这狡猾的家伙，常常假他人的生活欺骗我，令我分不清什么时候是现实，什么是虚幻。现在，它带我回到过去，回到路口，我看见朱莉拖着红色行李箱，背影孤独得就像一件被大风吹到沙漠里的雨衣。她穿着我从永丰镇买回来的绸面黑裙，小腿上的落日余晖散发着海风的气味。她梳着多年以后还会梳的垂云髻，步履轻快，如同去海边度假，全然看不出她刚刚抛弃了亲情。我从未问过她会不会后悔，在她身后，家人已经没有意义。她的母亲早在生下她时就选择了另栖新枝；至于父亲，我曾经在镜中见过他，瘦削如火柴，暴躁如鞭炮。他冲出门，同我一样，大喊着她的名字。他迈着我的步伐，我拖着他的身影，落日时而分开我们，时而又把我们叠在一起。巷道两旁的窗户浮出一块块脸，抹布一样，擦掉我们的足迹，连同朱莉也一并被擦拭得无影无踪。我看见巷口空空荡荡，一如人生。这是我们一起生活多年的地方，我们在这里挣扎，在这里做梦，然后走向逃离。它自以为我会对这里念念不忘。一栋栋房子缩在生活的阴影里，如同从斗兽场上撤下来的困兽，浑身污垢，见人就嘶声尖叫。

疲惫不堪的巷道坑洼不平，永远充斥着一股下水道的味道。它坚持这一切都不是它的过错，至少在它眼里，它应该是无辜的。我反对，并拒绝接受它的辩解。它以接纳失败者的圣贤自居，又对我们的求助视而不见。它羡慕远处繁华的街市，却再三放任耗子滋生，甚至纵容垃圾茁壮成长。丢在路边的婴儿床，承载过希望，也见证过苦难，如今以梦想破灭的姿势散成一堆废品，整个过程充满了悲怆，饶是如此，埋在废物堆里的铃铛，仍不忘替它的仁善歌功颂德，全然忘了它怂恿的女人已经习惯浪费乳汁，被鞭笞的男人最后都擅长翻脸不认账。这得益于它的处世之道。它知道这里的一砖一瓦、一草一树其实都脆弱无比，即便顽强如人也被生活折磨得性欲尽丧。它也深知，只要稍稍施予甜头，一切便会呈现出自己所期望的模样。然而，它又不认为它们拥有享受幸福的权利，反而以熵增为理由，允许它们逐渐陷入无序与脏乱之中。如此一来，它便可以一边感慨自己受人所累，一边祈祷有更多的人涌进来，最好是天天人声鼎沸，房租日日飞涨。它每天计算着利益得失，对生存与生活的鸿沟置若罔闻，全然忘了人的一生需要梦想与意义。它视小道消息与流言蜚语如珍馐，喜欢对违背自己喜好的事物品头论足，冷嘲热讽更是它的拿手好戏，至于拯救，那是神的事。它不会笨到为了一个人而走到世界的对立面，也不会天真到把爱情当真理，时间赋予它的理智，就是随波逐流，获利至上。我很庆幸，在朱莉还对世界充满幻想时就逃了出去。我们要去追寻幸福。老实说，我根本不知幸福到底是何物，是告别过往，还是迎接未来？是获得，还是失去？是习惯一切，还是对抗所有？是信奉科学，还是回归自我？或许，它根本没有答案。我们所追寻的，正是我们所失去的，而不是从未得到过的。我也终于明白，世界不分内外，地狱也一样。我辜负了朱莉。她渴望的幸福，早已在我爱上她的那刻灰飞烟灭。这是我的罪过。原谅我吧，朱莉。原谅我至今仍无法探知，违背伦理道德的爱情究竟还算不算爱情？不被祝福的人生到底还能不能通往幸福的彼岸？与生俱来的身份还有没有改变的可能？世界充满厄难实则与人有关？获取自由的途径终究只有向上攀爬与手握权力？实现梦想的方式是不是只能卑躬屈膝，甘愿投降？

　　我的追问对狄米拉而言毫无意义，她站在我面前，白得像失忆。她看着我，目光旖旎："所以，你不愿意让我赚你一点钱？"

　　钱，是的。她需要钱，而我需要满足欲望。我们穿过重重夜色，目的不是缅怀过去，不欢而散。在这间冰冷的小房间里，我们存在的意义就是各取所需，然后各安天命。我把手插进口袋，紧紧握住钱夹。我开始后悔拒绝了医院的捐款，哪怕只有几百块，也足让狄米拉如愿以偿。是的，我已经辜负了朱莉，如今不该再令狄米拉失望。我的手指探进钱夹，心里默默数着，一张，两张，三张……一共七张纸币，也许其中有不少是百元大钞。我微微一笑，像熬过了暴风雨的船只，终于在沉没前见到了港口。我掏出钱夹，将里面的纸币抖到桌子上。

只有十七块钱。它们瘫在一起，声音洪亮地控诉着我的贫穷与窘迫。

狄米拉愣了一下，随即哈哈大笑，胸口的两团白肉颤得像白兔。她走过来，抓起桌子上的纸币，一把扬到空中，笑声湿漉漉："浦斯，我的浦斯，没想到我们是同道中人。"

我两眼发直。掏钱夹时，我是那么胸有成竹，如同腰缠万贯。我和朱莉去挑选结婚戒指时，就曾见过这样的人。珠宝店的营业员对我们不冷不热，脸上挂满了不耐烦，就像一张晾晒在竹篙上的渔网，表面沾满腥臭的鱼鳞。朱莉只想挑一对银戒指，几百元就能完事。她知道我们没有多少余钱，我的薪水也撑不起昂贵的浪漫情怀。可我不想亏待她，我看中一款镀金水钻，比银戒指贵好几倍，拉丝的表面看上去亮丽而不耀眼，正适合朱莉雪白的肌肤。

我们僵持不下。她心疼我的钱，我为亏待她而心怀愧疚。营业员索性抛弃我们，满脸殷勤地跑去招呼新来的顾客。一个肥壮男人，手里把玩着一把车钥匙，崭新的西服因为名贵而充满敌意。他大腹便便，仿佛把世间所有自信都装进了肚子。他叫嚷着，催营业员拿来一款最贵的钻戒，看也不看，就从钱夹里掏出一张银行卡。我发现营业员眼里有亮光在闪动，如果我没看错，应该是泪花。朱莉叹了口气，双眼似乎有东西一闪而过，快速而不经意。当时我以为她只是羡慕，直到她坠下楼的那天晚上，我又在她眼里看到了那种东西。住院期间，我在许多病人眼里也看到过，包括霍德尔，特别是医生赏给我牛奶糖时，他们的眼睛闪闪烁烁，像极了萤火虫。

我从不否认我是一个穷人，努力，上进，但依然改变不了落魄的命运。我扫了一眼散落在地上的纸币，告诉狄米拉，我是一个穷人，过去半年，医院一直都是我的家，如今我出院了，身上却没有几个钱，最糟糕的是，我无家可归，很快就要流落街头。

狄米拉止住笑声，弯腰捡起纸币，整理好放回我的钱夹。她微微一笑，似乎毫不介意："浦斯，我说过给你打折，自然不会食言。不过，我在外面战斗了一整天，肚子饿得慌，你要是不介意，我们一起吃碗面，如何？"她不等我回话，就转身走进厨房，衣服也不穿，继续光着身子，在灶台边乒乒乓乓地鼓捣起来。

我想过逃跑。回到街上，回到属于我的夜色中。可我答应过洛基医生，要做一个对别人有用的人，也许我可以帮狄米拉修修桌椅，洗洗碗碟。如果有需要，我还可以帮她把衣服穿上。

可是狄米拉已经烧开水。她拿着一捆面条，一把抽出我，不等我尖叫，便全部下到了水中。我灼痛难耐，身体开始变软，随后蜷缩，很快又抻直，伴随开水的翻腾，久经岁月打磨的皮肉慢慢糯化，生活的残渣余孽随之排出，冒成白色泡沫。火更加凶猛，水沸如兽奔。决心与我共患难的卷心菜后悔莫及，尖叫着要逃出去。突然，我又被狄米拉握在手中，以一双筷子的坚硬，搅动面条，打压卷心菜，阻止面汤黏滞。蒸汽在逃逸，带着我的倔强，全然不顾狄米拉就挡在灯下，全身洁白，如同圣光笼罩。此时此刻，她是神圣的。我放弃挣扎，任由汤水剥夺性命。不过，狄米拉没有毁灭我之意，她施洒植物油，安抚我绝望的心灵，让我心甘情愿服从她的征召。她撒了一汤勺精盐，那是我的灵魂，入水即溶。我重新回到锅里，与灵魂合为一体，在水与火的淬炼中，变得纯粹。也许，这是我走向世界的方式。狄米拉点点头，用筷子夹起我，轻轻咬了一口。我感受到舌尖的柔软，开水带给我的磨难，在唾液的安抚中，渐渐演变成阵阵战栗。它是温暖与愉悦，是久经生活摧残的灵魂终于迎来胜利的曙光，是命运赋予我的幸福在被世界剥夺多年以后又逃回我的生命里，让我相信一切都是值得的，并且充满神性。我的残缺，会以进入她身体的方式得到弥补和完善，最后，我们的生命会融为一体。她把火关掉，像施展魔法一样，往锅中轻轻吹了一口气，混沌散开，世界恢复原状。可是，我非常清楚，剧痛没有消失，反而变得更加厉害，附在面条上的神性与卷心菜的虚弱，也变成了清汤寡水的生活。

"来吧，浦斯，吃完了才有力气干活。"狄米拉狡黠一笑，跪坐于地，身子白灿灿。

她的声音，令我再次相信痛苦与她无关。她有足够的弹药抵御生活，面对苦难，微笑更是她坚厚无比的城墙。可是，我深知她没有武器。在人生的战场上，她只能防御，无法进攻，更无法改变结局。最后，就算她高举白旗，生活的战车依旧会从她身上碾轧而过。

我很好奇，她为何会走上这条注定坎坷不平的道路。相比贫困与爱情，我更希望她是因为悲剧而不是单纯的好逸恶劳，最好是父母的抛弃迫使她必须献祭肉体来拯救自己。我注意到她有一根白发，那是命运的痕迹。它夹在满头秀发中，就像一道伤口。除此之外，她的秀发再无一丝瑕疵。它柔顺如水，清香阵阵，不是美酒，却有使人失去理智的魔力。相比她的身体，我更想伸手去抚摸它，使劲吸嗅它的芳香，尽情享受它覆盖在脸上的挑逗。

"事实上，我从小的愿望就是开一家面馆，我有手艺。"狄米拉一脸骄傲。

我相信她没有信口雌黄。梦想令人骄傲，此时此刻，她即便委身于尘埃，也如宝石般璀璨。如她所言，她的厨艺不赖，虽然只是一碗面条，却做得美味无穷。我感到万分抱歉。这是她用身体赚来的劳动成果，而我来到这里，目的也是为了消费她的肉体。现在，我要两者皆夺，并且给不了她应得的费用。这是我的罪过。我唯有饱含深情地赞美她，真是人间美味，就算把全世界的厨师加起来，也不如她煮一根面条的分量。

"真的？"

"千真万确。"我认真地点点头，"像你这样的厨艺，本应被独享，而不是叫所有人都能尝一尝。"

"独享可不行，我需要钱。"狄米拉灿烂一笑，似乎第一次听到别人赞扬她的厨艺。也许每次带客人回来，她听到的赞叹都与床上功夫有关。老实说，相比她的厨艺，她在床上的表现只能说马马虎虎。也许是因为刚刚撑饱肚子的缘故，当我进入她的身体，她立刻打了个饱嗝，一股食物的酸臭味迎面扑来，使我性趣大减。

狄米拉道了声抱歉，转眼间又放声大笑，浑身颤动，像一条离岸的鱼。

我突然意识到，给别人带来快乐，是一件容易并且幸福的事。生活何其艰难，唯有诚心相伴，才能抵御命运带来的狂风暴雨。我们在愉快中结束了一场身体对弈。我告诉狄米拉，今夜所有男人都会羡慕我。狄米拉笑得像聚焦在舞台中央的闪光灯，双腿紧紧夹着我："浦斯，你会留下来吗？"她蜷缩在我怀里，像一只蝉蛹。

"可以吗？"

"我看可以。"狄米拉翻过来，趴到我身上。

我没有问她为什么。不是所有事情都适合刨根问底，她叫我留下来，总有她的理由，也许是可怜我，担心我回到街上自寻短见。也许，她需要一个人的陪伴。在陌生的城市里，孤单总会令人难以忍受。在经历漫漫长夜后，不是所有人都能忍受清晨醒来时的冷寂，被窗户困了一整夜的空气，浑浊而窒闷，像一口咳不出来的淤血。

"浦斯？"

"嗯。"

"浦斯，叫我名字吧。"

"狄米拉。"

"再叫。"

"狄米拉。"

"再大声点。"

"狄米拉，狄米拉，狄米拉。"

"是我，是我，我就是狄米拉，你要找的狄米拉。"

我们紧紧抱在一起，身体与身体之间，不留一丝缝隙。生活被我们排挤在外，化成了一阵阵猫叫。

夜，似乎不再黏稠得无法呼吸。

"浦斯，如果我说，一切都是我自愿的，你信吗？"

我不置可否。她已经暴露太多，不管是身体还是灵魂。

此时此刻，真与假，已经不重要。

"我也不信。"狄米拉看着天花板，"他们给我两个选择，要么卖身，要么卖肾。"

"他们？"

"我亲爱的爸妈。"

"为什么？"

"他们的儿子想要买车。"

"你可以不听他们的。"

"所以我逃出来了。"狄米拉用脸摩擦我的脖子，"浦斯，可以赞美我吗？"

"你应该拥有整个世界，而不是被世界抛弃。"

"唉，这算什么赞美呢。"

"你就像一声蝉鸣。"

"太敷衍了吧？"

"你就像一声蝉鸣。"我抚摸着她光滑的脊背，心里无比坚定，"我住过的疗养院外面，有一棵相思树，每到夏天，雄蝉就会叫得震天动地。院长不胜忧烦，命人砍掉了大树，改种夜来香。有一天夜里，我记得，断电了，天气炎热，所有病人都嗷嗷大叫，根本不愿入睡。我好像吃了药，躺在床上，静悄悄如一具尸体。我突然意识到，没有人关心我的死活，而像我这样的人，这个世界上绝不会仅有一个，还有更多被遗忘的人，在悄悄死去，仿佛不曾存在过。"

"生活总是这么残酷。"狄米拉用一声叹息回应我。

"后来，我听见一声蝉鸣。你知道的，当一个人在夜里无法入睡时，听觉总会变得异常灵敏。我非常清楚，我所听到的，就是一声蝉鸣。刚开始隐隐约约，像是在试探。我想起被砍掉的相思树，心中突然疼痛起来，不是为自己，而是为了那只蝉。它潜伏地底数年，几经磨难才羽化飞空，可是等待它的不是一棵遮天蔽日的大树，而是庸俗的夜来香，还有漫天冰凉的月光。它的叫声越来越响亮，满怀期待又信心满满。我知道，它在呼唤自己冥冥中的爱人。没有蝉声回应，热如岩浆的夜色中，只有病人的鬼哭狼嚎。那只蝉还在叫，整整一夜，矢志不渝，又充满悲怆，就像迷路的小孩在坟场里游荡。我很想告诉它，别叫了，没有蝉会来的，飞走吧，飞去别的地方，说不定还能找到真爱。突然，我想到自己，多么像啊。一个在里面，一个在外面，可是自由都与我们无关，毕生之中，我们被命运囚禁着，即便逃脱出去，还有世界这个大牢笼等着我们。意识到自己不再是孤苦伶仃的一个，我的心情瞬间好转，即便无法彻底快乐起来，也不再是万念俱灰。"

我们沉默了一会儿。狄米拉用指尖在我胸口上画圈圈："浦斯，我们都是无路可走的人，不过再绝望，我们也要活下去，对不？"

我备受鼓舞。我之所以能离开医院，正是因为我有一颗活下去的心。我将狄米拉压在身下，问道："可以吗？"

狄米拉被我的情绪感染。她扭动腰肢迎合我，鼓励我深入她体内，与她一起迎接生命的高潮，一起抵御黑夜的寂寞与寒冷。

我们的缠绵就像一根毛线，柔软而绵长。它在钢针的牵引下，可以织成御寒的毛衣、围巾、袜子、手套，只要我们愿意，它可以成为我们身体的一部分。它可以保护我们，这样我们就不会暴露在世人面前，暴露在世俗的寒风之中。当我走在街上，看见一个老人坐在屋檐下，手里的钢针牵引着毛线，我甚至想，这就是生活。

我朝峨笛游乐园走去，一个人。狄米拉没有等我醒来就出门觅活了。她给我留下一张便笺，欢迎我在家等她。我喜欢她写"家"字时的专注与力度，一笔一画，工整而力透纸背，仿佛注入了她一生的气力。说来遗憾，朱莉从不给我留便笺，她一直在家等我，极少出门，即使出门，也常常与我相伴。她说在家等我时，轻快而温柔，有时候，"家"字的发音她会一语带过，话音传到我耳朵里，"我在家等你"，就会缩减成"我等你"。也许是由于我们没有房子的缘故，我们只有爱，只有婚姻，却没有家。

我希望他们把朱莉葬在坟墓里，而不是送去火化。她在泉下若知道自己去世后还有片瓦遮头，一定会开怀大笑。她也许会忍不住喊道："浦斯，亲爱的，快来，我们有房子了，我们有家了。"想起朱莉，我加快脚步，找到霍德尔的东西后，也许还有时间去公墓看看，幸运的话，说不定还能找到她的坟茔。

与坟场的死气沉沉不一样，峨笛游乐园像一锅烧开的油汤，还未见到踪影就已远远闻到鼎沸的喧闹声。它坐落在城郊，四周绿树成荫，清风和畅，检票门前刨开了一个宽敞的喷泉广场，水声哗哗，人流如织，一种过节的喜悦气氛飘浮在广场上空，如同一个大锅盖。我在人群中挤来挤去，好不容易来到检票口，检票员告诉我，储物柜设在广场右边的一座平房里。

我推开玻璃门，林立的储物柜使我想起电影里出现的骨灰盒存放架。每一个柜屉里都存放着一段故事，一段平凡或者伟大的人生。我找到霍德尔说的储物柜，1008号，恰好是我们的病房号码。插进钥匙时，我迟疑了片刻，仿佛存放在柜屉里的是一个定时炸弹。

最好是钱。我打开柜门时心里一直在暗暗祈祷。我需要一笔钱，我曾经欠了朱莉许多，眼下我又欠了狄米拉。逝者难还，生者必偿。我不能等到狄米拉去世后，再来追悔和自怨自艾。

然而，柜屉里空荡荡的，只有一张照片。我浑身战栗，久久不敢动。霍德尔说要送我的礼物，难道是朱莉的照片？我满怀期待。与狄米拉共处一室后，我更加渴望忆起朱莉的容貌。我不希望她去世以后，这个世界上就再也没有一丝她的痕迹，就好像她从来没有活过一样。我愿意永远牵念她，做她在这个世界上存在过的证人。

我拿起照片，霍德尔，西装笔挺的霍德尔，正在相片里笑，满脸春风得意。我没有怒火中烧，也没有撕掉相片。我回到广场上，回到人声鼎沸的阳光里，仔细端详相片。一个身穿紫罗兰颜色裙子的长发女子，站在霍德尔身边，面如桃花，朱唇轻抿，似乎有说不完的情话要找人倾诉。我想女人一定是霍德尔的妻子，他搂着她的纤腰，目光坚韧，满脸柔情。在他们身前，一个十岁左右的小女孩坐在白色椅子上，模样憨厚可爱，仿佛一只春天的小白兔。

在医院里，我和霍德尔多次聊起过往事，每次谈及妻女，霍德尔总会嗷嗷大叫，用头撞击墙壁，如果医生和护士没有及时赶来制止，他会一直撞下去，直到鲜血迸射。没有人愿意谈起霍德尔的妻女，这是一个谜，就像我一直想不起朱莉为什么会坠楼身亡一样。

往事太沉重，压得我无法继续站在阳光下。倘若还在医院，洛基医生会遣护士送我回病房，喂我几粒红色药丸。现在，一切只能依靠自己了。我挑了张大理石条凳坐下，眼前的广场熙熙攘攘，人们不辞舟车劳累，赶来游乐园寻找快乐，重温小时候对幸福的简单定义。生活中有太多不如意，使他们心蒙尘埃，喘不过气。他们来寻觅片刻欢愉，远远看到游乐园几个字，就立刻像中了彩票一样，笑容荡漾。人群之中，不乏有头有脸之人，他们拖家带口，穿着体面，看上去比常人优越，脸上的期待，却让他们和俗人无异。

检票口排起了一队长龙，人们引颈企盼，仿佛幸福就在闸门之后。他们付钱买门票时，眼睛没有多眨一下，想必事关幸福，花再多的钱也乐意。我衷心祝愿他们没有白花钱，希望他们花钱就能买到快乐和幸福。不过，这令我想起赌场：有人空手进去，满载而归；有人带着钱而来，却背着惆怅离去；还有人空手来空手去，什么也带不走；只有开赌场的人，永远是赢家。

关于幸福，我住进医院后，洛基医生就问过我："你的婚姻幸福吗？"我的回答毋庸置疑："幸福！"我没有必要扯谎来应付他。从邻居对我们的咒骂就可以看出来，我们的婚姻让大家既羡慕又嫉妒。我们收入低微，生活却过得红红火火。在他们眼里，贫贱夫妻应该百事哀，每天不为柴米油盐吵架，就必须为羡慕他人的富裕大打出手。这一点，我要感谢朱莉。虽然没有上过几天学，但她过日子的能力可谓天赋异禀。如果我的收入再高一些，最好和楼下开出租车的马遇持平，我们的生活会过得更加称心如意。她从不在清晨出去买菜，"早上的肉菜虽然新鲜，不过档主刚打开门做生意，满脑子都是如何提升营业额，最好是能超过昨天，哪怕是一毛钱，他们也乐意。这个时候，他们就会斤斤计较，显得特别吝啬和讨厌。也别挑傍晚的时候去菜市场，四周灰蒙蒙的，不仅买不到好肉好菜，还常常短斤缺两。买菜最好的时间，是中午，人少心畅，档主们经过一个上午的拼斗，这一天能赚多少钱，他们已经心中有数，没了增收压力，这个时候，他们会豪气冲天，不仅不嫌弃你挑三拣四，还常常顺手送你几棵葱，如果你恰好没有零钱，他们也会爽快地笑一笑，帮你把零头省掉。"

朱莉喜欢教我一些省钱之道，诸如用淘米剩下的水清洗蔬菜，将肉摊卖不完的五花肉买回来做腊肉，用穿烂的衣服做拖把……她还喜欢帮我剪头发，用一把钝了再磨锋利的剪刀，帮我理一个罗依·克劳宁初遇玛拉时的发型。《魂断蓝桥》是朱莉最爱的电影，每逢电影院放映，她总会在梳妆台前待上半天，轻轻哼着罗依·克劳宁向玛拉倾吐爱意时的华尔兹舞曲，描眉，扑粉，涂口红，喷香水，每一个步骤都显得称心如意。

放这种老电影的影院或多或少都面临着经营压力，它们躲在不为人知的冷街窄巷，霓虹灯在风中闪烁不定，嘶嘶乱响，似乎随时都可能熄灭。售票员昏昏欲睡，像一只年老体衰的病猫。接过票钱时，她的眼睛亮了一下，转瞬间又暗了下去。她把电影票甩给我们，哈欠连连，仿佛那张纸票有千斤重。

朱莉挽着我，嫣然浅笑。她朝我眨眨眼，不许我生气动怒。朱莉素不与人争执，即便有人指着她的鼻子骂她不要脸，她也只是笑笑，转身离去。像合上棺材盖。只有他们咒骂我时，她才涨红了脸，浑身哆哆嗦嗦："你，你，你们……太过分了。"她站在肥胖得太阳一晒就会渗出油来的马遇夫人面前，找不到一句可以让她舒舒服服骂出去的脏话。

马遇夫人可比朱莉厉害千百倍。她一手叉腰，一手指着朱莉，肥胖与短发已经让她失去性别："小骚货，你嚷什么嚷？你要是身子痒了，我们家马遇可以给你挠挠，他的功夫比你家浦斯不知高出了几层楼，只要他的手指头碰一碰，你这只小狐狸绝对水流成河。到那个时候，你就再也记不起你的男人是浦斯，还是螺丝了。你会乐得嗷嗷乱叫，爽得不愿下床。"马遇夫人像抽粪车一样骂个不停，越骂越来劲，越骂越得意，周围聚满了看热闹的人，他们听得津津有味，既不同情朱莉，也不认为马遇夫人无理。也许，从穿着和体型上看，马遇夫人更像达官显贵，她脸色红润，浑身肥肉，身上的碎花裙看上去价格不菲，也许花了马遇一个月薪水。朱莉在马遇夫人面前，就像一个营养不良的小女孩，唯一叫人嫉妒的就是年轻貌美，可这也恰好成了她的道德缺陷。"再美的女人也要躺倒在男人身下，你甩什么脸子，怕别人不知道你需要男人？"马遇夫人死死揪着它不放，像凶残的鬣狗发现了落单的梅花鹿，不见血誓不罢休。

下班回来，我远远就听见马遇夫人像咀嚼玻璃碎片一样的声音。我捡起一块青砖，朝她走去。朱莉转过身，泪光闪闪，她一定早就在心里祈祷我出现，祈祷我把她从马遇夫人的骂声里救出来。我听见了心碎的声音，就像海水涨潮。我扬起青砖，砸向马遇夫人。围观的路人哄一声散成一个两丈宽的包围圈，像买了门票一样，继续等待好戏上演。他们期待我将事情闹大，最好惹来警察和大批记者围观报道，如此他们就可以拍下几张照片，回去跟亲朋好友炫耀"当时就在现场"的荣誉。倘若马遇夫人趁机扯破朱莉的丝裙，令她露出雪白的胴体，他们更会心满意足。

朱莉抱住我，从我手中抢走青砖，泪水从她脸颊滑落，打在我手上，冰冷刺骨。"浦斯，我们走，我没事。"她哭着说。

马遇夫人猜到我不敢砸她，满脸得意："哟，我以为谁来了，原来是浦斯先生。你呀，赶紧带这个小浪货回去调教调教，省得我们家马遇白费力气。"路人的喝彩使马遇夫人愈加放肆，她舔了舔肥厚的嘴唇，继续唱道："你瞪着我干吗？想砸死我？来来来，砸这里。"她挺着肥大的胸膛，没有挪动脚步。

该死的大肥鹅。

我不顾朱莉阻拦，一脚踹倒马遇夫人。

"杀人了，杀人了！"马遇夫人在地上扭来滚去，像一只四脚朝天的大海龟。

我从朱莉手里抢回青砖，走到马遇夫人身边，我要砸死她。

"浦斯，你坐牢了我怎么办？"朱莉抱住我，泪水濡湿了我的脖子。

我不能扔下朱莉一个人。她孤零零，只会任人欺负。我也不能放过马遇夫人，这个满嘴喷粪的刁妇，我必须给她点颜色看看，我的朱莉不是她想骂就能骂的人。我握紧青砖，狠狠砸向自己的脑袋，鲜血迸射而出，溅到朱莉因为恐惧而扭曲的脸上。

"你若再欺负她，这就是你的下场。"我尝到了血腥味。我想，人穷身贱，大抵说的就是我们。

马遇夫人不再号叫。她爬起来，抖掉碎花裙上的尘土，走到一个她认为安全的地方后，回头骂了句："穷鬼，疯子，全都是疯子。"

比起疯子这个外号，我更恨她骂我窝囊废、吝啬鬼。我想她一定到处传唱我是如何疯癫吝啬的："连放出的屁都只想自己闻""甚至连女儿都想自己娶来放家里"，听到这些闲言碎语，我只想找块砖头砸死她。不过疯子二字从朱莉嘴里说出时，我竟万分受用。"亲爱的疯子，你打算给我什么惊喜呢？"她双手吊在我的脖子上，双腿弯曲，向后翘起。

我没有去工厂，昨天我就向主管请了一天假，填请假条时，我在"理由"的方框里写下：陪妻子过生日。主管拿着请假条，难以抉择的表情似乎在埋怨我给他出了一道世界难题。这种表情，在办事人员脸上常常出现。当我们排完长长的队伍，将申请表放进窗口，他们就会满脸焦虑，仿佛我们递过去的是法院的判决书和催债单。主管看了我一眼，似乎在掂量我值不值得享受假期。我挺起胸膛，接受他的质疑和盘查。自打入职以来，我天天站在传送带旁边，将一条条沙丁鱼塞进装满防腐剂的铁罐里，从不犯错。我兢兢业业，对每一条死鱼都饱含深情，仿佛对待自己的人生，每一次装罐都极其虔诚，如同装殓梦想。我甚至羡慕它们，生前可以拥有广阔，死后还能有所归属。它们存在的意义已经不是一个定价标签所能限定，无论最后果腹何人，无论有没有人悲悯它们是否失去了家人，是否已经实现了梦想，是否愿意走向死亡。我想，若不是它们前仆后继舍弃大海，放弃生命，我的生活会更加艰难，也许连一个小礼物都买不起。

我在安宁街的首饰店挑了一条嵌着月牙形翡翠的银手链，作为生日礼物，我还查到贡露影院放映《魂断蓝桥》。和所有老影院一样，贡露影院摇摇欲坠，像一个饥寒交迫的乞丐。放映室只有五六排座椅，还不如豪华购物商场里的洗手间一半大。朱莉对破旧不堪的环境毫不在意，她眼里只有爱情，只有罗依和玛拉的生死绝恋。

当玛拉再次在电影里撞车身亡，朱莉热泪盈眶，潮湿的左手紧紧抓住我的右手。我吻了吻她，说道："我爱过你，就再也没有爱过别人。"朱莉转泣为喜，拉着我的手凑到唇边，轻轻吻了吻："浦斯，我也爱你。"她的声音像涂了一层奶油，柔软而香甜。

我找出手链，戴到她的手腕上。"我们生个孩子吧。"我在屏幕滚动字幕时，吻住她潮湿的双唇。朱莉哭了。她将脑袋靠到我肩膀上，我的泪水也夺眶而出。

听到我的哭声，人们满脸惊诧。我没有理会他们。朱莉已经死了，难道还不允许我为她伤心落泪？住院时，我常常这样干，想起她就哭，越哭就越想她。现在，我自由了，再也没有人有权力决定我能不能哭，能不能想朱莉了。

朱莉一直希望来峨笛游乐园走走看看，如今我来了，她却不知在何处。这是我的错。我幻想她出现在检票口，倩丽的背影像宝石一样闪闪发光。她会依偎在我身边，两眼盯着闸门，就像盯着罗依和玛拉在电影里翩翩起舞。

检票口前的人龙似乎从来没有动过，等待成了他们唯一可以做的事。要是霍德尔在，他会说，不，浦斯，人一直在变，你没看到穿红裙的小女孩吗？戴蝴蝶结的小女孩，她不见了。她原先站立的位置，被一个满脸胡须的男人占领了。我也许会往他所指的地方望去，同时为小女孩的消失感到无比遗憾。我应该多看她几眼，好好记住她的模样，好让她在我心里多活一会儿。现在，她在我心里死了。这个事实，使我的心像蛀牙一样突然疼痛起来。

我忍着疼痛，看向停车场，挤在一起的汽车在阳光下闪闪发光，就像一群鱼。我很好奇，世界是否就停在车轮上，发动机越是咆哮，越是证明人生无从选择？没有人给我答案。我环顾四周，发现我不是唯一坐下来休息的人。那些游客像兀鹰一样栖在石凳上，身体的每一个细胞都在贪婪地吸收阳光，倒映在地面的身影，像极了生活的阴暗面。他们面露疲态，目光却充满期待。他们因为有所求，而与四周的非凡热闹融为一体。只有我格格不入，好像生活从未在我身上发生过。我拿着霍德尔的照片，假想自己在等人。他的妻子和女儿，也许还活着，也许会来这里，向我询问他的近况。这是一个适合诉说悲伤的地方，盛大而喧闹的气氛，会像潮水一样冲散苦难，让闪闪发光的幸福留在人生沙滩上。在这里，阳光和温暖是免费的，注视人间百态，也无须买票。石凳下躺着一个饮料瓶，我踩扁它，然后投进垃圾桶，如同扔掉自己。我活在一个堆满垃圾的世界里，不可否认，我也是垃圾的一部分。被抛弃的破鞋曾经抵达过无数终点，空荡荡的塑料袋曾经装过收获与幸福，以洁净为傲的面巾如今脏得想自尽，赋予过树木生命的落叶还在感慨过去的荣光，渡人以欢乐的门票现在不得不以残缺的躯体渡己，嚼过的口香糖根本没想过柔软与甜蜜会离它而去，连同食物的残渣也在大声悲呼自己成了生活的余孽。它们质疑我的到来是否太完美，西服笔挺，头发整齐，看上去踌躇满志。我隐藏灵魂，不与它们争执。风又把我吹向半空，脚下的峨笛游乐园晃晃荡荡，它向所有人贩卖欢乐，自己却显得大而无当，郁郁寡欢，暴露在阳光下的钢铁器官散发着不可名状的愤懑与疲惫，仿佛风一吹就碎。我继续向高空飘去，轻盈闪亮，飘在四周的泡泡嘻嘻哈哈，舞着脚步欢迎我到来。我们随心所欲地唱着歌，准确而言，它只是一段从不存在的旋律，也许有人曾经哼过，也许我们刚刚创造了历史。越来越多的泡泡加入我们，歌声杂乱无章，但意义非凡，它在向世人宣告，只要我们抛弃世界，世界就会对我们束手无策。有泡泡在尖叫，我们听不到。在自由的天空中，我们的耳朵从不聆听他人。我发现身体更加透明，一股无形的力量让我感到呼吸困难，凝目四顾，尖叫声此起彼伏，撞向天壁的泡泡，一个接一个，就像鸡蛋一样噼啪炸开。我恍然大悟，即便是泡泡，也和人一样有宿命。毁灭是永恒的，能逃脱一死的只有死亡本身。我感到一阵剧痛，身体破碎，连同梦想一起灰飞烟灭。坐在石凳上的我，再次成为我的存在，就像口袋里的镜子，透过它，便能照见自己。我试着思考，究竟怎样的人生才算自由，是不必拘束于伦理道德，还是无须在意世人的眼光，更不用在乎痛苦与幸福？一个老人从人群中走出来，满脸皱纹，就像一枚桃核。他看了我一眼，显然，他给不了我答案。他穿着只有过节时才舍得穿的衣服，适合拜门而不宜出游。他小心翼翼地捧着一桶爆米花和一杯可乐，脚步如探雷，目光里却荡漾着暖暖的宠爱。他努力让脚步看不出年龄，甚至把腰杆挺得比拉链还直。我知道，他早已失去坐在过山车上尖叫的权利，今天，或者直至他生命的最后一刻，他都只能当一名陪同者，负责拎包赔笑和购买垃圾食品，还有承包子孙后代的责备与无视。至于他为什么还兴高采烈，乐此不疲，无非是他还活着，被家人需要，这已然是他存在的唯一意义。我羡慕他。而眼下还需要我的，就只有对朱莉的思念了。

我听见有人在喊我，声音如不知何时丢失的纽扣。我举目四顾，没有看到一个熟悉的人向我走来。

也许是狄米拉。我心里默默念着她的名字，狄米拉，狄米拉。希望是狄米拉。我想掏出镜子，照照四周，也许它能给我答案。

"伙计，没想到你还活着。"有人在拍我的肩膀。

我认不出他是谁。阳光晃得我睁不开眼。再说，他的开场白令我极度不悦。我若死了，谁来思念朱莉？谁来告诉狄米拉我没有落荒而逃？我不想搜肠刮肚去回忆一个令我不悦的人，反正我已经忘了他，这也证明他于我没有任何意义。一坨回忆的排泄物。

"马遇，开出租车的马遇。"他在阳光下摆出转动方向盘的姿势，瘦削的身体发出一声脆响，仿佛最后一点脂肪正在被太阳烤炸。

马遇，原来是马遇，他曾经帮过朱莉修水龙头，他的妻子曾在大庭广众之下辱骂过朱莉。我还想起，大家叫她马遇夫人，不是出于尊敬，而是因为没有人知道她的名字，估计连马遇也忘了她还是一个女人。有那么一瞬间，我竟庆幸朱莉在最美丽的时候去世了。若不然，我真担心她会变成马遇夫人的模样，肥胖，势利，指甲里永远藏着油乎乎的污垢，嘴巴就像忘关的水龙头，滔滔不绝，就连蚊子打眼前飞过也能让她唠叨一整日。

　　"伙计，我们常常谈起你。"马遇在条凳上坐下。生活的残酷在他身上体现得淋漓尽致。半年前，他的健硕常常令我猜忌他床上功夫了得，我甚至怀疑所有女人都会感慨以他的体魄去开出租车简直是暴殄天物，包括朱莉。如今他正在以丧失人生梦想的方式老去，精心打理的络腮胡子已经毁尸灭迹，沧桑的脸庞经阳光照射更显得人生无望，如同撕下的脚皮。他看着我，点点头，仿佛在找回我的第一印象："是的，我们都很想你。"

　　我笑了笑，没有人会想我。除了朱莉。也许还有狄米拉。我看见马遇身边站着一个女孩，头戴白蓝色棒球帽，身着靛蓝色吊带牛仔裙，年龄不过十五六岁，面如浮冰，颈如丝绸。一个身体正在发生巨变的女孩，仿佛世间所有春天都塞进了她的胸膛。她肆无忌惮地瞪了我一眼，红润的双唇似乎随时会蹦出一句粗口。

"马丽,我女儿,今天正好有空,带她出来玩玩。"马遇拉着马丽,让她叫我叔叔。

马丽甩开马遇的大手,满脸不悦。毋庸讳言,她已经过了靠叫叔叔领糖吃的年龄。当她在昏昏欲睡的课堂发现胸口胀痒难耐,当她躲在浴室里,肆无忌惮地享受指尖划过胸脯激发的闪电时,就已经不再需要糖果了。眼下她需要的是化妆品和香烟,还有逃课。她可能还需要一点点勇气,只要一片口香糖大小的勇气,就可以和暗恋的男生在树林里偷吃禁果。如果她还没有将身体乐园的第一张门票送给别人。

马遇夫人也许会发现马丽藏在背包里的安全套,然后暴跳如雷,扯着马丽的头发,甩她一巴掌,逼迫她承认,是不是背着他们夫妻俩做了丢人现眼的事。马丽也许会将自己活埋在摇滚乐里,用不屑一顾的态度彻底惹怒马遇夫人。她会遭到生平第一次禁闭,在堆满汽车零件的杂物间里,马遇夫人欲哭无泪的吼骂声,像过期的阿司匹林。

马遇回到家,立马遭到妻子一顿臭骂。他会走进杂物间,发现马丽歪在角落里,耳机里的摇滚音乐将使他想起曾经强吻过的邻家女孩。他不会叫醒马丽,而是心生惆怅,暗暗感慨曾经老爱叫他帮忙擦屁股的小女孩,如今已经长大成人。也许过不了多久,他就再也不能碰她一下。他会伸出手,摸一摸她的脸颊,这时马丽会醒过来。父女俩将会如同石头一样僵持着,谁也不想开口说话。

马遇夫人还在絮絮叨叨，从女大不中留念叨到今天的土豆价格又涨了一毛钱，从世风日下嘟囔到她年轻的时候连马遇的手都不敢牵，很快她就会追悔嫁给马遇，要是嫁给一个有钱人就不会半生潦倒，也不会生下一个不知廉耻的女儿。在她开始抱怨房租太贵时，她会走进厨房，一边谩骂房东是蝗虫，一边鼓捣锅碗瓢盆，像一只忙着织网捕食的蜘蛛。马遇会忍不住想冲出去，甩她两巴掌，好让她闭上臭烘烘的嘴巴。他会站起来，朝房门走去。

马丽会说："别打她。"

马遇会挤出一脸笑容，并许诺带马丽去游乐园。他没有忘记，去峨笛游乐园游玩一直是马丽的心愿。他以为马丽会兴高采烈，却不知道过去的小女孩已经溺死在月经初潮里，如今躺在他面前的不仅是他的女儿，还是一个皮肤白皙、发育良好的女人。她就像一份邮差刚刚送来的报纸，尽管散发着油墨的清新，但过去已成定局，世界浓缩在里面，显得毫无意义。马丽将为明天的父女关系修复之行辗转反侧，她可不想陪在马遇身边，像一对贴着"父女"标签的木偶，任人观赏看热闹。她不止一次遐想过父母身亡，尤其是马遇载着妻子去探亲后，她总会听到一阵阵若有似无的电话铃声，无论她是在照镜子，抑或是倒在床上听音乐，搁在茶几上的无绳电话机似乎随时会响起圆梦铃声。她甚至赤着脚，拿起话筒喊了几声，以便确保她没有错过期待已久的电话——一个操着外地口音，语气悲伤的人会在电话里告诉她："孩子，很抱歉，你父母发生了车祸，很不幸，他们没有逃过一劫。"

马丽一直都不会等到这个带着喜剧色彩的噩耗，独享整间房子和操办一场周末派对的愿望也就一直不会有机会实现。她向学校篮球队队长表白的愿望也将彻底落空。她也许计划在派对的最高潮，当朋友们喝得东歪西倒时，她会拉着他跑进卧室，在他面前，脱下马遇夫人年轻时最喜欢穿的抹胸红裙。

这个时刻，她也许在脑海里演绎了无数次，被马遇夫人拿走的安全套，也许就是为了这神圣一刻准备的。现在一切化为乌有了，她感到无比惆怅，朋友们会继续耻笑她是个老处女，白活了十五年。这一切都怪父母。如果他们遇上车祸死掉，她就可以肆无忌惮地畅享青春了。想到明天还要去游乐园，她脱光衣服，全身暴露在夜色中，任由夜风侵犯。她，美丽的马丽，情愿患上重感冒，也不愿陪在父亲左右。

眼下，她等待的病毒正在发起攻势。她向我伸出手，突然打了个喷嚏，唾沫星子飞到我脸上，有点冰凉。

我碰了碰她的指尖，等待马遇开口说话。

"伙计，我向你道歉，你知道的，我老婆喜欢嚼舌根。"马遇说。

我有点失望。如果马遇责怪马丽，我大可以微微一笑，拉住马丽的手，示意她别害怕。我会对马遇说："小女孩，懂礼数太多反而不是好事。"

马丽哼了一声："她什么时候说过好话，嘴巴臭得像粪坑。"在她这样的年龄，耻笑父母和痴迷潮流明星同样重要。当然，她一定听到父母用无奈和绝望的语气谈论过："她是一个平庸的女孩，除了容貌还过得去，身上再无一丁点能够改变命运的才智。"她不认为这是否定，或者批判。平庸有什么不好呢，没有平庸，伟大还有何意义？望女成凤，不过是他们无法接受自己一事无成罢了。她乐于让他们失望，并且想方设法叫他们因为失望而心生冷漠和蔑视，唯有如此，她才能尽早挣脱藩篱，义无反顾地把自己献给爱情。我无法提醒她，青春总是愚蠢的，特别是牵扯到爱情的时候。至于男人，他们生来就是猎手，他们追求快感远胜于追求梦想，面对女人，他们要么急于脱衣服，要么一心想着摔门而去。她故意咳了两声，扯扯领口，仿佛要解救胸腔，让它回归到大自然的怀抱。她知道阳光在什么地方，并任它穿过双腿，像一颗子弹，轰地一声击中我的心脏。我想起朱莉。她镶嵌在蓝天下的形象，曾让我浑身抖颤。在我住进医院的前一天，持续多日的阴雨像伤口一样痊愈了，天空万里无云，处处洋溢着节日的气息。朱莉站在窗前，白灿灿的阳光倾洒下来，连空气中的尘埃也失去了藏身之处。我屏声敛息，唯恐朱莉受惊飞走，飞进阳光白晃晃的蓝天，剩我一人跪在空荡荡的房子里，祈祷天使再返人间。

马遇摇摇头："这就是教训，伙计，儿女大了总会令父母失望。"他也许在追悔没有关心过马丽，在她最需要父亲的时候，他正开着出租车四处招揽顾客。他把所有心思都交给了提供车费的乘客，只留给马丽一个陌生的背影。他希望与马丽重修旧好，希望马丽还像小时候一样猴到他身上，把手插进口袋翻找糖果。也许他的口袋里，此刻正藏着一颗五彩棒棒糖。

马丽抿嘴一笑，重新向我伸出手。我拍了拍马遇的肩膀，假装没有看到她的示好。马丽哼了一声，用充满挑衅的声音说："我看是你们对自己失望吧。"她捡走落在我头上的一片相思树叶，放到鼻子前用力闻了闻。

马遇眼里闪过一丝敌意："这个世界，没有人不对自己失望。"他猛地站起来，仿佛我要抢劫他，满脸戒备地抓住马丽的手，快步朝人群涌动的检票口走去。闸门打开了，人群潮水一样涌进游乐园，散成一条条支流，一朵朵浪花，漂向他们的理想之所，欢乐之地。"浦斯，你还等什么？"马遇朝我喊话，即便他没有和我同行的心思，声音依旧听起来像刚刚打好的棉花糖，肥大诱人，充满分量。过不了多久，马丽新结识的男朋友就会被这种声音迷惑。

马丽朝我回过头，闪烁的眼睛宛如月光照亮的井口。我听到回忆的木桶在掉落，伴随粼粼波光，朱莉的脸一闪一晃，像极了马丽手中的相思树叶。我想起霍德尔的照片。我看见照片里的女孩穿上我从永丰镇买回来的绸面黑裙，缓缓走向落日吞噬的巷口。我关上门，像把潮水还给沙漠。我追向她，脚步坚定。我喊着她的名字，声音在曲折的巷子里忽明忽暗，一个个窗户冷漠地注视着我的幸福，如同我人生的航船正在冲向暴风雨。我停下来，看向一扇正在打开的门，一个满头蚯蚓的女人站在晨光中，手里的香烟就像一把枪。我一动不动，任凭岁月的潮水从身上轰隆冲过。"浦斯，你还等什么？"她回眸一笑，宛如鱼线颤动。

我掏出洛基医生的镜子，照了照自己。

阳光白晃晃，像屠夫在洗手。我愣在人群中，泪水猛地夺眶而出。

无声

告白

朱莉去世后，林颂请我去参加她的募捐晚会。当时天空正下着雨，安宁街一片冷冰。我挡在门口，想起不久前，朱莉曾站在月光中，身影模糊，犹如浸在水中的纸。

　　"告诉他们，我没有资格去。"

　　"怎么会呢，我们都知道你帮过她。"

　　"所以？"

　　"你不来我们会非常遗憾的。"

　　"遗憾？不好意思，你们凭什么遗憾？"我用力甩上门，抓起靠在墙边的雨伞，气冲冲地往西西弗斯酒馆走去。林颂没有追上来。他开车兜了一圈再迎面从我身旁冲过，喇叭忿忿不平地咆哮了一声。我没有回头，继续往酒馆走。人生的遗憾总和回头相关。回头看路过的行人，从而错过等待已久的巴士；回头审视自己走过的路，做过的事，继而失去前行的勇气；回头再向妻子道歉，可是她已经填好离婚协议书；回头再带女儿去游乐园玩，孰料她已经认另一个男人做父亲；回头再挑一个时间回家看望父母，然而他们已经离开人世；回头再来，生活依然无法预料，想得到的依旧得不到，不该丧失的又一次丧失，随着爱人的离去，生命变得毫无意义，谈论自己的生死就好像说起一只蚂蚁；回头再来，历史会重演，时间会继续向前，命运的列车会继续飞驰在原来的轨道上，我会从洗浴馆回来，马丽不在，她陪一个游客出海去了。雪莉叫我在新来的女人中挑一个，我没有兴趣。她告诫我不要把感情寄放在一个女人身上，否则很容易出事。我没有心情向她解释，我找马丽仅仅因为她从来不放声呻吟，她沉默得像条死鱼，从来不会为了我可能萌发的罪恶感而随随便便发起一次假装关心的交谈。

雪莉晃着胸说她养了三年的波斯猫被一群小子活生生剖开了肚子。她希望我给她一个拥抱。我假装没有看到她的眼神，对她说，再养一只吧，这个世界什么都缺，唯独不缺宠物。

我去西西弗斯酒馆喝了杯加冰的威士忌，太阳高悬，天气暖和得让人只想做爱。新闻说下个冷锋过后，春天就不远了。我喜欢春天，万物生长，处处绿意盎然。我决定去找向竹，她来风头岛应该有十天了吧。一个逃避婚姻的女人，总能让人生的故事旁生枝节。我往普拉克酒店走去。太阳出来后，人们跑去峨舐海滩，迫不及待地解放阴雨禁锢多日的身体，但愿向竹没有加入他们的行列。她肌肤雪白，实在没必要舍优求劣去追求另一种肤色。当她走进西西弗斯酒馆，顾盼生姿，所有男人无不相信自己就是她要找的人。他们举起酒杯，摇着屁股频献殷勤，全然不知自己早已不是她的猎物。还有一个空座位，她坐下来，叫了杯马丁尼。

我等待她开口。她脱下浅藕色的围裹式长大衣，露出白色阔领毛衣和黑色短裙。她的脖子滑得像一块白肥皂。

"他们要着火了。"我说。

"你呢？"

我没有兴趣。我刚离开马丽，又在安宁街溜达了一圈，此时此刻只想好好喝一杯，再看看街上的光景。

"我刚刚继承了一笔遗产。"她说。

"看来你会请我喝点好的。"

她笑了，露出一口牙医也想保护起来的整齐牙齿："我在考虑要不要结婚。"

"所以你来风头岛？"

"这是个好地方。"她抓着酒杯，站起来，如一支麻醉针，说道，"敬伟大又该死的爱情。"

有人在笑，声音响亮，一阵接一阵，更多笑声还在加入，汇成河流，拍击着苦难的人生。我循声望去，街对面，在漆成绿色的垃圾桶旁，一群少年围成一圈，似乎为了某个盲从的意志而准备大动干戈。我认得他们，许多街上的流浪猫就是被他们用折叠刀捅死的。

"野种，该死的野种。"他们往一个女孩身上吐痰。个头最高的少年甚至踩住她的肩膀，逼她趴下。

"求求你们，求求你们，我再也不敢了。"她蜷缩在垃圾桶旁，浑身脏兮兮，像一只脱下的袜子，沾满污垢的双手胡乱甩动着，以为这样便可以抵御别人施加给她的凌辱。

"不敢什么？你说呀。"

"我错了，我不该来这里的，我不该来这里的。"

"还有呢？"

"我不知道，我不知道，求求你，放了我吧。"

"你踩脏了我的球鞋，知道不？"

"我会擦鞋，我会擦鞋。"女孩双膝跪地，抻长袖子去擦拭少年的白球鞋。可越是擦拭，少年的白球鞋就越脏。

少年眼睛凸了起来，踹了她一脚。女孩趴倒在地，双手刨着坚硬的水泥路面，身子使劲向前爬。她抬头看向我，目光里的痛苦与绝望，万吨货轮也载不动。我听见有东西在轰然坍倒。

"妈的，你们在干什么？"我跑过去，推开少年，扶起女孩，搂着她。

"脏死了。"少年往裤兜里掏出一包手帕纸，抽出一张，双手反复揉搓。纸巾包在人群中传递，他们每人抽出一张，慢条斯理地擦拭双手，脸上的表情仿佛吃了苍蝇。

女孩依然在哭，双肩拼命颤抖，我上前一步，瞪着少年："给她道歉。"

"你们听见没有，他竟然叫我道歉。"少年说道。

所有人用鼻孔看着我，捧腹大笑，舞动的手仿佛握着一把看不见的剑，它们是权势，是财富，是年少无知，是暴戾，是父母赠予给他们的宠溺。

"道歉。"我又上前了一步。

"得了吧，她又不是什么了不起的人。"少年抬起头，声音干硬。

"你叫林超，对吧？"我认得他，在前几天刚刚召开的风头岛首届慈善家表彰大会上，电视镜头曾经在他身上停留过几秒钟，主持人介绍他是风头岛首善林颂的公子，虽然自小就爱钻研动物，但梦想却是当一名电影演员。

林超用目光嚼着我，嘴角扬了扬，说道："没意思。"他转过身，挥挥手，领着那群善男信女扬长而去。

我回身看着女孩，她垢面蓬头，穿着一身捡来的衣服，飞行夹克太久没有换洗了，发出阵阵酸臭，靛蓝色的胖款牛仔裤沾上的污渍太多，显得油亮亮、硬邦邦的，像两根巨大的烟囱，裤腰扎着一根男式皮带，修剪过的裤腿一长一短，既滑稽又叫人心酸，超大码的男性运动鞋太笨重了，拖着她的双脚，使她无法像正常人一样步履坚定地向前走。我别过脸，不敢看她的眼睛。她的痛苦已经深入骨髓，弱小的身体早已无法容纳这样的痛苦，这么多苦难，即便清空首善的豪邸也无法一一装纳。我看着附近珠宝店的橱窗，掏出手帕，递给她："别哭，没事了。"

女孩拼命止住哭声，双肩依旧颤抖不已。她双手捧着手帕，刚凑近脸旁，又捏着手帕的一角，递回给我："对不起，我会弄脏它的。"

"弄脏了最好，我正想换一块。"

女孩笑了，眼睛因为泪光而楚楚动人。"我叫朱莉，名字是我奶奶取的。"她的声音怯弱得如同一只寄居蟹。

"那么，朱莉，你父母呢？"

"他们死了。"

我拍了拍她的肩膀，转身望向峨觥海滩，天高海阔，浪涛阵阵。海风吹过来，想视而不见的忧伤总像树叶一样闪动。

"先生，谢谢您。"朱莉转过身，准备从我的沉默中离去，离开街上的阳光，回到属于她的阴暗角落。她垂首缩背，仿佛一只没有脑袋的乌龟。

"陪我去吃点东西吧。"我抓起她的手，继续往普拉克酒店走去。一路上，我们沉默不语，短短一段路，我们走得心事重重，仿佛在给对方送葬。

侍者拦下我们，说除非朱莉衣衫整洁，否则他绝不允许我们穿过旋转门。我忘了这是一个需要身份的世界。人们对权势的倾慕远比同情弱者重要。朱莉埋下头，即便她完全可以借脸上的污渍来掩饰窘迫。她刹住脚步，仿佛身体正受到一股惯性力量的拉扯，猛地往后退了一步，双手抓着衣襟，呼吸急促，俨然一切都是她的错。

向竹穿过旋转门，身后跟着一个穿西服的男人。她一袭香槟色短裙，外穿裸色围裹式大衣，脚踏淡金色平跟单鞋。

"浦斯，你来找我吗？"她故意提高声音。

"我们只是路过。"我避开她的目光。

"这是罗森，我未婚夫。"她挽住身旁的男人说。

我向他道了声好。他意味深长的微笑叫我相信，他有许多秘密，也知道许多关于向竹的秘密。他还知道生活从来不会让所有人舒坦。"你们这是要去流浪？"他问。

朱莉的脑袋埋得更低了，就像一棵故意咬断自己脖子的向日葵。

"天气这么好，正适合上路。"我说。

"下次你们再去的时候，记得叫上我。"向竹看着我，问道，"这位是？"

"朱莉。"

"哦，朱莉，你好呀。"向竹抻着双唇笑了笑，但并不想伸出手。

"您好。"朱莉的声音低得让人心酸。

"我们难道要把时间浪费在这里？走吧，大海在召唤我们呢。浦斯，我们就不妨碍你们去探寻生活的真谛了。"罗森说。

"那么，浦斯，再见。"向竹朝我挥挥手，挽着罗森，穿过安宁街，往峨羝海滩走去。我看着他们的背影，一动不动。

"她真好看。"朱莉说。

"我们离开这里吧。"我转过身，迈开脚步。朱莉没有跟上来，而是杵在原地，似乎害怕她的跟随会惹来另一次拒绝。

"走呀，朱莉，你不打算安慰一下我这个失恋的老头子？"

她抬起头，看着我，嘴唇动了动，目光充满疑惑。我挥挥手，叫她跟过来。她抬起左脚，往前挪了一步，发现我眉头紧锁，于是挪动变成大跨步，可是依然走得小心翼翼，一副随时准备逃跑的模样。我领着她，走向相思树旁的房子。

"先生，您真的失恋了吗？"朱莉问。

"怎么会呢，我爱的人早就去世了。"

我打开门，请她进屋。她又一次杵着不动，仿佛双脚焊在了地板上。她低头看着自己的运动鞋，表情惊慌失措。离开向竹他们后，她曾如释重负，走在路上，一度仰起头，享受阳光倾泻而下的温暖，可是此时此刻，屋子的整洁把一切都碾碎了。她又抓着衣襟，目光羞愧，我能感觉到她的双脚正陷在超大码的男式运动鞋里，脚板潮湿，脚趾来回揉搓。

"我这地板好几个月没打扫了，你知道的，我们男人都讨厌打理房子。"我拉她进屋。可是她什么东西都不敢碰，连目光也深深收起来，唯恐触及的地方会沾染她身上的污渍。她僵僵地站着，又一次把自己当成了一件不属于这个世界的废弃品。

"好吧，你去洗个澡，我去弄点吃的。"我找来一套向竹留下的睡裙，带她进浴室，将裙子放到衣架上。她看着水波荡漾的浴缸，身体拘谨得像一堆被海浪冲上岸的破渔网。我关上门，回到客厅，打开暖气，从冰箱里找出一块鳕鱼，两个西红柿，一根胡萝卜，一块一直没有兴趣做的牛肉，几根青葱和存放多日的一个甜红椒，还有几张即食面饼。我决定先做西红柿鳕鱼浓汤，再做蔬菜牛肉卷饼。

我以为专注于食材就可以成功避开对朱莉的想象，可是当我看着灶火燃起，她鸟面鹄形的模样又闪现在我心里，我仿佛看见她弯着腰，头深深埋进垃圾桶。她拣起一块粘着尘土和毛絮的鸡腿肉，往掌心拍了拍，用报纸包好，放进飞行夹克的口袋。这将是她的午餐，她会找一个无人的角落，慢慢抠去肉上的沙粒，有一些陷进肉里了，她张开嘴，含住肉块使劲吮，让舌头和唾沫迫使沙粒离开肉隙，然后将它们吐到地上。她细嚼慢咽，吃得津津有味，俨如拥有了整个世界。

现在，她走到下一个垃圾桶前，弯下腰，期待翻找到别的宝物，最好是一件衣服，或者一个过期的火腿罐头。她直起身，除了让双手变得更脏，什么也没找到。她往裤子上擦拭黏糊糊的双手，时间不早了，应该去救助站碰碰运气，也许能领到一双合脚的运动鞋，还有一盒热乎乎的饭菜。她来到门前，没有人在排队，也没有工作人员维持秩序，四周空荡荡的，下一批物资显然还在筹备中，她满脸失落，拖着脚步回到安宁街，明媚的阳光和琳琅满目的商店让她觉得自己和这个世界格格不入，衣着鲜艳的行人也不会给她带来同为人类的安全感。她坐到地上，抱着双膝，头深深勾着，期待有人扔下一枚钱币。可是世人早已习惯对苦难漠然，只有面对功名利禄时，才会慷慨激昂，在所不惜。她等了整整一个下午，分文未获，尽管如此，她依然无比庆幸，因为整整一天都没有人驱赶她，也没有人想着法子来欺负她取乐。

　　我看见她迎着落日走远，最后消失在车来人往的街尽头。我希望她有家可归，而不是在夜幕低垂后，继续流落街头。我的希望在火光中越来越沉重，越来越焦灼，到最后它演变成一个个诘问，逼迫我回答是否曾在街上遇见过她，是否和他人一样对她的苦难习以为常，又对她的乞求嗤之以鼻。

　　我强行收回飘远的思绪，有一些逃逸在不粘锅上，伴着橄榄油发出噼啪声，要剔除它们已经来不及。温度已经使它们和食材融为一体。我将食物装盘，端到橡木餐桌上，再切下一片柠檬，放进阔口杯的温开水中。一切准备妥当后，我给自己倒了杯啤酒，坐下来，看着窗外的大海。

"先生，我可以换套衣服吗？"

我回过头，朱莉双臂抱在胸前，长发湿漉漉，向竹的黑色睡裙让她的身体最大限度地暴露在灯光下。我拍了下自己的脑袋："真抱歉。"我忘了这裙子只能向竹穿。我站起来，走进衣橱间，问道："可是，我这里只有这么一件女装，我该拿什么衣服给你呢？"

"衬衣吧，先生，我在家里经常穿爸爸留下来的衬衣。"

我找出一件白衬衣，又拿了条棉质运动长裤，回到餐桌旁，递给她。我避开她过早发育的身体，坐到椅子上，继续看着大海，直到她的脚步声再次响起，才转回身。她只穿着衬衣，袖子随意挽着。又一次，我惊讶她的身体远比她的年龄成熟。她褪尽污垢后的美丽，足以让整个风头岛的女人心生怨恨。

"谢谢您，先生。"她在椅子上坐下。

"还是叫我浦斯吧。"

"好的，浦斯先生。"

我喝了口啤酒："但愿合你胃口。"

"真丰盛。"她双掌合拢，双眼紧闭，似乎在祈祷。她睁开眼睛，看着我，说道："那我吃啦。"

我点点头，继续喝酒。

她吃得津津有味又极力克制，每一口都叫人心碎。很多年以前，我曾尝过饥饿的滋味，在父亲自尽后，我和他的尸体困在房子里，有那么一瞬间，我心里只想着要吃他的肉。我眼睛辣辣的，慌忙转过头，看着窗外。

"对不起。"她察觉到了什么。

我听见她在抽泣，还来不及下咽的食物让她的声音有一种湿漉漉的浑浊。我回头看着她，心想是否应该过去给她一个拥抱呢？我犹豫不决。她用力勾着头，长发散落，所有忧伤都被埋进了散发着清香的发色中。我喝光杯里的啤酒，弓起手指敲响橡木桌："女孩子哭多了会变胖的。"

"假的吧。"她笑了。

"我的母亲，继母，就是个大胖子。"

"那她一定很漂亮。"

"她是离婚后变胖的。后来她吃下了一瓶安眠药，就再也没醒过来。"

"对不起。"

"这可不是你的错。"

"我刚刚只是想起了爸爸妈妈。"

"忘掉他们吧。"

"为什么？"

"只有这样，你才能快乐起来。"

"那我还是不快乐的好。"她将头发挽到耳畔，舀起一勺浓汤送到嘴边，轻轻吹了一口，张开双唇喝了进去。她又连续吃了几勺，直到盘中剩下的汤水无法用瓷勺舀起，就双手捧着汤盘，仰起头，将浓汤喝得一滴不剩。她拿起一个卷饼，微微低着头，大口大口吃着，下咽的动作让脖子变得异常好看。她吃完一个，抬眼看着我，似乎在征询我的意见。我点点头。她嫣然一笑，又抓起一个。多么满足，多么快乐，她吃得慢条斯理，似乎要牢牢记住每一次吞咽的幸福。

　　我感到饥肠辘辘又心满意足。看着自己亲手制作的食物被别人欣然享用，原来是一种无比愉悦的体验。我吃掉汤盘中的西红柿鳕鱼浓汤，可是不想吃卷饼，它看上去超出了我的胃容量。我只是想吃东西，并不是真的肚子饿。

　　"我可以带走剩下的卷饼吗？"她看了我一眼，快速低下头。

　　"当然。"我找来一次性餐盒装好，放到餐桌上。

　　她站起来，将餐盘一个个叠好，端到水槽边，拧开水龙头，冲洗掉上面的食物残迹。我不想阻止她，也许这是唯一一个让她心安的方式。她习惯拘谨和道歉，总想着做点什么来回报别人，长此以往，她会因为愧疚而过早地献出身体，甚至性命。但愿这样的事情不会发生，但愿。我享受着水流冲洗餐盘发出的声响，一种遥远而陌生的感觉萦绕在心间，家，这个我从不愿触及的字眼，再一次在我心里化成了实实在在的形象。

"我要回去了。"她用毛巾拭干双手，站到我面前。

"你可以留下来吃晚饭。"

"好像不行呢。奶奶还在等我带吃的回去。"

我看着她，在本该无忧无虑的年龄，命运的枷锁却牢牢地套住了她的脖子，逼迫她不得不走在一条被生活宣判为无期徒刑的道路上，没有人在意她是否真的犯错，即便她的苦难全部源于父母双亡。可是做谁的女儿并非她能选择，将来连如何离开人世她也无法自行决定。除了祈求，她唯一能做的就是坚信，坚信无论阴晴，太阳都会照常升起。

"你等等我。"我不允许她就这样穿着白衬衣，光着两条腿走在大街上。我打开门，先去了一趟银行，再往附近的超市走去。我挑了五套裙子，五条牛仔裤，五件毛衣，三件羽绒服和两件板球外套，还有六套换洗内衣。她应该可以穿三十七码鞋，也许是三十六，我站在鞋架前犹豫不决。店员推荐我买三十八码，他说女孩子嘛，十五六岁，还在长身体呢。我听了他的建议，取下两双运动鞋，结账时，我又拿了几盒罐头，有我至爱的腌黄瓜，还有豆豉鲮鱼。但愿她会喜欢。

归来时，朱莉正蜷缩在沙发上睡觉，怀里抱着我一直搁在沙发扶手上的《杯酒留痕①》。阳光照进来，在她身上蒙

---

① 〔英〕格雷厄姆·斯威夫特.杯酒留痕[M].南京: 译林出版社，2009.

上了一层透明的薄纱。我将笨重的米色帆布袋轻轻放到地板上，在她对面的沙发慢慢坐下。第一次，我感觉到注视是一种纯粹的享受。她睡得深沉，全然不知世界就在她的对立面发生变化。它摧毁当下，让一切成为时间的俘虏，所有期待最后都会湮灭成失望，沦为记忆。它让一切变得不可挽救，为了忘却，我们只有继续前行。

阳光在她身上移动，从双腿蠕到腰间，慢慢爬向胸膛，滑过脖子，在她脸上停留了短短片刻，又挪到她的长发间，它和它们融为一体，发出的香味隐约可闻。须臾之后，它退到墙上，带走了留给她的光明。它翻过窗台，面无表情地缩回茫茫尘世中。

她一定在做梦，呼吸时而急促，时而平缓，长长的睫毛偶尔会颤动一下，抿紧的双唇也随之一阵翕动，似乎要喊出什么惊天动地的话语。也许，是对父母的呼唤。

后来，我常常会想起那天下午。她的安静，有一种被生活遗弃的疼痛。她的明媚，短暂而美丽。我突然想保护她，带她远离困苦，重新回到校园。她不必叫我父亲，就直呼我的名字吧，她叫我一万遍，一百万遍，我便应一万声，一百万声。她会美丽动人，当别人谈及她时，涌动的骄傲会令我泪流满面。

风吹进来，她突然颤抖了一下，双眼睁开，发现我正目不转睛地看着她，慌忙坐起来，书顺势掉了下去，那张我和洛伊在荒野拍的合照也跌落地上。"对不起，我不是故意的。"她慌乱得如一只粘在蜘蛛网上的蝉，拾起书，却忘了照片。

我捡起照片，洛伊依旧在微笑，身后的荒野依旧一望无垠，阳光一如既往地照耀着四方，却再也温暖不了生命。我抚摸着照片，俨如抚摸洛伊的脸："她叫洛伊。"

"她真漂亮。"

"是的。她是我妻子，世界上最美丽的女人。"

"她怎么不在这里呢？"

"车祸，她发生了车祸。"

"对不起。"

"《杯酒留痕》是她最喜欢的书。"

"可惜我看不懂。"

"长大后自然就懂了。"

"您一定很爱她吧。"

"以前是。现在如果不看照片，我都已经记不起她长什么模样了。"我渴望继续谈点什么，"你睡觉的样子让我想起了女儿。洛伊也一直渴望养一个女儿。"

"她在风头岛吗？"

"法院把她判给了我的前妻。如今我也不知道她在哪里。"

"不过有您牵挂，她一定会很幸福的。"她看着我，"浦斯先生，被人牵挂是种什么感觉呢？"

"我也不知道。"

"时间不早了。"她看了一眼窗外，"我应该把衬衣还给您。"她往浴室走去。

"穿新的吧。"我把帆布袋递给她。

"浦斯先生，您为什么要对我这么好？"她又要哭了。

"我可能太无聊了。"

她对我的回答毫不在意。生活的艰辛与痛苦已经促使她坚信我是个善人义士。她跪在地上，打开帆布袋时满脸雀跃，目光闪亮。她挑了一条靛蓝色牛仔裤，一件白色羊毛衣。她双手捧着红色羽绒服，侧下头，满脸享受地在上面蹭了蹭。

"可能不合身，你都试试。"

"不会的，不会的。"她走向浴室，脚步轻盈，如同发现春天的小鹿。

我不敢再看一眼照片。回忆的洪水一旦决堤，人生就会失去意义。我把它放回书中，凝目看向窗外。远在阳光下的大海波光粼粼，距离消弭了海浪的险恶，但也放大了它的冷漠。我想起女儿，心中却无法浮现她的容貌，仿佛她早已脱离了人的范畴，变成了一个符号。这叫我呼吸困难。我拿起遥控器，把思绪赶进电视机，阻止它随风泛滥。屏幕跳出一条长长的海堤，一只只海鸥高高滑翔着，每当巨浪掀起，它们就鸣叫着俯冲下来。一对情侣裸着脚，相依坐在海堤上，海风吹拂，白衣鼓鼓。人生在广告里。我关掉电视，倒了一杯酒，鼓励自己提前进入微醺状态。

朱莉走出来，怀里抱着自己的旧衣物，美丽得如同父母尚在人世。这种美丽极其珍贵，但又因为自卑而变得脆弱易碎，仿佛仅仅想起昨日就会令它灰飞烟灭。她勾下头，盯着自己的两只大脚，虽然身上已经焕然一新，但生活留下来的阴影却依旧盘踞在心里，令她害怕阳光，更害怕被人注视。她的头发依旧乱蓬蓬，也许是不敢使用梳子的缘故。我拿走了她的旧衣服，走进盥洗室，放进洗衣篮，又从盥洗台抓起向竹留下来的绿檀木梳和桃色花边橡皮筋，回到她身旁，塞到她手里。

"别担心，我有洗衣机，等洗干净了你再来找我拿回去。"

她抬起头，目光潮湿，嘴巴嗫嚅着，最后只是用下巴压缩着脖子，任由泪水打在地板上。

"我喜欢看你们女孩子扎头发。"

她依旧埋着头："浦斯先生，我只会扎马尾。"

"嗯，我的意思是，我一直想给我女儿扎一次头发。"

她撑起下巴，眼睛看向阳光明亮的窗户，想说些什么，又找不出一个合适的词语，终于鼓起勇气看向我，却又迅速转过身，双肩抖了抖，鼻子哧溜一声，抬起手用绿檀木梳慢慢打理头发，声音窸窸窣窣，如同一只乌龟爬在沙地上。也许是头发太乱，她梳得极慢，有时从上往下，有时由前向后，梳子划到发梢时，又停顿一下，一手压住发根，另一只手五指弓起，把打结成坨的发梢梳清理顺，再改用绿檀木梳往下梳，一下又一下，一圈又一圈。她用桃色花边橡皮筋扎紧头发，露出纤细的脖子，再转回身，把绿檀木梳递过来，重新向我道谢。

"留着吧，我们男人一般用手指。"

她扬起脸，笑容膨胀起来，如同淀粉撒在开水上。"我爸爸也一样。"她猛地低下头，像是被一块泥砖重重地拍了一下。

"这是不好的习惯，不要学我们。"

她用力吸了一下鼻子，把所有忧伤全部吸回体内，重新掩藏起来："浦斯先生，我该回去了。"

"行吧，正好阳光灿烂，我也出去走走。"我提起帆布袋，转身往外走。她追了上来，新鲜得像个泡泡，但始终不敢离我太近。蒜瓣似的云朵遮住太阳，把阴影压在我们身上，片刻之后，又飘向天边。我们在云影中穿行，时而白晃晃，时而阴沉沉。她加快脚步，探着身子向我靠近，直到肩膀时不时碰上我的手臂，可垂下来的两只手却无处安放，唯有使劲搅拌着羽绒服的衣角，仿佛这样做能给她带来无穷无尽的勇气。每当有人从路边走过，她便立刻别过脸，拖着双脚，一副要横穿马路的模样，待到身边再无旁人，又急匆匆地赶上来，紧紧挨着我，紧到我们的身影在阳光下没有一点缝隙。我有点恍惚，但并不想现在就沉进回忆的汪洋中。我把注意力全部集中在双脚上。它裹在布洛克皮鞋里，隔着羊毛袜与橡胶鞋底，我依旧能清晰地感觉到落叶的脆弱，踩上去，咔嚓一声，如同心碎。柏油路的坚硬具有时间一样的穿透性，走得越远，这种坚硬便越强烈，它透过汗津津的双脚，爬上心头，化成一种患得患失的感觉，并无时无刻提醒我，虽然此时此刻我们正脚踏实地，但绝对留不下一个脚印。

拐过安宁街，朱莉走到我前面，领着我沿沙河街一直往前走，穿过一片相思树林，绕过一片野草肆意生长的荒地，沿着围园篱拦出的一条泥路继续走了许久，一股臭气便炮弹一般轰过来，炸得我头晕眼花，呼吸困难。我加快脚步，走到围园篱放弃生长的路口外，一座垃圾场挡在前方，阳光越灿烂，臭气就越强烈。她满脸窘迫，双唇紧抿，领着我走向一片露兜树，闯过蓖麻与苍耳的阻拦，来到一个小土坡前。阳光下，一排低矮残破的窝棚蹲在杂草间大口大口地喘息，团团飞的苍蝇是这里唯一的生气。

这是一个丑陋的地方，因为人类的垃圾。这些肆无忌惮的废弃与脏乱，把我陷在失败的泥潭里，令我不禁怀疑自己是否真的有能力背负起朱莉的忧伤与痛苦。

一群孩子在喧闹。他们衣弊履穿，甩着伞骨驱赶一个身穿军绿色长风衣的老人。她披头散发，嗷嗷乱叫，像一只被迫站起来的蜈蚣。

朱莉浑身颤抖，捡起一块石头，大喊一声冲上去，用头撞倒了一个骨瘦如柴的少年，双臂张开护住老人，眼里噙满泪水。"滚开，都滚开，别伤害我奶奶。"她扬着手中的石头，语气充满哀求。

孩子们一哄而散，扬起一阵呛鼻的尘埃。坐在棚檐下的几个男人直起身，站到暮光中，表情如同垂钓者发现了鱼线颤动。他们穿着污迹斑斑的丹宁布工装，眼睛闪烁着田鼠一样的狡黠，几个月才一次的头发即便倒进去一整瓶洗发水也洗不掉裹在上面的污垢。他们握着啤酒瓶，有的嘴里叼着香烟，有的含着一根草茎，有的不断往地上吐痰，在与生活的抗争中，除了鼻毛还桀骜不驯，他们身上再无一丝勇毅，就连面孔也在与胡须的对战中一再丢城失地。

一个鼻子硕大如坟的男人往前走了两步，污垢已经让他的丹宁布工装硬成一副盔甲。他提起嘤嘤哭泣的少年，猛地甩了一巴掌，声音充满兽性："哭什么？连一个女的都打不过，我都替你害臊。"

少年退到后面，两手握拳，目光狠毒，仿佛朱莉刚刚夺走了他的姓氏，还有男人这个性别。

大鼻子男人看了我一眼，继续往前走，直到近到可以一巴掌拍飞朱莉时，才戳停下来。他用力吸亮香烟，然后把烟雾喷向她，说道："朱莉，打人可是要付出代价的，想想你爸妈。"

我走到朱莉身边，扔掉她手里的石头，接住大鼻子男人的目光，说道："你说得对，打人是要付出代价的。"

"看来你在她身上尝到了不少甜头。"

"你要是想打架，我奉陪。"

"就凭你？"他的脸如同一堵土墙，经年的日晒雨淋并没有像对待种子一样赋予它力量和希望，反而加重了它的颓败，并纵容生活在上面刻下一道道皱纹，浆出一块块雀斑，那些试图掩饰穷困的胡须，肩负着森林的使命，以为拼命生长就能促进光合作用，给他带来更多能量，却不知能保持鼻孔还能呼吸，已经是他最后的倔强。虽说他比我强壮，但受到的生活重力明显比我强，这使得他的脊背过早弯曲，看我时必须抬起下巴，眼睛向上，如同在仰视我。这无形中促使我更加了解心中的犹豫不安并非源自随时会发生的暴力冲突，而是认清自己是来寻求弥补的。我兴冲冲地来到这里，也许只是想起了女儿，想起自己从未履行过父亲的责任，并且无法完成洛伊想养育一个女儿的愿望。可是朱莉遭受的苦难给了我重重一击，我不得不承认，短暂的帮助不过是自我感动，除非付出所有，否则根本无法改变她的命运。

我恼羞成怒，瞪着大鼻子男人，说道："不如你试试？"

"滚吧。"他喷了我一脸烟雾，根本不想打架，"玩你们有钱人的男盗女娼去吧。"他回到人群中，双手抓向半空，胯部抖动，嘴里发出污秽的呻吟，随后喊道："这家伙喜欢嫩的。"

所有人纵声爆笑，脸孔扭曲成飞旋的钻头。散在一旁的孩子们也乐不可支，就像一个个破了壳的臭鸡蛋。生活太沉重了，他们需要诋毁别人，需要践踏别人的尊严来麻痹自己的痛苦，抵消苦难带来的绝望。否则，他们会失去活下去的勇气。生活总是这样，权贵者相互尊重，贫贱者习惯相轻。这或许就是人的天性，就像食肉动物永远会想方设法弄到肉。

"回去吧。"我对朱莉说道。

老人听见笑声，如同想起无比恐惧的事情，全身发抖，嗷嗷大叫。朱莉抱紧她："奶奶，别怕，我们回家，我们回家。"可是老人猛地挣脱出来，乱蹦乱跳，后来又骤然停下，裂开一脸诡秘的笑容，随后拳头松开，把一颗粘在掌心上的巧克力糖送到朱莉面前，点着头，口水哗哗流。朱莉淌着泪水，低头舔了一下，又拿起它，送进老人嘴里。老人含着巧克力，一脸满足，突然，她大叫一声，把手插进嘴巴，抠出黏着唾沫的巧克力，塞到朱莉嘴边，跺着脚，叽里咕噜，大喊大叫。朱莉捏着黏糊糊的巧克力，连手一起放进口中，假装嚼了几下，又把它塞回老人嘴里。她们相视而笑，抱成一团，一个泪流满面，一个疯疯癫癫。

哄笑声又炸了起来。孩子们摇头晃脑，甩动四肢，又学着大人的模样前俯后仰，嘶声吼叫，甚至唱起了编排朱莉的俚曲。他们给朱莉的祖母也编了一段，词曲虽然不淫秽，但直接否定了她存在的意义，笑她活着是垃圾，死后更会污染环境，并且效仿她发疯的模样乱蹦乱跳，发出动物一样的嘶叫。他们幸灾乐祸，心满意足，仿佛站在人生的巅峰嘲笑朱莉与她的祖母正在经历曾经只属于他们的贫穷和痛苦。

我瞪着他们，想说点什么，却始终开不了口。朱莉抓住老人的手，领着我走向最边上的一个窝棚。这里没有门，一块捡来的汽车引擎盖靠在墙边，为这个风雨飘摇的家担起了保护者的责任。刚进屋，破旧就像冰冷的石灰浆淋了我一身。捡来的废弃品随处可见，一张早已辨不出颜色的床垫架在几块砖头上，黏糊糊的被褥像一条痛苦的大鳗鱼。缺了一根支脚的木桌偎在墙角，依靠垒起的砖块分担重量，斑驳的桌面上摆放着一罐罐抗精神病药瓶，两副碗筷，还有几个凹凸不平、颜色黯淡的不锈钢碟。盖子早就不翼而飞的行李箱里叠放着几套衣裳，整整齐齐，俨如溃败的战线上残留下来的堡垒。阴暗在蔓延，落日的余晖无法为这个家提供需要的光亮。朱莉点上蜡烛，阴暗轰的一声散开，又忧心忡忡地伏在烛火四周。

这是一个支离破碎的家，就像一条蚯蚓被截成了上百段。

"对不起，没有椅子给您坐。"朱莉满脸歉意。

我摇摇头，心想是不是应该回安宁街去。

老人看着我，嘿嘿直笑。她又看向朱莉，像突然想起了什么，猛地撩起衣服，露出干瘪的乳房。朱莉急忙拉下她的衣服，又扯来被褥裹住她："奶奶，你又不听话啦，我不是小孩，我已经长大了。"她红着脸回过头向我解释："奶奶什么都记不得了，就还记着我小时候差一点儿饿死过，所以，对不起。"

我两脚生汗，羊毛袜滑滑的，沾满灰尘的皮鞋失去了往日的光泽，显得无比滑稽，连同身上的羊毛大衣，还有定制的深蓝色西服。我穿得越精致，呈现出来的形象便越虚伪。我兴冲冲来到这里，以为自己能改变谁的命运，结果现实却给了我当头一棒。此时此刻，我只想回去脱掉所有过于隆重的衣物，再去西西弗斯酒馆喝一杯，倘若一杯还不够，就再多喝一瓶。

朱莉似乎叹了一口气，拿出蔬菜牛肉卷饼，直到老人把最后一点菜叶吃进去，才起身走到桌子前，抓起一个药瓶，移到耳边抖了抖，倒出最后一粒药丸，又提起水壶往碗里倒了些凉开水，回到老人身边，说道："吃了它，就可以做个好梦啦。"

老人伸长舌头，舔了舔她的手掌，随后猛地埋下头，一口把药丸啃了进去，布满皱纹的脸孔随后挤出一堆笑容，如同镜子破碎后又用透明胶布粘在一起。她躺下去，咿咿呀呀，又骤然弹起来，撩起衣服，甩出干瘪的乳房，拉着朱莉，眼里全是母牛一样的温柔。

"奶奶，你再这样我就要恼了。"朱莉慌忙扯下老人的衣服，推着她的肩膀，把她压到床上，"你不想做梦了？梦中可什么都有呢。"

老人轻轻拍了拍朱莉的脊背，眼睛继续瞪向空中，仿佛黑黝黝的棚顶有她穷尽一生都得不到的幸福。

我转过身，一盆吊在窗口的绿箩吸引了我的目光，它生机盎然，每片叶子似乎都在呐喊。窗外，天空像一把大黑伞，收起来时把所见的一切都收了进去，连同最后一抹余晖。阴暗中，有一只猫在叫，它从床底下爬出，毛发凌乱，沾满烂泥。朱莉弯下腰，抱起它："小公主，你怎么不好好看着奶奶呢？"她用手捋着它的毛发，"你看你，又脏又臭，一点都不像公主。"她转身看向我，目光如跳跃在水面的石子，"浦斯先生，天快黑了。"她说。

"嗯，看来我要走了。"

"我还可以再见到您吗？"

我没有说话。老人盯着我，咿咿呀呀，不知道想说些什么。她淌着口水，脸上闪过一丝诡异的笑容，恰似一块刀片藏在双唇间。她突然发出一声吼叫，又戛然愣住不语，嘴角不断抽动，布满油垢的枕头很快就晕出了一片阴影。风吹进来，烛火晃动，投在板墙上的身影如同一桩桩悬案。我放下帆布袋，将口袋里的钱全部取出放到床上，除此之外，唯一能够做的就是转身离开。这叫我怒气冲冲，却又不知该向谁发火。

朱莉抓起钱，挡住我："浦斯先生，我不能拿。"

"拿着吧，拿去买药。"

"我们有低保，够用的。"

"拿着吧，不然我生气了。"

朱莉低下头，烛光里的身影越巨大，现实中的她就越渺小。她哆哆嗦嗦，随后呼吸了一口气，问道："浦斯先生，我们还会见面吗？"

"也许吧。"我迫切想回去喝一杯。

"您还认得路吗？"

我点点头，走出窝棚，向灯火通明处走去。我没有回头。我害怕朱莉会出现在门口挥手，害怕她高声向我道谢，害怕她的祖母甩着两只干瘪的乳房朝我痴笑。我走得慌不择路，像是在逃离自己的命运。走进西西弗斯酒馆时，我已经筋疲力尽。我喝了两杯威士忌，又喝掉几杯朗姆酒。有人在吵架，我走过去，将酒杯砸在一个人的脑袋上。有人大喊，有人推了我一掌，我跌在地上，胸口被人踢了一脚，大腿又被人踹了一下。我感到疼痛，不过没有骨折。

应该是酒保送我回家的。他一定还转告了向竹。第二天一早，她就来按响我的门铃。她在门前呼喊我的名字，声音明媚。我头昏脑涨，浑身疼痛，可是阳光灿烂，晒得我只想再多听几声向竹的呼喊。也许这就是被牵挂的感觉，疼痛又温暖。

　　我打开门，请她进屋。

　　"还以为你死了呢。"

　　"你未婚夫呢？"

　　"回去了。"

　　"你们还是决定分开？"

　　"说什么呢，他回去准备婚礼。"向竹看着我，"你没什么大碍吧？"

　　"还能活下去。"

　　"要不要去趟医院？"

　　"我只是喝多了。"

　　"这样吧，你去洗个澡，我来给你做点吃的。"她走进浴室，将浴缸放满水，然后拉我进去，看着我脱光衣服，躺到浴缸里。

　　"你昨天是不是想要我？"她问道。

　　"可能吧。"

　　"现在呢？"

　　"我可能硬不起来。"

"这可是你说的。"她黯然一笑，转身走出浴室。

我拧开水龙头，听着水声，脑中一片空白。后来，我好像睡着了。向竹似乎在我额头上吻了一下，我睁开眼，看见她坐在浴缸边上，唇含微笑。

"他们说你带一个小女孩出城了。"她说。

"我送她回家。"

"你没对她做什么坏事吧。"

"你想说什么？"

"大家都在说呢，你可别乱来。"

"胡说八道。"

"不过你们男人向来喜欢年轻的。"

"够了。"

向竹扑哧一笑："好啦，起来吃点东西吧，我还要去晒太阳呢，天气多好啊，罗森说我的肤色还不够铜。"

我直起身，离开温水的包容，回到冰凉的空气中。洗衣篮堆满了我换下来的衣服，但朱莉留下来的旧衣物，已经不见踪影。我问向竹，是不是都扔了。

"又脏又臭，留着干什么呢？"

我说好。那是苦难的见证物，留下来只会徒增烦恼，纵使洗干净，也依旧会因为不合体而显得滑稽忧伤。都扔掉吧，连同生活中的苦难。倘若朱莉真的要来取回它们，我大可以再送她几套新衣服。对了，还有她的祖母。

我围上浴巾走出来，《杯酒留痕》依旧搁在沙发扶手上，没有任何迹象显示它被翻阅过。此时此刻，它是寂寞的，想说的话也永远说不出口。我坐到餐桌前，喝了一口玻璃杯里的温开水。看着向竹精心准备的早餐，我不禁怀疑罗森不愿意放手的真正原因，或许并非是因为她父亲留下了丰厚的遗产，而更可能是由于她拥有出众的厨艺。切成刀片薄的熏肉，酥脆而富有嚼劲；对半切开的百吉饼，夹着鲜嫩的西红柿与翠绿的芝麻菜，尽管少了鸡胸肉的搭配，但在涂抹上辣椒酱后，却形成了一种独特的口感；炒鸡蛋中巧妙地融入了牛肉末与搅碎的菠菜，一勺入口，便足以唤醒昏昏欲睡的大脑；煎得两面金黄的秋刀鱼，在青柠汁的浸润下，仿佛能感受到大海的清新与阳光的温暖；还有新鲜去皮的贡梨与腌黄瓜，每一口都充满了秋日的清爽。只可惜，她只给我准备了甘醇清新的白牡丹茶，而不是一小杯威士忌。我投入到食物的美味中，忘了朱莉的眼泪，忘了她破烂不堪的棚屋和疯疯癫癫的祖母，为了让这种遗忘再长久一点，我吃得缓慢，每一口都陷入深深的回味中，我把秋刀鱼留到最后，先去掉鱼头，再将鱼身切成四节，骨刺一根根剔除后，才一口口吃掉。

向竹没有花时间等我的称赞，她去晒日光浴了。在海边，她会得到许多男人的赞美。多么美丽，多么性感的身体。她会和他们中的一人去西西弗斯酒吧喝一杯。

我吃得聚精会神，最后又昏昏欲睡。我躺到沙发上，盯着天花板，酒精的余威还在震慑我的脑袋，使我无法集中精力去思考任何一件事情，以致回忆往事与遐想未来交缠在一起。有的时候，刚刚想起一件事情的开端，却立刻忘了下文；有的时候，还来不及想起开始，就已经直接跳到了结局。到最后，我什么也想不了，脑海里只有朱莉的名字。她的名字，就像一只凿破底的小船，它漂呀漂，一直在漂，一直在沉。

　　我也在沉，并且大口大口地吞着海水。

　　向竹唤醒我的时候，夜已深。她没有开灯，月光照进窗，让一切显得缥缈虚幻。

　　"我好像睡了一辈子。"

　　"所以别轻易买醉。"

　　"你来了很久？"

　　"我来看看你是否还活着。"

　　"没有让你失望吧。"

　　"钥匙我放回原处了。"

　　"你要走？"

　　"本来是要走的。"她说，"朱莉来了，她是叫朱莉吧。"

　　"她人呢？"

　　"就在门外。"

　　我光着脚跑到门外，朱莉站在月光中，夜风清冷。"浦斯先生，您好。"她低声说道。我拉她进屋。向竹打开灯，光明叫我们无处可藏，我们避开彼此的目光，静静地站着，默默地感受语言失去意义后的无能为力。

"我去换身衣服。"意识到自己还裹着浴巾，我松了口气，转身往衣帽间走去。我换了一套灰白色便服，回到客厅，她们已经坐在沙发上，各自占据一头，动也不动。朱莉穿着宝蓝色羽绒服，白色牛仔裤。向竹的橘色大衣挂在大门旁的衣架上，身上穿着米色毛衣和金色短裙，放在她身旁的《杯酒留痕》依旧待在原先的位置，如同空气。

"要喝点什么吗？"我问。

朱莉没有应声。她陷在拘谨中，词语根本不听她使唤。向竹看了一眼朱莉，说要跟我一样。我拿了两罐黑啤，还有一杯牛奶。我端给她们，然后坐在她们对面的单人沙发上。

"你还好吧？"我问朱莉。

朱莉喝了一口牛奶，上唇黏着一抹奶迹，她伸手拭去，看着我的膝盖说："浦斯先生，我来是想告诉您，我找到兼职了。"

"噢，你去做什么呢？"向竹问。

"给安宁街的傅雷先生打下手。"

"开理发店的傅雷？"我问道。

"是的，您认识他？"

我点点头，傅雷，给别人剪发自己却秃头的傅雷，我总在雪莉的洗浴馆撞见他，他喜欢一次叫上三个女郎，然后要求她们穿上早就选购好的内衣。

"所以，你是跟他学理发？"向竹问。

"嗯，他说只要我想学，随时可以教我。"

"这可不是什么好工作呀，够累的。你以前做过什么呢？要不要考虑找个别的？"向竹说。

"我什么也没做过。他们说我太脏了。"朱莉低下头。

"现在你可干净了，甜甜的，还好看，对不对，浦斯？"

我没有吱声。我还在想傅雷，他是个鳏夫，五十多岁，没有子女，到他店里理发的都是老人，对发型没有要求，对生活也没什么企盼。我想不起自己什么时候去他店里理过发。应该一次也没有。我不喜欢男人帮我洗头发，特别是老男人。尽管我是他们中的一员。

"都是浦斯先生给我买的。"

"那么，朱莉小姐，你打算怎么报答他呢？"

"报答？我还没有钱……"

"可是你有别人没有的美丽呀，要不你嫁给他吧。"

"够了，向竹。"我喝了口啤酒，对朱莉说："别听她胡说。"

"浦斯先生，要不我给您做帮佣吧，您不用给我钱。"

"傻瓜，你做我女儿还差不多。"我脱口而出。

向竹看着我，面露赞许："浦斯，你确实可以做一个好父亲。"

　　"可是我已经有爸爸了。"朱莉面露难色。

　　"那他为什么让你天天吃苦呢？"向竹问。

　　"他没有，他只是去世了，他和妈妈都去世了。"

　　向竹握着酒罐，猛地喝了一口，自言自语地说道："看来我家老头子对我还不错。"

　　"傅雷真的要聘请你？他那个理发店，生意并不好啊。"

　　"嗯，他也是这样说的，所以工资只能给我五百，不过已经很多了。"

　　"那还是很少。"

　　"浦斯，别着急，日子还长着呢，先让她去体验体验生活，也是件好事。"向竹说。

　　"好啦，浦斯先生，向竹小姐，我要回去了。"朱莉站起来，准备离去，"那个，浦斯先生，我的旧衣服，可以拿回去吗？"

　　"我扔了。改天再给你买几套。"

　　"说好了，我带你去。"向竹说。

　　"不用，真的不用。"朱莉说道，"那我走了，谢谢你们。"

　　"天都黑了，你不怕？"我说。

　　"天黑了才不用担心呢，没有人会看见我。"

我明白她的意思。没有人会去伤害一个看不见或者不知道她存在的人。我和向竹送她到门外，又送她到街上，她朝我们挥手，弯腰道谢。我转身跑向停在相思树下的老皮卡，打开车门，启动它。我把车开到她们身边，摇下车窗，说道："管它呢，上车吧。"

　　向竹哈哈大笑："浦斯，我就喜欢这样的你。"她请朱莉坐到后排，自己坐在副驾驶座上。我打开车前灯，老皮卡发出一声嘶吼，用力向前奔去。

　　一路上，我们沉默不语，路灯在窗外一盏盏闪过，却照不透我们的心事。我猜向竹想起了她过世的父亲，她是否后悔曾经对他过于冷漠刻薄呢？也许她只是在想是否真的要嫁给罗森。她说父亲留给她的，不仅仅是血脉相连的基因，更有那份对婚姻难以名状的恐惧。自妻子背叛家庭，与一名健身教练私奔后，他便对所有憧憬婚姻的女性失去了兴趣和信任，他用金钱作为高墙，将自己隔绝在情感的孤岛上，直至生命的最后一刻，都未曾放下那份戒备，甚至在遗嘱中特别申明，除了女儿，任何女性都不得参与他的葬礼。虽说这多少有点偏激，但却如同遗传病一般，侵袭了她的心，令她对爱情、婚姻乃至人生都充满了疑惑。她来到风头岛，目的也是想寻求一个答案。她朝我笑了笑，转头看向窗外，仿佛夜色中正在发生她从前一直视而不见如今却必须再三确认的事情。我看了一眼后视镜，朱莉将头靠在窗边，看着闪闪而过的夜色，她是在遐想美好的明天吗？在经历了多年的苦难后，她终于可以靠自己的劳动改变命运，再也不必去翻找垃圾桶。她会攒下足够多的钱，去租一个窗明几净的房子，从此绝迹垃圾场，她会仰起头，不会再因为自己的存在而愧疚自卑。

我将皮卡车开下沙河街，绕过树林，在一片坑坑洼洼的荒地上前行，很快，车灯就扫见了垃圾场。月光下的窝棚像一排荒坟。

"我到家了。"朱莉说。

"再见，我们美丽的朱莉。再见。"向竹说。

"明天见。"我向她挥手。

朱莉弯下腰，道了声谢谢。她站在月光下，站在车灯照耀不到的路边，像一个刚刚愈合的伤口，静静地等着我们离去。我向她挥手，示意她先走，她依然没有动。我鸣了一声喇叭，又挥挥手，她才转过身，步履缓慢地向前走去，走进命运的阴影里，最后消失在茫茫夜色中。

我沿原路开回。向竹突然问道："你想收养她？"

"不知道，也许吧。"

"她是个好女孩。"

我看着路灯洞穿的马路，良久才说道："我不确定自己为什么想这么做。也许是洛伊想要一个女儿。当然，我曾经也有个女儿，我和她妈妈离婚后，她对我说过的最后一句话就是'我还会有爸爸的'。当时她只有七岁。也许在她看来，是我放弃了她。不可否认，我的确没有尽到一个父亲的责任，自始至终我都只想一个人生活，没有负担，自由自在，即便她的妈妈提出不想要她的抚养权时，我依然向律师标榜自己还没有做好做父亲的准备，我把净身出户作为条件，用一套房、一辆车还有五十万元存款，诱使前妻改变主意，并带着她彻底从我的世界中消失。我的这种行为，对她而言，想必是无比绝情冷漠的，也许用屠杀来表示更恰当。在她眼里，我应该是一个刽子手，不仅摧毁了她心目中的亲情，更扼杀了她对生活的向往。她应该早就对我恨之入骨，说不定此时此刻她就在诅咒我，也有可能连恨意都谈不上，她应该早就把我忘了，忘得一干二净，仿佛我不曾在这个世界上存在过。毫无疑问，这是我的错。我的错。说来好笑，事到如今，我竟然还敢幻想她会不会突然出现在我面前，真是恬不知耻啊。也许，这就是人们所说的，当初太年轻而乐于放弃，如今太老却难以割舍。"

"可能吧。"

我们不再说话。向竹不想回酒店，我将皮卡车开回安宁街，开到它一直停靠的相思树下。进屋后，我们一起泡了个热水澡，接着像履行义务一样躺到床上做爱。

我问向竹，罗森知道吗？

向竹说，他什么都知道，他也在做同样的事。

我们相拥而眠，天亮后，向竹继续去海边晒日光浴，她说再晒几天皮肤就能呈现出完美的古铜色。我不明白她为什么憎恶雪白的肤色，就因为遗传于她的父亲吗？我不敢多想，毕竟我也曾是一个父亲。看看时间，朱莉应该去找傅雷了，今天是她第一天去做兼职，希望她一切顺利。我换上白衬衣和羊毛马甲，外穿一件咖啡色大衣，我决定去会会傅雷。

安宁街上，林超和他的善男信女又在游荡，他们百无聊赖，视线在每个路人身上扫描，俨如在寻找猎物。看见我，林超不知说了句什么，所有人一起向我竖起中指。我没有搭理他们，阳光明媚，一切崭新得不必计较得失。我走向理发店，推开玻璃门，朱莉不在，傅雷正在给一个老人推剪头发，电推子嗡嗡响，吐出来的碎发原本属于生命的一部分，现在已然成了没有意义的废弃物。

他穿着咖啡色马夹和白衬衣，外罩一件黑色丹宁布围裙，脸上的雀斑像苍蝇粪便一样密密麻麻，令他看上去比实际年龄还苍老。他围着老人转来转去，灯光照耀，一身灿烂。这让光头再也不是他身上唯一的闪光点。

听见铃铛声，他打了声招呼，问我是不是要理发。

我说不是。那要洗发？他问我。

我坐到皮垫已经磨损的转椅上，看着镜中的他们，说不是。

"噢，我明白了，有新货？"他笑道。他指的是雪莉的洗浴馆。

"朱莉是我的朋友。"我说。

他愣了一下，点点头："我会照顾她的。"

我离开理发店，回到安宁街上。多么明媚，多么暖和，多么清新。我走向皮卡车，决定去兜兜风，还有一个问题需要仔细推敲，答案还不够确定，就让阳光来解决一切吧。我启动发动机，摇下车窗，往城外开去。

我想着朱莉。她的祖母应该被送进养老院，或者精神病院。我还有足够的存款支付这笔费用。她必须辞掉傅雷那里的兼职工作，继续去上学，对，去上学，她值得拥有高学历。到时候一定会有很多人追求她，可是她不能太早恋爱，人生太短，总要去做一些更有意义的事，爱情来得太早，遗憾就会缠绕终生。去做志愿者吧，为社会的美好出点力气，去旅行吧，去发现风景，去感受大自然的美丽。噢，我可以开车带她到处去看看，跨过荒漠，穿过森林，爬过高山，我们可以躺到车顶上，遥望夜空中闪烁的星子。

遐想令我兴奋，我浑身颤抖，油门越踩越大，世界以快进播放的形式在车窗外闪过，繁华与否，苍凉与否，我都不在乎，我只希望结束漫长的过程后，等在尽头的结局应该是明亮的，甜蜜的。可是我不能要求朱莉全然按照我的意愿去度过一生，她可以反对我，和我吵架吧，我会买一个泰迪熊向她道歉，她会陪我躺到沙滩上晒太阳，用一个甜如草莓的微笑求得我的原谅。我会惊讶她的成长，好像一转眼，她就长成了一个人见人爱的女人。是的，女人，美丽的女人，她会遇见永远忠诚她的男人，在时间和生活的考验下，他们依旧情比金坚，过不了多久他们还会喜结连理。想到我将牵着她的手步入婚姻的殿堂，眼睛顿时热辣辣的。

如果当初离婚时我选择留下女儿，她会让我将她的手交给另一个男人吧。如果洛伊没有发生车祸，我们会养育一个女儿吧，也许是男孩，也许洛伊会要求我配合她多生几个，她喜欢孩子，嗯，她喜欢孩子。

老皮卡突然抖了一下，似乎在响应我的想法。它曾经是洛伊的座驾，一定熟知洛伊的愿望。就让朱莉来完成我们的愿望吧。老皮卡又一阵抖动，它赞成我的决定。我感到喜悦，浑身热腾腾的，阳光不再是从天空照射而下，而是从我体内汹涌而出。

我踩紧油门，老皮卡努力向前冲，突然，发动机传出一声巨响，如同吃饭时咬到一粒沙子，车身随即剧烈抖颤。我轻踩刹车，还没来得及靠近路边，它便熄火了。也许是太老的缘故。记忆中，老皮卡从未出现过故障，即便洛伊去世后，它也始终兢兢业业，从不拒绝带我走向一个个目的地，也不后悔带我回到出发的地方。此时此刻，它不再履行承诺，静悄悄地停在阳光下，停在笔直的16号公路上，像一行文字缺失了句号。这可不妙。我看着窗外的天空，湛蓝悠远，过冬的田野以收割后的空旷从天边一直蔓延过来，如果不是公路阻断了它的脚步，它会占领整个世界。我站到路边，拦下一辆从风头岛方向开过来的黑色轿车，问司机最近的修理站在什么地方。司机帮我拨打了一个电话，告诉我他们很快就会到。他驾车离去，消失在我的世界里。我扯了一把草叶，任风将它们吹散，吹落到偶尔有车驶过的公路上。

两个小时后，拖车来了。司机穿着油污遍布的蓝色工装，嘴里叼着一只烟斗，目光令人想起耕地的老牛。车里挂着一张合照。照片里，他一身西服，表情满足，旁边的妻子穿着花衬衣和牛仔裙，两个女儿身穿白色裙子，脸上洋溢着糖果一样的笑容。

"双胞胎？"

"是的。"

"真幸福啊。"

"是的，我爱她们。"

他不苟言笑，我便不再说话。修理站开在一条岔路上，他打开老皮卡的车盖，检查了好一阵，最后说是点火器的问题，换一个就好。他收费公道，我怀疑有女儿的人是否都这样，心慈目善，待人友好。我将老皮卡开回16号公路。天色渐晚，但人生还不迟。我踩紧油门，老皮卡一路前行，信心满满。车窗外，落日西沉，大地将迎来新的黑夜，崭新的一天又将触手可及。

只是我走得太远，回程显得异常漫长。

垃圾场就在前方，我把老皮卡开到窝棚附近的一块空地上。朱莉不在家，她的祖母也不在。我走到一间亮着灯的棚屋前，男主人是前几天嘲笑朱莉出去接客的那人。我问他有没有见到朱莉。

　　"谁关心她呢。"他吐了口唾沫，关上门。

　　我开车去找傅雷，问他，朱莉呢？

　　"她回去了呀。"傅雷拿着一本写真集。

　　我心中充满喜悦。她一定去找我履行昨夜许下的诺言了。是的，她应该在帮我收拾屋子。我感到热血沸腾。也许她在考虑向竹的建议，允许我做她的父亲。我将老皮卡停到相思树下，跑上台阶。

　　向竹打开门，手里拿着《杯酒留痕》。

　　"朱莉呢？"

　　"浦斯。"

　　"她在不在？"

　　"浦斯。"

　　"怎么了？"

　　"她死了。"

　　"别开玩笑。"

　　"真的。她死了。"

　　"你胡说八道什么呢。"

　　"她来找你时，衣衫不整。"

我头晕目眩，身体就像被一百万台电锯切割着。我扶住门框，不让自己摔倒。

　　"傅雷？"

　　"不知道。"

　　"林超？"

　　"林超是谁？"

　　"林颂的儿子。"

　　"我不知道。"

　　"她人呢？"

　　"还在医院，他们说发生了车祸。"

　　"行吧。"我晃上街，夜黑得像一个大粪池。

葬礼上的波斯猫

朱莉说她需要一份工作。母亲的癌症和葬礼耗光了她本就不多的积蓄，尚云路的梅娜夫人也不再愿意雇她做帮佣。她从宝韵公墓回来，远远便看见自己的铺盖扔在10号大宅前，就像一堆等待清理的动物内脏。她捡起仅剩的几套换洗衣服和一条只有上街时才舍得穿的白缎裙，塞进母亲留下来的黑色皮革箱，如同装殓自己的人生。她看了一眼此生都不会再为她打开的朱漆大门，转身走进凤凰木浴血抵抗尘世喧嚣的尚云路。阳光白晃晃，本是盛夏季节，她却感觉不到一丝炽热，从头到脚全是冒着雾气的冰寒。这股寒气又像是有生命一般，知道她在逃离，于是化成一片片不该在这个季节就掉落的叶子，在她四周发出震耳欲聋的嘲讽。她不得不加快脚步，可又步履维艰，像踩在过膝深的大雪中，每一步都需要她使出全身力气。前方三岔口就是尚云路尽头。一块高悬半空的路牌提醒她，无论左右前后，人生的方向从来都没有改变过。她没有停下，更没有回头看一眼，而是迎着面无表情的海风，左拐走进安宁街，来到曾经不敢靠近的南山庄园门前。

这是一个与时间一起衰老但又先于时间走向颓败的地方，斑驳的院墙无法反抗涂鸦与广告传单的纠缠，除了让墙脚长出一片片青苔以示愤怒，再也没有别的方法对抗生活强加给它的丑陋与凌辱。抬头看去，站在院子里的红色楼房悄无声息，既不打开窗户高谈阔论，指点人心不古，也不飘出一缕油烟气息。只有暮色降临，才会透出一抹光亮，如同宣告冬眠结束，蛰伏在里面的人还好生活着。攀缘在楼房外墙上的常春藤并不是这里唯一的上进之物，还有把树冠浮在院子上空的相思树和凤凰木，也在拼命向上生长，可是它们能到达的高度远远不如长在尖顶瓦缝中的野草。这又叫整个院子多了几分倦态，就连把世界分出内外的铁制大门也忘了自己的本来面目，散发出浓浓的老人气息。

如果不是门前贴着招工启事，朱莉说她没有勇气推开虚掩的院门。她闯进潮湿阴冷的寂静中，穿过常春藤野蛮生长的庭院，走进阴暗的大堂，向坐在楼梯口的男人问道："雷勐先生，请问您还需要园丁吗？"

"说说看，你都会做些什么？"

"我什么都愿意做。"

"这可不太好啊，要知道，这样做会让你失去尊严的。"

"您指的是工作吗？"

"我是说你不能什么都去做，这可不对。"

"我要是不这样做，还能得到工作吗？"

"你现在住哪里？"

"我还在找地方。"

"你的家人呢？"

"去世了。"

"抱歉。这么说，你非常需要这份工作？"

"是的，我可以吗？"

"你喜欢花草？"

"说实话吗？"

"实话。"

"它们太脆弱了，一点也不坚强，不过这也正是我存在的意义。我擅长与它们打交道，这些年我一直在打理梅娜夫人的院子，你应该听说过梅娜夫人吧。"

"我知道她。不过还是说说你吧，这么多年你没想过离开风头岛？"

"去哪里呢？我们这种人，被生活抛弃过太多次，早已不知道还能去哪里了。"

"嗯，也许吧。"

"不过我想你是知道的。瞧，你不是来找我了吗？"

朱莉捡起掉落在橡木桌上的凤凰木叶子，说雷勐先生当时也是这样问她的。她一边感慨第一次踏进南山庄园已是三年前的往事，一边叫我坐到凤凰木树下，树荫浸凉的橡木椅仿佛刚刚被雨水淋过。她说直到加入南山庄园，才发现自己需要的不仅是一份工作，还有一种只有家人才能给予的幸福。

实际上，南山庄园只是一处徒有庄园虚名的宅院，这里既没有一望无垠的田地，也没有占地广阔的花园，一栋三层高的红砖老楼房和一个不到一百平方米的院子就是它的全部。推开门，即便外面阳光灿烂，也能感受到一股被世界遗弃的寒气，待到冷战打完，沉重压抑的寂静又铺天盖地而来，淹得人呼吸困难。再往里走，寂静就会变成立体感受，既有往事不可追，亦有未来不可期，而喜怒哀乐就像刷在墙壁上的油漆，一层又一层，无声地讲述着此时此刻，此情此景。环顾四周，哪怕天天打扫，一种历经了漫长雨季的霉味也始终挥散不去，除了挂钟的声响，生活的热闹和生命的活力全都被厚重的褐色窗帘屏蔽掉了，只剩下蠹虫蛀食家具的声音终日可闻，令人昏昏入睡。站在台阶上往外看，院子虽然生机盎然，可是充满了随意与野蛮，一条鹅卵石铺就的小径将杂草疯长的园地劈为两片，一片山茶花稀稀落落，另一片种着红掌、扶桑花和四季海棠。微风吹来，所有花朵闪闪躲躲，既不敢与杂草决一死战，也不愿折腰投降。庭院中央的两棵凤凰木，一身血红，一听见秋冬的脚步声就落叶纷纷。只有角落里的相思树，永远对季节的承诺保持警惕，完全不以苍翠换取叶子的飞舞。院子南边不知何时改建过，砖石结构的院墙被漆成黑色的铁条栅栏取而代之，可是拆下来的砖石不知清理了多少年，至今还没有完全搬掉，常春藤蔓延在上面，风一吹，过去的颓败就会露出诡谲的踪迹。

朱莉说她的职责就是打理院子，割平野蛮生长的结缕草，剪掉长歪的山茶花，给红掌、扶桑花和四季海棠施肥，凤凰木可以肆意生长，但落叶一定要清扫干净，至于常春藤，只要保证每个窗户不被遮挡，就可以任由它埋掉整个庄园。身为南山庄园四个帮佣之中的一个，她还要负责打扫屋子，不过范围只局限在一楼大堂和二楼宿舍，三楼是管家雷勋的地盘，厨房则是敖德夫妇的战场。

初次见面，她就被敖德夫妇身上的气味吸引住了。就像刚采撷回来的蛇莓，清新，还带着一丝森林的潮湿。这种气味冲淡了他们因为肥胖而给她造成的油腻和压抑感。但是，他们还是太胖了，不仅厨房门口需要为他们加宽二十厘米，连走起来都会令朱莉为他们脚下的鞋子感到窒息和疼痛。他们呼吸起来就像拖拉机在爬坡，夜里发出的呼噜声会笼罩整座宅院，如果遇上路灯坏掉而又有人从院子前经过，阵阵呼噜声会使他们误以为黑熊逃出了动物园。看着他们，朱莉不由感慨，不仅是生活会磨掉人的棱角，肥胖也会剥夺人的个性，以致每个胖子看起来都一模一样。不过接触久了，她还是发现了他们的特别之处。敖德的眼睛永远无法聚焦在一处，即便盯着人看也会被误以为心不在焉，此外大大的塌鼻子永远干干净净，连鼻毛窜出鼻孔这种寻常事情也不曾发生过。与他相比，他的夫人罗妮虽然没什么惹人注目的特点，但双目明亮，与人交谈时总喜欢微微皱着高挺的鼻子，嘴巴微张，一副对任何事情都充满兴趣的模样。甫一见面，他们就送了她一本格雷厄姆·斯威夫特写的《杯酒留痕》，并告诉她，想看书便找他们，千万不能去麻烦主人，哪怕他是风头岛藏书最多的人。她想，这必定又是他们的独特之处。

"朱莉，浦斯先生是不可以打扰的，未经召唤，不得上三楼，也不能打听他的任何事情，你要切记。"在朱莉刚到来的头几天，他们每每走进厨房前，都会叮嘱她这个新来的园丁，不可坏了南山庄园的规矩。

雷勋也一样，只是语气多了些严厉，听起来不像叮嘱，更像警告。他年约五十六七岁，肩宽腿长，头发永远保持在头皮隐约可见的长度，显得锋利而坚硬。他对胡须的打理几乎达到了残忍的地步，瘦削的脸颊永远干净如镜，除了茫茫夜晚，胡须在他脸上根本找不到更好的生长机会，可是一到清晨，他又会花上数十分钟来清理它们，而在他的口袋里，永远装着一个电动剃须刀，只要上楼去见浦斯先生，他都会拿出来在脸上推刮一阵。每天大部分时间，他都干坐在楼梯旁，椅子就放在第一级台阶的红木扶手边，跟前还摆着一张三脚圆木桌。他既不打瞌睡，也不倒一杯威士忌对影自酌。他会咬着一根永远不会点燃的长滤嘴香烟，一直看着门外的院子，静静等候浦斯先生从楼上传来呼唤。此外，他会耸着扁平而粗大的鼻子，在屋内四处游走，但不经浦斯先生召唤，绝不会跑上三楼，哪怕他的行动悄无声息，俨如浦斯先生喂养的波斯猫。雷劢也极少说话。他检验敖德夫妇进购的食材，查看朱莉的园艺成果，不管满意与否，只会含糊不清地嗯哼两声。临近饭点，他会出现在厨房，静静观看敖德夫妇把浦斯先生的膳食准备妥当。菜谱由浦斯先生的家庭医生制定，每个月更新一次，但每逢初一和月底最后一天，敖德夫妇必须按照浦斯先生的规则准备膳食。早上是一条香煎秋刀鱼、两片吐司面包、一份草菇绿菜花，还有一杯温牛奶；中午是豉汁牛排、栗茸酥金枪鱼卷、翠汁鸡豆花汤，鲜蘑菜心，一碗米饭，搭一杯红葡萄酒；晚餐则是酱汁鳕鱼、清炒茭白芦笋、珍菌香瓜盅，半碗米饭，再品半杯白葡萄酒。饭点一到，雷劢就会用手抻平身上的黑西服，扶正黑领结，掏出剃须刀在脸上搜刮一阵，再戴上白手套，把装碟的食物放在托盘上，单手托着，送往三楼。

　　"浦斯先生从来不下楼吃饭，有时候他还会叫雷劢送去各式各样的甜食，特别是松露巧克力和银耳木瓜冰糖水。"在凤凰木斑驳的阴影里，朱莉和我谈起加入南山庄园的往事，总喜欢反反复复说这么一句："我们从来没有见过浦斯先生。雷勐估计也没见过几次，以致他每每谈及浦斯先生时，总想不起他的模样。"

"他不是每天都去送饭吗？"

"他是送了，不过他只放在门前的橡木桌上。"

"敖德夫妇也没见过吗？"

"他们和雷勐一样。"

"可是，他总是需要人照顾的吧。"

"当然，他可是这里的主人，怎能不受人照顾呢？只是三楼有三间房，每隔两个星期，他就会换住一间，这个时候，我们便要上去打扫卫生，把换洗的床单被褥拿下来，而平时他需要清洗的衣物，都是由雷勐拿给罗妮的。"

"这么说，没人清楚浦斯先生长什么模样？"

"估计是这样的。不过，浦斯先生的家庭医生应该清楚，她每个月会来一趟庄园，帮浦斯先生检查身体。如果他生病了，她会叫来救护车，再启动房子里的升降机，让护士送他下楼，再带回医院医治。这个期间，她是决不允许我们去探病的。"

"可是，就算如此，一个人怎能一直待在楼上呢？"

"为什么要下来呢？他在上面和我们在下面，有什么区别？世界又不分上下，何况他收藏了数千本书，看累了也可以听听音乐看看电视，还有一个健身房呢，什么都不想做的时候，还可以用望远镜看看峨羝海滩，这样平静地活着，不是很好吗？"

"可这样终究还是与外面的世界脱节了。"

"你呀，怎么老是纠结这个问题呢，世界哪里又分出了里外？世界从来都是只有一个的嘛。不过，每当夜深人静时，浦斯先生养的波斯猫总喜欢跳到院子里叫。"

"该不会是年轻时发生了什么伤心事吧？"

"我不知道，就算知道，我也不会说的。南山庄园的规矩，就是不能去打听浦斯先生的事情。你可千万要记住。"

"难道庄园里就没有一张照片吗？或者说，没有其他人来看望过他？比如亲戚，朋友。"

"没有别人，只有我们。"朱莉的语气颇为自豪。她说，相比雷勐，她只不过是语调微微高了一些，如果要学雷勐的模样说这句话，必须眉毛上扬，眼睛还要一直望向前方。她从小就跟随做帮佣的母亲辗转过许多地方，可是从来没有为寄人篱下的生活萌生过一丝一缕的自豪，在母亲眼里，做帮佣是低卑的，就像长在路上的野草，始终逃不脱被践踏的命运。当雷勐满脸自豪地看着她，有一瞬间，她好像听到命运的汽车为了躲闪她这棵小草而急促转弯的声响。

"但你要知道，生活之所以残酷无情，全因它是人构成的。浦斯先生决定留我们下来，不是出于同情，恰恰相反，他羡慕我们，在生活抛弃了我们以后，还有人愿意给我们一席之地，给予我们关怀和依靠，而他当时就没有这样的待遇。"雷勐换回一种敬畏的语气，欢迎她加入南山庄园。他站起来，离开那张三脚木桌，走向庭院，并拒绝给她机会询问南山庄园的秘史，也不允许她打听浦斯先生的私事。他僵起脸，指着杂草丛生的院子，告诉她要先移植刚选购回来的山茶花"贝维莉小姐"，土坑很多天以前就挖好了。至于杂草，他说浦斯先生不希望除掉，就任由它们自生自灭吧。

朱莉留在庭院里，闭上眼睛深深呼吸了一下，一种失而复得的满足感油然而生。虽然她谈不上喜欢和植物打交道，但侍弄它们，确实是她最擅长的事情。受母亲影响，她一直把侍弄植物视为自己的苦难，生而为人，却要把有限的生命投在讨主人欢喜的花草上，这不是值得庆贺的事情，而越是把这种工作做好，她就越无法认同自己存在的意义。这种情绪一直纠缠着她，令她郁郁寡欢，对生活毫无期盼，感觉如同一株浮萍。不过自从母亲罹患癌症后，她改变了这一想法，一方面她需要钱，而她又只会种种花草，一想到要进工厂或者去商店打零工与人打交道，她就立刻感觉如鱼上岸。另一方面，她深知生活的艰难并非植物所造成，而是自己过早辍学又害怕走进人群中，从未见过父亲一面但又渴望得到他的关怀。现如今，倘若叫她在人与植物之间选择，她会毫不犹豫地挑选植物。虽然它们从不言语，看上去也脆弱无比，但只要付出一点点心意，它们就会在本能的驱使下冲破泥土的黑暗，发芽成长，回馈生活一片苍翠，乃至满园的姹紫嫣红。这可不是人所能比拟的。当然，她也深知是南山庄园促使她改变了心中的成见，或者说，是这里的人令她感受到了从未有过的温暖。

她缓缓走向雷勐所指之处，拿起铁铲将泥炭、腐锯木、红土、腐殖土和肥料混合好，先在坑底铺上一层，然后将"贝维莉小姐"移盆，敲碎根部的盆泥，捋顺根须，再放进土坑中，铺上一层泥炭、腐锯木、红土、腐殖土，轻轻压平，树干用一个三脚铁架扶好。现在，她只要浇上少许水，工作就算完成了。她看着满院青葱，心中充满喜悦。

入职第五天，她就把庭院里的植物打理得服服帖帖，野草除掉了，结缕草修剪如新，整齐、柔软、绿意如织，就像浦斯先生种植它们时所期待的模样。山茶树的枯枝、病枝和不符合观赏需求的枝条终于得到剪刀的惩戒，红掌、扶桑花和四季海棠逃出杂草的围歼，从此过上了花团锦簇的生活。阳光洒下，一种昔日荣光重现的满足感在枝叶间跳动，在微风阵阵中散发出幸福的气息。剩下的时间，她只要把落叶扫走，将常春藤的干枝枯叶剪掉，还给凤凰木与相思树曾经拥有过的尊严，便可以转战庭院南边的砖石。她甚至突发奇想，给老屋的每一个窗框都涂上天蓝色的油漆，再用真石漆唤醒每一块砖石对青春的向往。她的想法得到了敖德夫妇的拥护，夫妻俩甚至不顾体重超标带来的危险，争着要去爬那高高的木梯，以便帮她尽快除掉外墙上的青苔。可是雷勐不愿意把这个想法转达给浦斯先生，或者说，他坚信浦斯先生不会对南山庄园大动干戈，毁掉岁月留下来的痕迹。

岁月的印记不仅留在墙壁，也留在了人身上。当罗妮跑出大堂，朱莉远远便听见了她呼吸中的沧桑和疲惫，像陈旧的风箱。

"快，快去叫出租车。"她气喘吁吁，浑身赘肉上下抖颤，俨如一个装满水的气球在地上滚动。

敖德紧随其后，就像一只高高抬起前腿改用两只后腿直立跑动的大象，宽厚的背上还趴着一个人。朱莉的心瞬间揪紧了，双脚不由自主地跟着他们往外跑。

"他刚走进厨房就晕倒了。"敖德说。

"都是你的错，为什么叫他尝鳕鱼酱汁？现在好了，酱汁洒了一地，他也昏迷不醒。"罗妮每次开口，总要先埋怨丈夫一句。

"好吧，怪我吧，只要他平安无事，我做什么都愿意。"

"会不会是老毛病犯了？"朱莉问。不知为什么，发现敖德背上的人不是浦斯先生，而是雷勐，她瞬间有点失落，就好像满怀希望地去兑奖却被告知奖票已经过期了一样。不过见雷勐脸色发青，不省人事，她又忧心忡忡，唯恐他有什么不测。

"不会的，他身体极好，从来没生过病。"罗妮说。

他们在安宁街拦下一辆出租车，督促司机去最近的新丰医院。浦斯先生的家庭医生就在那里工作。朱莉也要跟去，可是罗妮拦住她："浦斯先生还在家里，你留下来听使唤，有什么情况我们会打电话回来的。"

出租车一转眼便消失在茫茫大街上，仿佛从来没有出现过。

朱莉转身回到南山庄园。四周一片寂静。她坐在草地上，抱着双膝，风吹过来，叶子的沙沙声给四周的寂静增添了一种令人呼吸困难的疼痛感，犹如把身上的每一个细胞都撕下来放进油锅里煎炸一样。虽然还有很多工作需要她去完成，清扫落叶，拂去室内家具上的尘埃，藏在角落的蜘蛛网也要清理干净，但是她提不起一丝力气，整个人恹恹的，如同漏掉了所有燃油的发动机。

"那种感觉，我只有在母亲离世时体会过。"她说。

"可是雷勐并非你的亲人啊。"

"也许，我是说也许，当时我和敫德他们一样，潜意识里已经把雷勐视为家人了。你知道的，南山庄园就我们几个人，我们需要一种比同事更有黏性的关系来抵御安静。"

"我想，罗妮应该留下来陪你。我的意思是，他们都去医院了，浦斯先生的午饭怎么办？"

"我也这么认为，不过幸好她不在，要不然，浦斯先生也不会找我了。"

"你见到浦斯先生了？"

朱莉摇摇头，说浦斯先生只是给她打了个电话，并没有真的露面。她说，浦斯先生的声音听起来非常苍老、疲惫，她用了一个让自己脸红的比喻：就像电影中刚刚过完性生活的男人，口中还残留着女方的唾液。她说浦斯先生没有给她先开口的机会，电话一接通，他就说："是我，浦斯。"

　　她好像在什么地方听过这个名字，噢，一定是雷勐介绍南山庄园时提到过，浦斯先生，庄园的主人浦斯先生，她的心突然抖了一下。

　　"我应该叫你朱莉，对不对？"

　　"是的，浦斯先生，我刚来南山庄园不久。"

　　"那么，新来的朱莉小姐，我们的雷勐先生到底出什么问题了呢？"

　　"他突然晕倒了，不过敖德和罗妮已经送他去医院，浦斯先生请放心，应该不会有大碍的。"

　　"这么说，这里就剩下我们俩了？"

　　"是的，浦斯先生，您有什么需要尽管吩咐我。"

　　"哦，不不不，我没什么要麻烦你的。"

　　"您的午饭，敖德和罗妮还没做完，我这就去给您准备。"

　　"不必了，我想我吃不下的。"

　　"浦斯先生，我的厨艺虽然不如敖德他们，但填饱肚子还是可以的。"

"我相信，你一定会做出一顿丰盛的午餐，不过眼下雷勐生病，我也没什么胃口，就不必麻烦了。"

谈话好像就此中断，电话那头只剩下压抑的呼吸声。朱莉记不起自己什么时候站了起来，身体挺得紧绷绷，头却深深勾着。这是她从母亲身上学来的自保秘诀：永远不要直视主人。虽然此刻南山庄园寂静无声，高高在上的浦斯先生也未见踪迹，但是多年的习惯已经使她的身体形成了一种机能，就像含羞草受到外力触碰立刻闭合起来一样。

"新来的朱莉小姐，雷勐有没有告诉你，南山庄园没有繁文缛节，仅仅只有一个规矩？"

"他说过。"

"噢，那你说来听听，是什么规矩？"

"不经召唤，不得擅自上三楼，不能打听浦斯先生的任何事情。"

"既然你知道，那就不必拘谨，我希望你和雷勐他们一样，把南山庄园当成自己的家。"

"我会的，浦斯先生，我一定会尽好自己的本分。"

"不不不，你的本分是好好活着，打理院子不过是你的工作，不可混淆。"

话题已经分出太多岔口了，一不留神，就有可能走错方向。朱莉可不希望因为一次谈话，就惹恼浦斯先生。她看了一眼楼上敞开的窗户，阳光闪耀，如同刀芒。她感受到了一种极其熟悉的的锋利，那是梅娜夫人的眼神，是尚云路上琳琅满目的橱窗，是人人光鲜亮丽而她整日与植物为伍。她突然明白母亲为什么总是沉默寡言了。不管是安宁街还是尚云路，人的一生终究需要身份。她决定模仿母亲在梅娜夫人面前常常摆出的姿态，双唇紧闭，态度毕恭毕敬，眼睛始终盯着自己的鞋尖。就像一根不被点燃就永远不会发亮的蜡烛。可是，听着相思树与凤凰木的摇曳声，她心中又生起了无穷无尽的话语。或许，这正是因为她自幼便与草木为伴，既无朋友，也无人关心她是否有梦想，而母亲又始终坚信倾诉只会徒增命运的苦涩，以致她每天都如鲠在喉，欲说还休。

"你的手艺真不错，南山庄园终于有个像模像样的院子了。"

"我小时候跟妈妈学过，要是她在，一定会做得更好。"

"这么说，令堂也是爱花之人了？"

"不是的，她只是需要靠它来赚钱养家。"

"哦，是这样啊。"电话那头的声音有点低落，"那么，美丽的朱莉小姐，你可否帮我摘一朵山茶花？"

"随意一朵吗？"

"不不不，你往前走四步，有一株开了粉红色花朵的，叫埃伍先生，你摘一朵来闻闻。"

朱莉虽然纳闷，但还是依言采下一朵，放到鼻尖前轻轻嗅闻了一阵。她喜欢这朵叫"埃伍先生"的山茶花，清香如云雾，缭绕心间，让她想起母亲洗完澡后散发出来的味道。

"浦斯先生，我需要找花瓶来养它吗？"

没有回应。朱莉突然打了个激灵。入职前，雷劻就再三叮嘱过，无论如何，都不能采摘山茶花，任它们盛开，再凋落，就是最好的选择。她四处张望，心想浦斯先生一定藏在某个窗户前，看着她一步步掉进考验的陷阱，而无论摘不摘，她都会惹恼浦斯先生，也许她会因此离开南山庄园，带着母亲留下来的黑皮箱，形单影只，四处流浪。

电话猛地抖动了一下，突如其来的铃声几乎把整个世界都震碎了。那一瞬间，朱莉心里涌起了一阵强烈的遗憾，她不想离开这里，不想刚刚触碰到生活的柔软之处就抽身离去。她喜欢这里的一草一木，喜欢它的寂静，喜欢蜘蛛在院角结网，喜欢时间在墙壁上流逝，又在砖石里停留。在这里，她感受到了从未有过的自在，一种不需要看人脸色的尊严，不需要赚更多钱就能得到的满足与平静。哪怕才过去七天，在这里如同住了半辈子的归属感，还是牢牢地攫住了她的心。此时此刻，四周越是寂静，她便越能感受到自己的心跳正在应和庄园里的一切。她成了这里的一部分，并害怕自己被作为无关紧要的那一部分从这里切割掉。

"浦斯先生，对不起。"

"实在抱歉，我刚刚走神了。不过你为什么要向我道歉呢？"

"我不该采花的，对不起。"

"不不不，你没错。你只是做了我要你做的事情。"电话里的声音顿了顿，"我想，我们的雷勐先生恐怕再也回不来了。"

"啊？"

"心脏病突发，敖德说他走得很安详。"

朱莉不明白自己为什么会哭泣起来，在母亲的葬礼上，她也如此哭过。可是听到浦斯先生的喟叹，她急忙止住哭声，同时为自己的失态感到羞愧。她来南山庄园仅仅七天，与雷勐的关系虽然友好和谐，但也还处在相互熟悉的阶段，此时此刻为他忧伤落泪，令她想起梅娜夫人拿着手帕在母亲床前擦拭眼泪的模样——装腔作势，又滑稽可恶。也许浦斯先生已经认定她就是这样的人。

"浦斯先生，我们可以为他做点什么呢？通知他的家人？"

"你知道的，这里就是他的家。"电话那端的声音显得异常平淡，干干的，完全听不出一丝悲伤，就像突然被抽干的水井，"敖德正在送他去殡仪馆，等他们回来，你们给他办个葬礼吧。"

"宝韵公墓吗？"朱莉想到母亲也葬在那里。

"不不不，就在这里，在院子里。"

"可是……"

"没有可是，这里就是他的家。"电话听筒传来一阵忙音，谈话就此掐断。

朱莉脸上热辣辣的，可是寂静却像冷风一样一阵又一阵地打在她身上。她望着没有上锁的院门，手里还拿着刚刚采撷的"埃伍先生"，花香隐隐约约，就像树荫里忽闪忽现的阳光。现在，南山庄园又剩下她一个人了，寂静、陈旧、蠹虫的声音依稀可闻。不过，她心里多了一丝忐忑，仿佛背后有一双眼睛正在盯着她，注视着她的一举一动，而生机勃勃的土地下，也许还葬着许多她永远不会知道名字的亡灵。

"整个下午我都惴惴不安。当你置身在夜深人静的坟场时，就会有这种感觉。"她说。

"这么说，雷勐先生真的葬在院子里？"

"是这样的，也是从那一刻开始，我才明白外面的人为什么不敢靠近南山庄园，而里面的人又为什么不愿意离去。"

"浦斯先生还是没有出现吗？"

"没有，就好像他不曾存在过。"

朱莉说，听到浦斯先生要将雷勐葬在院子里，心里不禁涌起了一股绝望，如同鱼腹被无情地翻转，露出水面。她感觉生命受到了亵渎，连同死亡也不再具有庄重性。甚至在三年后的此刻，她还记得当时那种由内而外散发出来的寒冷。她无法接受雷勐就这样悄然无息地离开人世，虽然随着时间的流逝，他曾经在这个世界上生活过的痕迹终究会彻底消失，但她还是希望他的死亡能够受到尊重，获得其该有的庄重与悲伤，哪怕低微如她的母亲，也在宝韵公墓的骨灰存放架上占有一格之地。她把这种情绪带到了葬礼上，甚至不止一次问敖德夫妇，为什么要草草地将雷勐火化掉。

"朱莉，你知道的，我们夫妻俩没有家人，雷勐也一样，我们曾经流落街头，要不是浦斯先生收留我们，也许我们早就死了。如今，我们有工作，有一个家，不仅活得好好的，还是有主之人，这全都是浦斯先生的馈赠。在我们心里，南山庄园早已是我们的家。所以，浦斯先生同意将雷勐葬在这里，有什么不可呢？家人嘛，自然就要在一起。"敖德说。

"就是这样，将来我们死了，浦斯先生也会同意把我们的骨灰葬在这里的。到时候，你就把我们葬在凤凰木下。"罗妮说。

"可是浦斯先生能活到那天吗？"

"胡说。"罗妮脸色痛苦，仿佛浦斯先生已经烧成一堆灰烬，此刻正装在瓷罐里。

敖德又用无法聚焦的双眼看向远处，最后叹息一声："人皆有一死，这是再自然不过的事情，但无论如何，南山庄园都会是我们的归属。朱莉，如果你愿意，它也可以是你的归属。"

"可是，浦斯先生真的会把我们当成家人吗？他都不下来送一送雷勐。"

敖德和罗妮相互对视了一眼，不再说话。他们站在树荫里，背对着常春藤还在无声攀缘的楼房，额头汗津津，似乎在用最大力气忍住不转过身去看一眼门口。

　　"为什么要下来呢？"罗妮突然说道。

　　"对啊，南山庄园只有一个，楼上是，楼下也是，更何况每个人都有自己和世界相处的方式，浦斯先生选择在心里送别雷勐，何尝不可。"敖德说。

　　他们相互点点头，似乎在给对方鼓励。阳光透过枝叶照射下来，照亮了空在他们面前的土坑。那是朱莉根据浦斯先生的指令，把上午移植"贝维莉小姐"的土坑重新掏空出来做墓穴用的。被搁置在树荫下的"贝维莉小姐"显得凄惨落魄，裸露的根部正等着和敖德捧在手上的骨灰盒一起入土为安。敖德和罗妮脱下了厨房工作服，分别换上了黑西服和黑丝裙。可是他们的身体实在太庞大，衣服绷得紧紧的，一种随时会撑爆的紧迫感弥漫在他们身上，让整个诡异的葬礼显得更加压抑。

　　没有脚步声传来，电话铃声也没有再响起。四周静悄悄，仿佛所有植物都还没从失去雷勐的惊愕中缓过神来。他们三人陷在令人窒息的沉默里又等了许久，浦斯先生始终没有现身，但是他们看见了那只波斯猫。那只浦斯先生亲自喂养的波斯猫，踱着脚步走出房子，穿过小径，来到他们身边，弓起腰，往罗妮肉颤颤的脚踝蹭了蹭，嘴巴张开，露出锋利而洁白的牙齿。很快，它就腻烦了院子里的沉默，跑到树荫下追逐忽闪忽现的阳光。

"我们还要等吗？"朱莉问。

"没什么好等的，雷勐还活着的时候，浦斯先生就已经送了他一程。现在，该我们了。"敖德说。

"总感觉他只是出了一趟门，过不了多久就会回来。"

"朱莉，雷勐生前极为看重你，要不，你给他来一段？"罗妮说。

敖德双膝跪下，沉重的身子发出骨折般的声响，显得窄小的西服被拉扯得更加紧绷，仿佛每一根丝线都在被迫代替他承受雷勐的死亡和伤痛。他打开骨灰盒，把骨灰倒进土坑，双手捧起泥土，目光充满期待地看着朱莉。罗妮也跪下来，就像一摊刚用水和开的混凝土。

他们等着朱莉开口，仿佛语言的力量可以让雷勐爬出骨灰盒，重新坐到楼梯旁的椅子上。

朱莉无法推辞，唯有挺直身子，说道："雷勐曾经说过，所有索取总有一天都要归还。今天，他交回了他的生命，让身体与灵魂重新和世界融为一体。他把思念留给我们，把宽恕留给曾经辜负过他的生活，他的离世，不是一种消失，而是一种更久远的存在。我们将依循他的脚印，走向一个早已安排在我们人生尽头的终点，我们无法绕开它，但也不必惧怕它，因为雷勐用他兢兢业业的一生向我们指明了一条道路：活着与死亡，从来都不是一种选择，它们就是我们生命的本身，我们唯一需要敬畏的是生活，也只有生活才会带给我们痛苦。"

"愿我们爱的和爱我们的雷勐安息。"她最后补充了一句。

敖德夫妇满脸虔诚，甚至心满意足地叹了口气。他们向朱莉点点头，示意她也一起跪下，为雷勐的骨灰撒上泥土，帮助他重回造物主的怀抱。他们铺好一层泥土后，又齐心协力将"贝维莉小姐"种回土坑，用三脚铁架扶住树干，再植上一些青草，整个葬礼才算圆满结束。

"遗憾的是，浦斯先生始终没有现身。"朱莉说。

"他有自己的方式，再说，他不是给了雷勐一个葬礼吗？"

"也许你说得对。"

"可是，浦斯先生为什么不下楼呢？"

"为什么要下楼呢？这个世界就这样，你对它期待越高，失望就越大，况且每个人都是一座孤岛，没什么好留恋的。"

"万一有人值得呢？"

"你应该知道的，值得我们珍惜的人，都不在了。"

"所以，雷勐先生去世后，你就坐上了他的位置？"

"只是兼任，打理院子还是我的职责。不过浦斯先生还是想再聘请一个人，毕竟我擅长的是与花草打交道，而他是一个男人。”

“可是，我应该答应吗？”

“你说呢？”朱莉站起来，拍掉身上的草屑，走到一株山茶花旁，“雷勐就葬在这里，或许有一天你也会在这里送我一程。”

这时候，一只波斯猫走过来，依偎在朱莉脚边。朱莉一把抱起它，转身朝我笑了笑：“雷勐下葬时，它也在场。”